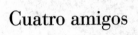

Cuatro amigos

David Trueba

Cuatro amigos

EDITORIAL ANAGRAMA

BARCELONA

Ilustración: Sgt. Pepper, a partir de una foto de Reyes Torío

Primera edición en «Narrativas hispánicas»: enero 1999
Primera edición en «Compactos»: mayo 2012
Segunda edición en «Compactos»: octubre 2014
Tercera edición en «Compactos»: mayo 2015
Cuarta edición en «Compactos»: marzo 2016
Quinta edición en «Compactos»: febrero 2017
Sexta edición en «Compactos»: junio 2017

Diseño de la colección: Julio Vivas y Estudio A

© David Trueba, 1999
   Por mediación de MB Agencia Literaria, S.L.

© EDITORIAL ANAGRAMA, S. A., 1999
   Pedró de la Creu, 58
   08034 Barcelona

ISBN: 978-84-339-7694-9
Depósito Legal: B. 9074-2012

Printed in Spain

Liberdúplex, S. L. U., ctra. BV 2249, km 7,4 - Polígono Torrentfondo
08791 Sant Llorenç d'Hortons

*A Eduardo Terán, por acogerme
en la mejor compañía*

Amor mío, amor mío.
Y la palabra suena en el vacío. Y se está solo.

VICENTE ALEIXANDRE

Primera parte

Veinte mil leguas de viaje subnormal

1

Siempre he sospechado que la amistad está sobrevalorada. Como los estudios universitarios, la muerte o las pollas largas. Los seres humanos elevamos ciertos tópicos a las alturas para esquivar la poca importancia de nuestras vidas. De ahí que la amistad aparezca representada por pactos de sangre, lealtades eternas e incluso mitificada como una variante del amor más profunda que el vulgar afecto de las parejas. No debe de ser tan sólido el vínculo cuando la lista de amigos perdidos es siempre mayor que la de amigos conservados. El padre de Blas solía decirnos que la confianza en los otros era un rasgo del débil, pero claro, cualquier asomo de humanidad era para él poco menos que una mariconada. Coronel en la reserva de consentida inclinación nazi, no concedíamos demasiado valor a sus opiniones. En el fondo sonaba más sabio lo que un tirado en una taberna nos gritó un día: «Yo a mis amigos no les cuento mis penas; que los divierta su puta madre.» La amistad siempre me ha parecido una cerilla que es mejor soplar antes de que te queme los dedos y, sin embargo, aquel verano no habría podido concebir los días sin Blas, sin Claudio, sin Raúl. Mis amigos.

A Claudio lo esperábamos desde hacía más de una hora en El Maño y aunque en principio habíamos optado por la prudencia (una Coca-Cola y dos aguas), un rato después ya se alineaban los vasos de cañas vacíos y habíamos dado cuenta de tantas raciones de alitas de pollo que en cualquier instante seríamos capaces de echar a volar. Un día lo calculamos y llegamos a la conclusión de que pasábamos más tiempo esperando a Claudio que con él. Esperar a Claudio era una parte fundamental de la relación con Claudio. Esperar a Claudio era nuestro modo más habitual de estar con Claudio.

—Yo nunca llego tarde porque el rato que la gente emplea en esperarte lo dedica a pensar en ti y seguro que te descubren todos los defectos. A lo mejor cuando llegas han preferido largarse.
—Raúl, tan inseguro como puntual, era el más cabreado por el retraso.

Alto, pelo moreno con entradas que ocultaba gracias al esmerado desorden de su peinado, ojos oscuros como la pizarra agazapados detrás de sus gafas negras de pasta que se caló una vez más con gesto nervioso. Arrugó la nariz desde la cima de su casi metro noventa de huesos finos y desordenados que se sostenían aparentemente con la misma solidez que una torre de palillos. Dio una patada a su desmesurada bolsa de equipaje, que ocupaba cinco o seis veces más que la mía y la de Blas juntas.

—¿Qué llevas ahí, la casa entera? —le pregunté.
—Lo imprescindible, sólo lo imprescindible.
—Lo imprescindible no puede ocupar tanto —aseguró Blas.
—Si supiéramos adónde vamos —se explicó Raúl—, podría haber elegido entre ropa de invierno y ropa de verano, pero claro, como a vosotros os gusta la aventura...
—Si supiéramos adónde vamos no tendría gracia el viaje.
—Estamos en agosto, ¿para qué coño quieres ropa de invierno? —le interrogó Blas.
—Depende de los sitios, por la noche refresca.

Blas y yo intercambiamos una mirada temerosos de aventurar lo que habría dentro de la bolsa de Raúl, cerrada a duras penas, con la cremallera a punto de estallar como la bragueta de un actor porno. Y Claudio sin venir. Se suponía que todos debíamos de estar ansiosos por arrancar con nuestro viaje. Lo habíamos planeado tanto, nosotros que odiábamos los planes, como para terminar por convertirlo en una cita cualquiera a la que uno se permite llegar tarde. Pero ésa era la gran virtud de Claudio. Jamás concederle importancia a nada. Al menos en apariencia. Así se evitaba sufrimientos.

14

Claudio había sido el cerebro del invento, incluso fue él quien localizó la furgoneta en el *Segunda Mano*. La Nissan de un repartidor de quesos con media vuelta al mundo en el cuentakilómetros, pero que, según el olfato de Claudio para la mecánica, reventaría cinco minutos después que nosotros. Para probarla alcanzó los ciento setenta en la M-30. El dueño se me aferró a las rodillas y confesó con sudores fríos que su idea era venderla aún en vida. De vuelta a casa, con la feliz compra, Claudio y yo jugábamos a bautizar nuestra aventura:

La gran ruta cochina

Viaje al centro de las piernas

La vuelta al culo en ochenta días

Veinte mil leguas de viaje subnormal.

La idea consistía en no establecer una ruta. Existía una fecha de salida, pero no de regreso. Fantaseábamos con que el final del viaje sólo sucedería cuando los cuatro, vencidos por la fatiga, nos rindiéramos al grito de: basta ya, no podemos pasárnoslo mejor. Éramos conscientes de la trampa, disponíamos tan sólo de los quince últimos días de agosto para llegar a tal estado, pero quince días juntos, en especial sus quince noches, se nos antojaban una eternidad. Los únicos límites eran el planeta y nuestra resistencia.

Cuando enseñamos a Raúl y Blas nuestra recién comprada furgoneta ambos reaccionaron como se esperaba de ellos. Blas se encogió de hombros, acostumbrado a aceptar todo aquello que no le exigiera tomar una decisión. Su calmoso conformismo era la causa de que hubiera rebasado los ciento veinte kilos de peso sin apenas esfuerzo. Su pronta pérdida de pelo no se debía, bajo ningún concepto, al estrés. Como el saco de arena de un gimnasio, buen encajador, su escogida manera de enfrentarse a las cosas consistía precisamente en no enfrentarse a nada. Raúl, por contra, frío y desapasionado, se asomó al interior de la furgoneta y se tapó la nariz con dos dedos.

—Huele a queso —observó.

—Claro que huele a queso, se la hemos comprado a un quesero...

—O sea que queréis que nos pasemos el verano oliendo a queso.

—Eso ya es una mejora en tu olor habitual —le espetó Claudio.

—Cuando se nos olvide dónde la hemos aparcado podemos encontrarla por el olor —tercié yo.

—La verdad es que huele un huevo —interrumpió Blas tras olisquear la parte trasera.

—Habrá que desinfectarla. A mí el queso me da ganas de vomitar —insistió Raúl—. Ya sabéis que soy alérgico a los lácteos.

—Pues la lavas tú, que eres el único que no ha puesto dinero.

A Claudio le cabreaba que en lugar de subirse en marcha, como él, al tren de la aventura, Raúl encontrara siempre el resquicio para ver el lado vulgar de las cosas. Huele a queso. Muy suyo. De haber sido el primer astronauta que pisaba la luna, Raúl seguramente se habría limitado a decir: aquí no hay un puto árbol. Por eso Claudio le hizo callar con la excusa del dinero. Raúl no había contribuido a la compra porque suficientes obstáculos había vencido para conseguir venir. Tenía dos gemelos de siete meses y su mujer había dado por supuesto que pasarían el verano en familia. A Elena, nuestra aventura entre amigos le olía tan mal, y no precisamente a queso, que hasta el último instante confió en disuadir a Raúl. La cuestión acabó por prender la mecha de una modélica pelea de matrimonio. Elena cargó con los gemelos y se marchó al pueblo de sus padres. Raúl peregrinó hasta allí, se transformó en felpudo humano durante tres días con sus tres noches plenas de lloros infantiles y biberones y logró permiso para el viaje después de recitar las coartadas ensayadas mil veces ante nosotros y que llevaba anotadas en la palma de la mano:

un respiro sería positivo para la pareja

hay que oxigenar la relación

hay que enfocarlo con nuevas perspectivas

echarse de menos es maravilloso

la distancia engrandece el amor

Después del verano regresarían juntos para cimentar una convivencia perfecta, como si alguna vez lo hubiera sido. Los últimos meses de Raúl habían cambiado su carácter, él mismo lo explicaba: «Es como si vas al cine porque has visto el anuncio cojonudo de una película y cuando llevas una hora sentado en la butaca te das cuenta de que no es lo que esperabas, vamos que te han engañado como a un idiota.» Con esa manía por la pulcritud, el orden, la educación, nosotros sabíamos el esfuerzo que le suponía reconocer sus frustraciones en público.

Un año atrás Raúl nos había reunido una tarde para informarnos: «Elena está embarazada», y había malinterpretado nuestro rotundo silencio, porque añadió con una sonrisa: «De mí.» Supongo que demostramos nuestra torpeza al quedarnos con cara de final de segundo acto de drama. A Raúl sólo le faltó pintar de colores las paredes y comenzar a cantar a voces para persuadirnos de lo feliz que era al adentrarse en el Maravilloso Mundo de la Paternidad. Al día siguiente, de acuerdo entre los tres, reunimos el dinero suficiente para pagarle un aborto a Elena. «¿Estáis locos? Yo quiero tener ese hijo.» Despreció el dinero y nos retiró el saludo. Lo siguiente que supimos de él fue la fecha de su boda, a la que acudimos sumisos y en la que ejercimos de amigos. Tres días más tarde se incorporaba a trabajar en la empresa de comida a domicilio de su suegro con el apasionante desafío de informatizar los albaranes. Tres meses después inauguraba piso pagado por sus suegros con una habitación para el niño llena de artefactos que colgaban del techo y que según nos explicó dispararían la inteligencia del bebé. Poco después lo emborrachamos para que tratara de superar el diagnóstico de la ecografía que le convertía en padre de gemelos o más bien de ¡gemelos!, como entonaba él. Cuando apesadumbrado nos ilustraba sobre los cambios que iba a experimentar su hasta ese día deliciosa existencia de soltero y solo en la vida, le contestábamos lo que desde entonces se convirtió en nuestra sola respuesta a todos sus lamentos: «Haber cogido el dinero.»

—Ya sabía yo que lo de mi parte del dinero me lo acabaríais echando en cara —se quejaba Raúl, al pie de la furgoneta.

—Si es que siempre tienes que ser tú el que pone pegas.

—No he abandonado a Elena y a los gemelos para pasarme quince días oliendo a queso. Lo siento, id vosotros solos. Yo paso.

Blas, un auténtico especialista en reconciliaciones, corrió tras él con la misión de elevarle la autoestima: «Sin ti no vamos a ninguna parte, no puedes abandonarnos ahora, tú eres el alma de este viaje.»

—Si yo soy el que más necesita las putas vacaciones, joder —explicaba Raúl–. Si estoy de los gemelos hasta el culo y de Elena que se ha vuelto una histérica y de su padre y los albaranes...

Y la lista de agravios amenazaba con prolongarse hasta el amanecer si alguno de nosotros no lo atajaba a tiempo: «Raúl, ¿sabes qué? Haber cogido el dinero.»

Nadie respondía al teléfono en casa de Claudio. Nuestro viaje al centro de las piernas, nuestra ruta cochina, nuestras veinte mil leguas de viaje subnormal no podían empezar peor. Él debía traer la furgoneta con las tiendas de campaña. De no ser Claudio el culpable del retraso nos habríamos inquietado, pero sabíamos que ésa era su manera de poner a prueba nuestra fidelidad, de demostrarnos el valor de su compañía. A Blas se le cerraban los ojos. Había pasado la noche sin dormir. Para matar el rato nos contaba las diferentes etapas de su última epopeya mujeriega que acababa, como todas las suyas, cinco minutos antes de disponerse a follar. La víctima en esta ocasión había sido una tal Anabel que según Blas todos conocíamos porque era camarera en un bar en el que habíamos parado mil veces, pero ni Raúl ni yo recordábamos el bar o la chica que nos describía con lujuriosos detalles.

—No exagero nada si os digo que casi me la follo –explicaba. Y la tal Anabel dibujada por Blas se nos presentaba como uno de los repartos de carne más sensuales del planeta. Piernas largas, ojos enormes, por no mencionar los pechos y el culo que Blas sólo acertaba a describir agitando los brazos como aspas al tiempo que pestañeaba aún incrédulo. Para coronar la estampa nos confesó–: Y me saca dos cabezas.

Por esos accidentes que provoca la noche, Blas y Anabel se encontraron a última hora haciéndose compañía en el bar donde ella servía las copas. Blas desplegó su estrategia mutante hasta transformarse en una inmensa y acogedora oreja, amable, comprensiva, un gordo y callado escuchador de desgracias ajenas que en este caso iban desde una infancia desdichada y rota hasta el reciente naufragio de su amor por un adicto a la cocaína. Blas, como un muro de lamentaciones con ojos, escuchaba y se frotaba las manos ante la perspectiva de un revolcón cariñoso y rápido mientras la chica te llora en el hombro. El llamado polvo de consuelo, cuyo mérito consiste en depredar al otro en el momento más bajo de su autoestima.

–Una tía encantadora –continuaba Blas–. Cuando cerró el bar eran casi las seis de la mañana y la acompañé andando hasta su casa. Llegamos al portal y yo estaba seguro de que me iba a invitar a subir.

–Pero no –me adelanté yo–. Te dio un besito en la frente y te dijo que se subía a follar con el cocainómano, que es un cabrón, pero que es más guapo y está menos gordo que tú.

–Me invitó a subir, para que te enteres...

–¿Y subiste? Éste es capaz de decir que no. –Raúl tampoco confiaba excesivamente en Blas.

–¿Me dejáis contarlo? –Blas cruzó los brazos sobre su tripa a la espera de que aparcáramos nuestra impaciencia–. Me invitó a subir, pero cuando iba a abrir resulta que se había olvidado las llaves de su casa en el bar.

–¿Te la llevaste a un hotel? ¿Te la follaste en la calle? ¿Contra un coche? –Raúl cometía el error de suponerse en el lugar de Blas. Nada más lejos de la realidad. Eran dos personas tan diferentes la una de la otra, tan absolutamente dispares que no les había quedado más remedio que hacerse amigos.

–No, joder. No quería forzar la cosa. Es de la clase de tías con las que si inviertes un poco de tiempo luego puedes conseguir una relación de lo más bonita...

–¿Qué clase de tías son ésas?

–La acompañé en un taxi a casa de una amiga.

–Eso te dijo ella. Te juego mil pelas a que se fue a casa del cocainómano –le desafié.

–Imposible. Ha roto con él y lo está pasando fatal.

En general, la vida sexual de Blas, con sus kilos de más y su bigote que uno no sabe si es un olvido al afeitarse o un proyecto de futuro pero que le suma quince o veinte años a sus mal llevados veintisiete, nos provocaba el mayor de los escepticismos. Nunca había vuelto a tener pareja estable desde la ruptura con su novia de toda la vida, y cuando digo de toda la vida hablo literalmente. Salía con ella desde los tres años. Eran vecinos en el barrio de viviendas militares y fue tal la decepción de la chica cuando Blas no se inclinó por la carrera castrense como su padre y antes su abuelo y antes la familia en pleno, cuyo árbol genealógico se asemejaba más bien a un regimiento, que lo abandonó y aún hoy, al cruzarse por la calle, cosa que sucede casi a diario, ella finge no conocerlo. El parte de guerra de su noviazgo de casi veinte años no pasaba del millar de besos sin lengua y tres pajas liquidadas con marcialidad y a regañadientes en un portal vecino. En su propia familia no fue menor el disgusto cuando Blas se decantó por una cobarde y gris licenciatura en Filología Inglesa. A partir de la humillante derrota de aquella historia de amor nacida para ser eterna, Blas se atrincheró detrás de lo imposible. Se enamoraba de chicas inalcanzables para él y de ese modo, al menos, su fracaso resultaba perdonable y justificado.

Blas le había comentado a Anabel que al día siguiente partía de viaje con sus tres mejores amigos, ansiosos de aventuras, y a buen seguro le pintó un panorama entre lírico y *beatnik* porque, según nos confió, la chica se atrevió a susurrarle con lágrimas en los ojos: «Qué suerte. Ojalá yo tuviera amigos así.»

—A saber qué le contaste.

—No, nada...

—No la invitarías a venir, que te conozco —apostó Raúl.

—No, hombre, no. No exactamente.

—Dijimos que sin chicas, sólo los cuatro —recordé.

—Bueno... Le di el teléfono del móvil de Raúl, por si acaso se nos quería unir en algún lado, pero, vamos, no viene...

—¿Qué? —A Raúl le invadió una oleada de indignación—. El móvil os dije que era sólo para hablar con Elena. Ya os lo advertí. Lo paga la empresa de mi suegro y luego no quiero líos. Así que olvidaos de eso de que el móvil es de todos, de eso nada, ¿eh?

—Si no va a llamar —aseguró Blas—. Lo dije por ser amable. Me contó que tenía planes y quería descansar y estar sola.

—No sé cómo lo haces, pero todas las chicas que conoces siempre prefieren estar solas —le dije.

—Del teléfono nada, ¿entendido? —seguía repitiendo Raúl.

—Qué gracioso —se me encaró Blas, sin convicción—. Te advierto que al despedirse me dio un beso casi en los labios, porque el hijo puta del taxista movió un poco el coche justo en el momento, que si no...

—Casi un beso en los labios, casi te la follas. Eres casi un seductor.

—Iros todos a tomar por culo, no sé para qué os cuento nada.

—Porque si no nos lo cuentas a nosotros es como si no te pasara.

Era verdad. Supongo que los cuatro guardábamos una zona reservada, pero el territorio real de nuestras vidas era el que compartíamos. El resto, esa parcela privada que cada uno sufre en silencio, existía, claro que existía, pero para verla era preciso asomarse al interior, ¿y quién quiere hacerlo? Yo escondía la mía arrinconada tras la desorbitada importancia del viaje entre amigos, aplacada bajo las cervezas o quizá me había pedido el primer whisky del día sólo para acallarla al notar que pugnaba por aparecer. Da igual. Ellos también la ocultaban. Con la escrupulosa desinfección sentimental que preside una sana amistad. Cosas de las que no se habla. Casi nunca. El viaje significaba vivir, gozar de la sensación cada vez más rara de respirar, de moverse por uno mismo, creerse dueño de su destino. Esa necesidad de abandonar las obligaciones, arrinconarlas. Para Raúl era evadirse del último año que había puesto su vida cabeza abajo. No quedaba rastro del dibujante que aspiraba a ser pintor, ahora convertido en esposo, padre y contable. Ya habría ratos para la pintura cuando llegara la jubilación, ¿no? Blas nunca disfrutaba tanto de su fracaso profesional y sentimental como cuando permitía que nos riéramos de ello. Quizá eso otorgaba sentido a sus escaramuzas sexuales más que relaciones, a los diez años empleados en estudiar su carrera, a falta de una asignatura para licenciarse de la que había de examinarse en un mes. Para él, con sus propias palabras, las horas sólo tenían sesenta minutos cuando estábamos los cuatro juntos. Y lo decía en serio. Poseía la envidiable capacidad de moldear el suceso más nimio con un regusto a leyenda, mitificaba las aventuras entre amigos, las mismas que otro no consideraría más que sosos pasatiempos. Para Claudio el viaje suponía resucitar el placer de saberse líder, respetado, dueño y señor de las decisiones, un paréntesis a sus tumbos de trabajo en trabajo para pagarse un piso que era una habitación con váter pero que él consideraba la infranqueable fortaleza de su independencia. Y para mí..., bueno, yo a veces me sentía culpable por no dejarme remolcar en esa ola perfecta, por observar desde la orilla, por perseguir lo que quería ser a costa de despreciar lo que era, por ver en los demás, en mis amigos sobre todo, la realidad y no la leyenda que Blas te narraba por enésima vez aunque ya no le encontraras la gracia.

—Huele a queso —anunció Raúl, y vimos a Claudio bajar de la furgoneta que había aparcado encima de la acera. Cuando empujó la puerta del bar nos invadió el calor del mediodía en Madrid, que convertía el asfalto en arenas movedizas. Calor que no parecía afectarle a él, que se acercaba fresco, con el pelo rubio mojado como si acabara de salir de la ducha o quizá es que hasta el sudor le sentara bien a su presencia insultantemente atractiva. El tabaco escondido en la manga de su camiseta, al filo de sus músculos bronceados. Raúl le apuntó con el dedo, pero Claudio no le dio tiempo a recriminaciones.

—Joder, qué cabrones. Aquí os estáis llenando la panza de cerveza mientras yo me pateo la ciudad.

Hubo varias tentativas de asesinato. Yo mismo amenacé con romperle un vaso en la cabeza, pero me pareció poco contundente.

—He discutido con Lorena y la muy hija de puta no ha querido quedarse con Sánchez —se disculpó Claudio mientras se bebía la cerveza de Blas—. Me he pasado la mañana buscándole un hogar.

Sánchez era el perro de Claudio. Un viejo y maltrecho gos d'atura al que Claudio sólo tenía tiempo para pasear durante sus trasnoches. Se tumbaba obediente a la puerta de los locales de copas y recibía patadas y vomitonas mientras su dueño despellejaba la diversión hasta el amanecer. En las horas de trabajo, Sánchez permanecía en casa, sobre la cama de Claudio como un peluche gastado, con el mismo disco de Los Ramones sonando de la primera a la última canción y luego vuelta a empezar, hasta que el amo regresaba al hogar. «Es lo único que le calma, su música», nos aseguraba Claudio cuando subíamos por la escalera y ya se alcanzaba a oír el guitarreo atronador procedente de la casa. Todos sabíamos que Sánchez era prácticamente sordo, jamás respondía por su nombre ni a los silbidos ni a los chasquidos de dedos. Para Claudio éstos eran inequívocos signos de inteligencia. Sánchez no era un perro solícito y faldero que acudiera a cualquier llamada vulgar. Además, muestra de su perfecta educación era que llegado el momento de satisfacer sus necesidades, él mismo saltaba dentro de la media bañera de Claudio y se aliviaba allí. De este modo tan civilizado, su dueño sólo debía, al llegar, limpiar la mierda antes de darse una ducha.

Sánchez era el mejor aliado de los retrasos de Claudio. Cinco minutos equivalían al obligado paseíto con Sánchez, media hora que el perro se le había perdido, una hora que le había matado el gato a una vecina, dos horas que había mordido al cartero. El retraso en iniciar nuestro viaje era, por supuesto, culpa de Sánchez. Abrimos la puerta trasera de la furgoneta y nos recibió la tos seca de un moribundo. Era el ladrido de Sánchez.

—No pensarás que el perro va a venir al viaje.

—Ya os he dicho que Lorena me ha dejado tirado.

—Ni una mierda. El perro no viene —se negó Raúl enérgico.

—Dijimos que nada de chicas, eso no incluye perros.

—Ni hablar. —Los tres estábamos de acuerdo.

Sánchez nos miraba desde el interior, tumbado sobre las tiendas de campaña y los sacos de dormir, rascándose un pelotón de pulgas sobre su despeluchado lomo. Tenía los ojos llorosos, no porque le conmoviera nuestro hosco rechazo a su presencia, sino porque desde hacía meses sufría el inicio de una catarata.

—¿Y qué queréis que haga con él? ¿Que lo mate?

—Le harías un favor.

—No seáis cabrones. Si no da un ruido.

—Que no, Claudio, que no. Que el perro no viene. —Raúl cerró la puerta de la furgoneta.

—Coño, parece que no conocéis a Sánchez. Es el perfecto perro de compañía...

—El perro nos limita un huevo —traté de explicar. Nada bueno podía esperarse al ver llegar a cuatro desarrapados y un perro viejo—. ¿Qué vamos a hacer con él, dejarlo todo el puto día encerrado en la furgoneta?

—Si yo no quería traerlo, pero todos los amigos que me deben un favor se han ido de vacaciones.

Blas fue el único que logró desatascar la situación.

—¿Por qué no se lo dejamos a mis padres?

El padre de Blas nos recibió en calzoncillos y camiseta, su indumentaria habitual en agosto, de un blanco salteado de lamparones. Se encontraba en plena sesión de gimnasia, por lo que la madre había apartado los miles de objetos de cerámica apiñados en el salón para que su marido al hacer la bicicleta o ejecutar el molinillo con los brazos extendidos le rompiera el mínimo de cosas posible. Se mostró encantado ante la sugerencia de ocuparse del perro.

—Desde la muerte de Klaus echo de menos la compañía de un perro. Entre nosotros, para mí era mucho más de la familia que mi mujer o Blasín.

Y señaló a éstos. Blas se encogió de hombros. Al dobermann del padre hubo que matarlo cuando con los años se le comprimió el cerebro y atacó a tres o cuatro vecinos. Resultaba obvio que al padre también se le estaba comprimiendo el cerebro entrenado para matar, pero contaba con la ventaja de que a un militar en la reserva se le guarda algo más de respeto que a un perro viejo.

Pese a los intentos por negar el ofrecimiento de la madre fuimos coaccionados para aceptar unos filetes con ensalada. En el comedor envuelto en olor a fritanga me correspondió sentarme frente a la bandera española preconstitucional que presidía la sala. Bandera que durante su infancia Blas había de besar al entrar o salir de casa. Su padre lo arrastraba a campos de entrenamiento militar los fines de semana y si alguna vez lo cazaba en una mentira o suspendía en el colegio era invitado a arrodillarse frente a lo más sagrado, la enseña nacional, y pedir perdón con arrepentimiento de corazón.

Durante la comida, el padre regalaba de vez en cuando feroces caricias a Sánchez que le arrancaban mechones de pelo. No se mostraba en exceso contento del nombre del animal. Los nombres eran una de sus fijaciones. El nombre de pila de Blas era el sentido homenaje a un notario y notorio líder de la ultraderecha, pero resultaba discreto si se tenía en cuenta que su hermana cargó con el de «España» durante toda su existencia. Nos explicó que los perros de raza sólo atendían al alemán, idioma en el que nos hizo una demostración, recitando alguna estrofa de *Deutschland Über Alles,* el himno alemán a la modestia. Sánchez rehuía a su nuevo Führer parapetado entre las piernas de Claudio. El padre de Blas, empeñado en ganarse los favores del animal, le lanzaba al aire los desechos del filete y pretendía que Sánchez, felino, los atrapara al vuelo. El perro se limitaba a observarlos caer sobre el parquet y engullirlos con un lametazo, como si los enfervorecidos gritos de «salta, salta, campeón» no fueran con él. Campeón era una palabra que de seguro llevaba años sin escuchar, si es que alguna vez le había sido aplicada, cosa harto dudosa.

—A este perro lo que le falta es entrenamiento —sentenció el padre de Blas—. Cuando vuelvas de vacaciones te lo voy a devolver hecho una fiera.

Por el semblante de Claudio vi cruzar la idea de abrazarse a su perro y salir huyendo, pero se topó con nuestra falta de comprensión. En la despedida, Sánchez gimoteaba con la mirada implorante hacia su amo. El padre le sujetaba por el collar mientras nos aleccionaba con belicosidad.

—Yo ya os he dicho que las vacaciones son para los pobres de espíritu. El trabajo es lo que hace libre al hombre. Debería suprimirse el mes de agosto y los fines de semana, por decreto.

Por fortuna el ascensor no tardó en aparecer y nos precipitamos al interior. La puerta se cerró dejándonos la última desgarradora imagen del padre de Blas entregado a sus consignas y Sánchez desolado a sus pies. Claudio murmuró: «A esa hija de puta de Lorena no se lo voy a perdonar nunca.»

Lorena era su novia del momento. En realidad era la novia de un analista químico con el que estaba a punto de casarse, pero dos meses atrás Claudio había irrumpido en su mundo y amenazaba con desestabilizar lo que hasta ese día era un cuento de hadas más o menos gris. Lorena gozaba entre culpabilidad y dramas de su doble vida, él nos había confiado que el aliciente de su relación estribaba en llegar al día de la boda y follar con Lorena vestida de novia. Ésas eran las batallas que entretenían a Claudio, batallas que una vez ganadas no diluían el sabor de insatisfacción que le provocaba la vida en general, como si se le hubiera quedado pequeña.

El futuro que aguardaba a Sánchez hasta finales de agosto nublaba en cierta medida el rostro de Claudio mientras yo callejeaba por Madrid para dar con una salida, cualquier salida de la ciudad. En manos del padre de Blas no era atrevido aventurar que el anciano perro atravesaría alguno de los peores momentos de su vapuleada existencia. Probablemente lo entrenaría para atacar a indigentes, judíos, negros, inmigrantes, yonquis, y si las enseñanzas surtían efecto la consecuencia más lógica sería que Sánchez se abalanzase contra Claudio nada más volverlo a ver. Blas y Raúl se habían desplomado en el asiento trasero y en el segundo semáforo ya estaban dormitando: Blas con un ligero babeo que le devolvía a sus mejores momentos de la noche anterior con la tal Anabel, recuerdos que apestaban a sexo pendiente; Raúl, con la boca abierta, relajado, quizá en alguno de sus primeros ratos de sueño en meses sin la amenaza del llanto de los gemelos.

Claudio a mi lado no presentaba mejor aspecto. Caladas las gafas de sol, no faltaba mucho para que me abandonara también. Al final de los túneles emergimos en el desvío hacia la carretera de Valencia. «¿Entramos en órbita?», preguntó Claudio. Era su forma de hablar, con una especie de diccionario juvenil. Asentí con la cabeza y enfilé la carretera. El Madrid desierto quedaba detrás. «Písale fuerte. Me despiertas en el mar», Claudio se dejó caer contra la ventanilla. De no ser por el penetrante olor a queso cualquiera pensaría que el antiguo dueño de la furgoneta repartía cargamentos de Soñodor a juzgar por el efecto causado en los tres. Aceleré. Despegaba nuestro viaje sin destino, nuestra huida disfrazada de vacaciones. Ese día era mi cumpleaños. Ninguno de mis amigos se había acordado. Casi nadie se había acordado. La plana felicitación materna de rigor, cinco minutos de vaguedades por teléfono desde sus plácidas vacaciones que se me hicieron eternos hasta que uno de los dos encontró la excusa definitiva para colgar. Mejor así. Resulta cruel esa obligación de celebrar el tiempo que se escapa. Me miré en el retrovisor. Escruté mi nueva cara de veintisiete años. Seguía sin gustarme.

* * *

El verano es una estación triste en la que nada crece. Quién no prefiere el mes de diciembre pese a la amargura que provoca la felicidad ajena; incluso la establecida crueldad de abril es mil veces más estimulante. La canción del verano es siempre la peor canción del año. El amor de verano es un subgénero del amor, del gran amor que nunca podrá tener lugar en verano. Hablan de lecturas de verano, noches de verano, viajes de verano, bebidas de verano y con ello queda implícito un sutil desprecio. Nuestro amor no está hecho para el verano. Nuestro amor no conoce vacaciones.

(De *Escrito en servilletas*)

2

Mis amigos me llaman Solo. Fue idea de Raúl y desde entonces me llaman así. A veces creo que han olvidado mi nombre real. Me llaman Solo porque un día, ya hace años, no recuerdo muy bien por qué, cabreado por algo les dije: «Mira, yo prefiero estar solo que bien acompañado.» Y la verdad es que no me disgusta. Solo. Suena a héroe de las galaxias.

Solo.

Supongo que la soledad me acompaña desde el día en que nací. Está ahí, agazapada, esperando a que todos desaparezcan para significarse, para recordarte que ella nunca te abandona. Mis padres han conseguido provocarme muy a menudo la sensación de estar solo, especialmente cuando estoy con ellos. Mi padre es crítico literario y mi madre crítico de arte. En el mismo periódico. Podría decirse que el estrecho sendero del prestigio cultural de este país atraviesa por mitad de nuestro salón, justo al lado de la mesita de café. Ese oficio, presumo que como cualquier oficio de unos padres, ha marcado su relación conmigo. Su acercamiento a mis cuadernos escolares, a mi forma de vestir, a mi manera de ser, a mi modo de cortar el pan en la mesa o cepillarme los dientes ha estado siempre deformado por su oficio. Mira, es mejor que lo hagas así. Son críticos. Disfrutan de la sutil inclinación a corregirte el modo, de una manera aséptica, profiláctica, pero siempre desde la paz espiritual que otorga el saberse en lo cierto. Me han permitido actuar de una manera libre, pero nunca han dejado de recordarme cuál era la manera correcta. El resultado es que poco a poco le fui cogiendo miedo a la vida, a la responsabilidad. Mi padre extiende sobre mí un manto de pavor, su mera existencia me aplasta. Con mi madre es diferente. Ella tonteó intelectualmente conmigo durante unos años, quiso que aprendiera a pintar, y fracasé. Desde entonces pasé a ser tan sólo su hijo, el objeto de su cariño y poco más. El trabajo la fue desquiciando y ahora es una persona valorada, respetada y admirada en el mundo exterior, pero que en casa vaga como una sombra que se come las uñas e ignora siempre lo que ponen esa noche en la tele como rasgo de grandeza. Soy su hijo, pero no soy Su Hijo. El superhijo, lo que podría esperarse de la unión de un superpadre y una supermadre con superpoderes.

Aunque los inicios, mis inicios, prometían, vaya si prometían. Para gozo de las visitas, que me estudiaban con admiración inusual. A los diez años estaba sumergido en una tarea monumental, redactar la Enciclopedia Infantil de la Historia del Arte. Capítulo tras capítulo era leído por mis padres en voz alta durante las cenas de amigos y provocaba en ellos un orgullo ilimitado. «Mira lo que dice del arte prerrománico... y tiene toda la razón», les oía comentar y crecía por dentro, algo crecía por dentro de mí, una convicción extraña, una seguridad contagiada de la seguridad que los demás habían posado en mí.

¿Y qué fue de todo aquello?

Primero el abandono debido a la inconstancia de los niños, luego la apatía general, hasta hoy, que saboreo la certeza de haberme convertido en la gran esperanza frustrada de papá y mamá. En el despertar de mi adolescencia me sentía culpable por jugar a los soldaditos, si me atraía un balón o el Scalextric, sabía que todo aquello que no era aplaudido por mis padres debía esquivarse. Cuando abandoné la Enciclopedia en el capítulo del Renacimiento, dejé plantadas las expectativas como el niño ese que desde la cumbre del tobogán llora arrepentido para que lo bajen por la escalera de nuevo. La mirada de las visitas se nubló, el orgullo de mis padres se evaporó, decidieron que sólo uno es responsable de su propia vida y que el error era esperar algo de mí. Habían soñado con tener un hijo fuera de lo normal y la normalidad me había engullido.

Normal, qué espanto. Los veo fruncir la nariz con desagrado.

A mi padre no le ofendió mi primer cigarrillo ni mi primer whisky. Poco menos que me lo sirvió él. Ni siquiera la primera vomitona. Aparenta una incapacidad absoluta para escandalizarse por nada de lo que yo pueda hacer. Adopta esa sonrisa permisiva acompañada de un guiño que pretende decir «qué me vas a contar que yo no haya hecho a tus años». Así que concluí con el tiempo que lo más sano era no llamar jamás su atención, de hecho pasan largas temporadas sin que intercambiemos nada más que monosílabos. Los suyos, eso sí, siempre certeros. Mi indiferencia hacia él, fingida claro está, sí acaba, de vez en cuando, por irritarle. Él me adoptó bajo su estela y me buscó un rincón en el periódico cuando me decidí a abandonar el hastío de la carrera, la misma donde había conocido a Blas. Entrevistas, crónicas sin demasiado interés, rellenos, correcciones, confección de la cartelera, la programación de la tele, todos los trabajos carentes de interés que puedan llevarse a cabo en un periódico han pasado por mi mano. Mi padre me dijo: «Es una oportunidad de oro para dar el salto.» Lo que se olvidó de especificar es el salto adónde.

Pero eso se ha acabado. Claro que ya hubiera querido yo que mi salida del periódico fuera una heroica dimisión con portazo incluido. La verdad era otra. La noche anterior a nuestro viaje de vacaciones tenía que esperar hasta el cierre, confiaba en que no se prolongara más allá de las tres de la mañana. Vi entrar a la redactora jefe repasando el ejemplar aún caliente, recién escupido por la rotativa. Cinco minutos después me llamaba a su despacho. La miré. Tenía los sobacos húmedos, la camisa empapada de sudor. Odiaba el aire acondicionado y las vacaciones de agosto. Odiaba en general lo que otros amaran, rasgo fundamental para dirigir la sección de cultura de un periódico. Le había sorprendido mi vulgaridad al rogarle la libertad durante aquellos últimos quince días de agosto. El día de mi petición su mirada era un reproche: «¿Tú también, hijo?» Porque para Cecilia Castilla yo era como un hijo, aunque ella no fuera como una madre para mí. Me había conocido casi de bebé, cuando llegó exiliada de la Argentina y mis padres le cedieron un cuarto de la casa. La recuerdo llorando ante las noticias de la tele, llorando en mitad de la cena, llorando si alguien reía. Estaba triste y quería que todos lo supiéramos. Hasta yo me di cuenta o el revisor del gas si pasaba por allí. Con el tiempo ella, que apenas tenía acento argentino, fue perfeccionándolo hasta convertirse en la argentina más argentina de Madrid. Ella, que detestaba el tango, se aficionó; que detestaba el fútbol, era la más forofa en los partidos del Mundial; que presumía de vanguardista, decidió que lo único sabio era releer a Cortázar. Fuimos testigos de la argentinización de Cecilia Castilla. Entró en el periódico bajo la deslumbrante estela de mi padre y gracias a su listeza confundida con inteligencia fue ascendiendo en el escalafón a medida que pulía su acento porteño, no fuera que alguien no cayera en la cuenta de que era de allí, y engordaba también, engordaba y engordaba hasta que en la redacción se ganó el apodo de «ancha es Castilla». Y ahora puedo decirlo: pobre invención mía.

Me lanzó el periódico plegado. Estaba abierto por mi entrevista desganada con un grupo pop británico de gira por el país. Me encogí de hombros.

–¿Qué pretendes? ¿Eh? ¿Eres como un niño, todavía? ¿A qué viene ese titular?

Me refresqué la memoria con una mirada rápida: «Tontitos y aburridos: la clave del éxito de los Sunset.» Sonreí.

–No tiene gracia.

Los componentes del grupo habían desgranado para mí un rosario de eructos y tentativas de frase genialoide. En mi transcripción de la entrevista me permití deslizar una imagen que me resultaba sugerente: yo en una playa, con una cerveza fresquita en la mano, en lugar de soportar la cháchara promocional de estos niñatos. Grupo de verano. Música de verano. Estaba especialmente orgulloso del final de la crónica: «Al fin y al cabo es agosto: ¿hay algún cerebro trabajando ahí fuera?»

–Tú sabes perfectamente lo que es periodismo y lo que no pasa de ser una gamberrada estúpida.

–Eran unos gilipollas, los Sunset –me defendí.

–Me da igual. Venden discos, tú no.

–Yo canto fatal.

–Un periódico es una cosa seria. Creo que eso es algo que sabes por el simple hecho de haber crecido junto a tus padres. –Bostecé en mi interior, muy adentro, un bostezo enorme. Ella prosiguió–: Detrás de la aparente inocencia de un periódico se esconde mucho, no se puede sacrificar por un chiste fácil. No creí que hiciera falta vigilar por encima de tu hombro para ver lo que escribes...

Me arrojó su mirada desde el fondo del mar de su sudor, esa mirada de decepción que tan bien sé provocar en todos aquellos que depositaron sobre mis espaldas poco menos que el futuro de la raza.

–Tienes diez minutos para rehacer el artículo.

–No pienso hacerlo.

–¿Cómo?

–Quiero dejar el periódico, me quiero ir. No hay nada aquí que me interese.

–¿Ahora nos miras por encima del hombro? ¿Nos hemos quedado pequeños para ti?

–No es eso –argumenté–, es que yo creía que el periodismo era otra cosa, que no era ir siempre por detrás, interesado en lo más estúpido de la gente, que no se limitaba a repetir lo obvio, que también podía ser algo creativo, no tomar notas en ruedas de prensa y servir de altavoz a los que tienen dinero para pagarlo. Me he dado cuenta de que los que hacemos los periódicos pensamos que la gente es gilipollas y hemos decidido ponernos a su altura hasta tal grado que nos hemos convertido en auténticos gilipollas...

–¿Estás de broma?

Me puse de pie y seguí hablando con la vehemencia del que no tiene nada que perder.

–No. Lo que creo es que nadie necesita una opinión más. El mundo está lleno de opiniones, todo el mundo tiene su mierda de opinión y además se empeña en que te enteres de ella. ¿Es que nadie se ha dado cuenta de que las opiniones de los demás a nadie le importan un carajo? Incluso las opiniones propias. A mí me parece que mi opinión sólo tiene valor si me la reservo para mí y para mis amigos, como mucho. Antes sólo opinaban los sabios, ¿y ahora?, he oído un huevo de veces eso de «tengo derecho a expresar mi opinión», pues no, te la guardas para ti. Estoy de las opiniones y de los periódicos hasta los huevos. Basta ya, tener una opinión debería ser algo excepcional, algo pensado, estudiado, meditado...

—Bonito discurso.

Yo arrastraba un fracaso periodístico. Seis años atrás fundé un fanzine contracultural que se llamaba *El Hombre Intranquilo*. Enredé en el proyecto a Claudio con su don de ventas, a Raúl con sus dibujos, a Blas con ciento veinte kilos de entusiasmo predispuesto y sus traducciones de poemas inéditos. Me dejé las pestañas en fotocopias, en redactar textos, en buscar compradores. A lo largo de un año sacamos cuatro números que no saciaban mis expectativas brutales, pero que me hicieron sentir algo. Los contenidos no escondían el ansia de venganza contra el mundito de mi padre. Incluso él llegó a leer el primer número y se permitió elogiar mis ganas de acabar de una vez por todas con los demás, aunque los demás fueron quienes terminaron por acabar conmigo. Mi padre encontró una conclusión perfecta cuando llegó el cierre: «Si te interesa el asunto yo puedo conseguirte un hueco en el periódico.»

Aceptar fue el primer capítulo de una historia que yo ahora trataba de cerrar en presencia de «ancha es Castilla», la mujer que odiaba el aire acondicionado y el mes de agosto.

—En este periódico no se aceptan dimisiones —me estaba diciendo—. Tómate esas vacaciones y nos vemos a tu vuelta.

—No volveré en septiembre. —Y acababa de encontrar un título perfecto para mis vacaciones de agosto: No volveré en septiembre. Sonaba bien. Un desafío.

Le di la espalda. Yo sabía que no tenía derecho a dimitir, que en realidad el trabajo nunca había sido mío, que no era dueño de mi situación por más que lo pretendiera. Pero todo puede cambiar.

—Oye —me llamó—, yo voy a olvidar esta conversación y tú pásatelo bien. Nos vemos en quince días.

Como suele decir el padre de Blas: siempre hay una puerta para que salgan los cobardes. Pues yo la abrí y salí con mucho gusto.

La carretera por delante también era una forma de decir adiós al periódico, de tomar distancia, necesitaba alejarme de todo. De todo. Porque días atrás el destino me trajo un sobre blanco, casi oficial. Mi madre lo sacó del buzón y me lo entregó a la hora de comer. Como ella lo sabe casi todo, me aventuró: «Parece una invitación de boda.»

Y no se equivocaba.

A veces sucede que algo te devuelve a años atrás, que te obliga a retroceder al tiempo en el que aún eras otro y no sospechabas lo que te aguardaba más adelante y observas en un mapa desplegado ante tus ojos los lugares en que estuviste y dónde podrían haberte arrastrado los caminos. La invitación me convocaba al enlace de Carlos Balsain y Bárbara Bravo, que tendría lugar el último sábado de agosto en una aldea de Lugo llamada Castrobaleas. Detrás había un detallado croquis que conducía desde Lugo a la ermita del pueblo. En la esquina superior derecha una diminuta anotación escrita a mano decía: «Estás invitado, *de verdad*», firmado con un sola letra, B.

B de Bárbara.

La invitación a su boda manchada con mi propia sangre podría ser una inmejorable nota de suicidio, ese suicidio que nunca cometí para evitarle a mi padre la vergüenza de justificar el estilo torpe de la carta de despedida por culpa de la precipitación propia del instante en que habría sido escrita. Suicidio que tampoco podía sinceramente encarar, porque era una solución que ya no me pertenecía. Fue Iván, un quinto amigo, quien se tiró de la ventana del séptimo piso de sus padres una noche que tampoco quiso salir con nosotros. Se borró del mapa. Como hacía él las cosas, con una libertad asombrosa. Sus ojos de perro triste dejaron de acompañarnos y nos dio toda una larga lección sobre el dolor a los que nos quedamos. Pero ésa es otra historia.

Bárbara. No era ninguna sorpresa la noticia de su boda, pero dolía igual.

La última vez que nos habíamos visto fue en una de sus visitas a la redacción. Saludó con su encanto irresistible a los que habían sido sus compañeros de trabajo y se detuvo algo más conmigo, al fin y al cabo habíamos compartido casi dos años de nuestros mejores años. Diecinueve meses y veintitrés días. Como yo no podía reconocer que jamás pasaba un día sin que pensara en ella, fingí indiferencia al verla. Respondí a sus preguntas con vaguedad y adorné con toda la pereza del mundo mi desmedido interés por sus novedades. «A lo mejor me caso», anunció, y yo, que nunca he sabido qué decir para no decir lo que quiero decir, dije: «Estupendo, espero que me invites a la boda», mientras pensaba que a su boda no asistiría jamás, no porque me fuera indiferente, sino porque odio las bodas en general y muy en particular la boda de la chica a la que amo con otro tío. Yo tengo esas rarezas.

Bárbara cumplió lo pactado y me invitó a su boda. Yo para entonces creía haber aprendido a ignorar mis sentimientos. Reconozco que después de vivir juntos diecinueve meses y veintitrés días, cuando regresé a casa de mis padres con la misma bolsa de ropa con la que me había marchado, fui presa de la peor de las melancolías. Melancolía de la que intentaron sacarme Raúl, Blas y Claudio a base de:

alcohol

otras chicas

juerga

más alcohol

más juerga

y sobredosis de esa cosa llamada amistad. Finalmente lo consiguieron cuando dejaron de intentarlo, cuando se acostumbraron a mis paréntesis melancólicos, y hasta les resultaban graciosos. Y entonces pensé: ya yo me curé, como esa canción tan alegre que se abría paso por fin entre tantas canciones tristes.

Pero lo que más me indignaba de la boda de Bárbara no era que le abocara a vivir con otro tipo, sino el acto en sí. La Bárbara con la que yo compartí tantas cosas durante nuestros diecinueve meses y veintitrés días juntos nunca se habría vestido de blanco, nunca se habría casado y mucho menos con un tipo llamado Carlos. Carlos, qué nombre es ése. No era mi Bárbara y como no era mi Bárbara aquello no tenía nada que ver conmigo. La borré de mi cabeza. Llegué a convencerme de que la Bárbara que conocí había desaparecido, que a lo peor sólo fue producto de mi imaginación, de las ganas de construir una mujer que me llenara la vida. Mi invención del amor. En cierto modo la ruptura con Bárbara fue una ruptura artificial, sin dramas ni batallas, con un lento desvanecimiento, ¿acaso hay otra forma de romper con una mujer que no existe?

Con Bárbara inexistente, la invitación a su boda era una carta más en el buzón, como otro de esos panfletos de publicidad barata. La vida podía continuar. La Nissan podía seguir deslizándose por la carretera dejando atrás el atardecer. Bárbara era uno de esos espejismos que provocan la adolescencia y el maldito sentido romántico de la existencia.

Mientras llenaba el depósito de gasolina sopesaba la posibilidad de enviarle un regalo de boda, algo sutil pero significativo. Raúl y Claudio estiraban las piernas tras salir de los servicios. Blas me acompañó hasta la caja y se concentró en el repaso del abundante material pornoerótico a la vista.

—Oye, Blas, si tú le quisieras hacer un regalo de boda a una tía con la que tuviste un lío, pero que en el fondo lo que quieres decirle es que te importa un huevo que se case, ¿qué le enviarías?

Blas se desperezó mientras rumiaba una respuesta a mi pregunta.

—No sé... ¿Un condón usado?

Balanceé la cabeza sin demasiado convencimiento. Pagué con dinero del fondo común.

—¿Es para algo que estás escribiendo? —quiso saber Blas, aún intrigado con mi pregunta.

—¿Eh?, no, no.

Al lado de la caja, junto a las guías de viaje y tres o cuatro revistas, reposaba una novela gruesa con una faja que decía: «La novela más prestigiosa y alabada de este fin de siglo.» Ni la editorial ni el autor me sonaban remotamente. Le pregunté al dependiente.

—¿Y este libro?

—¿Te interesa? Es del dueño de la gasolinera. Lo ha escrito y editado él, dice que aquí se puede vender tanto como en librerías. Son quinientas pesetas.

Blas lo ojeó con desinterés.

—Tiene buena pinta —mintió.

—Cóbramelo —le dije. Blas me miró asombrado. El libro era un diáfano ejemplo de obra autoeditada. La contraportada, foto del autor incluida, no tenía desperdicio: «Cándido Valdivieso Trujillos es un exitoso gasolinero, tocado desde siempre por la varita mágica de la musa Perséfone. Aquí nos presenta su primera obra novelística en la que nos presenta las aventuras y desventuras de varios personajes que nos presentan ante los ojos todas las complejidades del mundo y de la existencia de las personas que viven entre lujos y éxitos, pero que carecen de lo más importante del universo: el amor.»

—Espero que te guste —se despidió el dependiente—. El jefe se va a poner contento cuando le diga que hemos vendido uno.

La peripecia de un rico gasolinero desfortunado en amores podría muy bien ser la lectura ideal para estos días. Cuando un libro así cae en tus manos es un error rechazarlo. Mi padre los recibía a menudo acompañados por cartas donde los autores reconocían someterse al designio de su opinión. Yo los rescataba de la papelera donde indefectiblemente terminaban. Un rato después, leía párrafos completos a mis amigos en la furgoneta y nos mofábamos con carcajadas estruendosas de la infelicidad ajena.

Cuando entramos en Valencia anochecía. Propuse buscar un camping para instalar las tiendas de campaña, pero a nadie le apetecía ponerse a clavar piquetas. Así que Claudio enfiló hacia el interior de la ciudad y preguntamos por el mar. Valencia pasaba por ser la ciudad con más marcha nocturna de España, envilecida por la cateta ruta del bakalao, pero donde perduraba la alegría sexual desde los años del franquismo.

Aparcamos la furgoneta y corrimos hasta la playa. Nos descalzamos para caminar por la arena. Raúl se rociaba de cremas y lociones contra los mosquitos en cada centímetro de piel no cubierto por su conjunto de explorador. Los restaurantes de primera línea servían arroz y marisco a gente acangrejada tras un día de sol. Blas ponía a Claudio al corriente de su noche con Anabel. Casi me la follo, tío. Recordé mis discusiones con Bárbara. Ella siempre quería ir a la playa y yo me afanaba por convencerla de que el mar sólo era hermoso en invierno.

—Lo que pasa es que tú odias cualquier sitio en el que haya gente —me echaba en cara.

—Especialmente si es gente en bañador —especificaba yo.

Miré el oleaje muerto que me había traído de vuelta los recuerdos de Bárbara y esquivé la tentación de seguir pensando en ella. Nos sentamos en la arena, junto a las tumbonas encadenadas en previsión de robos, para fumar un cigarrillo de hierba. Claudio se había pertrechado para el viaje de un bote de mermelada con maría cultivada en las macetas de su casa. Dejamos que transcurriera el tiempo. «Habrá que ir pensando en cenar», dijo Claudio, pero ninguno mostraba intención de moverse.

De la trasera de uno de los restaurantes surgió una mujer con delantal que abandonó una bolsa de basura junto al contenedor que ya rebosaba. Me incorporé y corrí hacia ella. Los demás me observaban con expectación. Le expliqué a la señora que estábamos en viaje de vacaciones y que nos habían robado el equipaje con todo el dinero. Hasta el día siguiente no recibiríamos el giro para comprarnos un billete de vuelta. Pasar la noche a la intemperie no nos importaba demasiado, pero el estómago vacío ya era otra historia. La señora relajó su mueca de desconfianza y entonces le pedí si era posible que nos reuniera algunas sobras para que cenáramos aquella noche.

—Voy a ver —me contestó la señora con marcado acento valenciano—. Está lleno de alemanes que no dejan ni las migas, pero pasaros dentro de media hora a ver qué hemos reunido.

Volví hacia el grupo y Raúl me recibió con quejas, no estaba dispuesto a comer los despojos de nadie. Le expliqué que las sobras de un buen restaurante son siempre más sabrosas que el plato principal de uno mediocre.

—Ojalá dejen el *socarrat,* es lo que más me gusta. —Blas no se mostraba tan escrupuloso.

Pasada la media hora, la señora reapareció por la trasera y me gritó. *Chiquet.* Me levanté de la arena y Claudio me acompañó. Nos tendió una bandeja con cuatro platos rebosantes de diferentes variedades.

—El de verduras está riquísimo y la *fideuà* la acabo de apartar, así que está caliente.

—Gracias, señora, Dios se lo pague.

—Los platos y los cubiertos los dejáis aquí, pegaditos a la puerta y ya mañana los recojo.

—Perdone —le interrumpió Claudio cuando ya se iba de vuelta hacia la cocina—, ¿y algo de beber? Porque así a palo seco...

Claudio demostraba una vez más su falta de medida. La señora sonrió y se perdió en el interior de la cocina. Blas me arrebató un plato de las manos. Yo le recriminé a Raúl:

—¿Lo ves, tío? ¿Dónde íbamos a cenar así?

—La *fideuà* está cojonuda. Prueba, prueba. —Blas le ofrecía una tenedorada a Raúl.

La señora volvió a salir con cuatro botellas de vino blanco mediadas.

—Entre todas sacáis una entera, *bon profit, nois.* —Y regresó con prisas al interior del restaurante.

Fuimos a sentarnos de nuevo sobre la arena, cada uno con una de las botellas del vino regalado. Raúl apenas probó el suyo, desconfiado como era, y me bebí su parte. El arroz negro estaba algo pasado y Blas reprimió mi inicial impulso de ir a protestar al cederme una parte de su *fideuà,* que efectivamente estaba deliciosa al combinarse con el alioli. Había empezado a soplar la brisa desde la espalda del mar y resultaba algo más soportable la humedad. Los cuatro cara a la playa, las bocas llenas. A Claudio el viento le movía el flequillo rubio: «Eres un genio», me dijo mientras se hurgaba con el dedo en la boca para despegar un grano de arroz de una muela. Raúl sacó su teléfono móvil y marcó un número. Se incorporó para alejarse de nosotros. Paseaba por la arena, tenso, mientras hablaba con Elena. Se había quitado las gafas y se frotaba los ojos. En tono bajo, apenas audible para nosotros, le contaba que habíamos salido con retraso y que cenábamos en un chiringuito de la playa. Preguntaba por los gemelos con los hombros caídos como si el peso de la responsabilidad le aplastara también físicamente. Cuando colgó, regresó hacia nosotros con el gesto desolado. Se desplomó sobre la arena. Terminé de un trago la última botella. El vino blanco siempre me ha provocado un dulce dolor de cabeza.

—Nico ha dicho su primera palabra.

Nico, Nicolás, era el mayor, doce minutos, de los gemelos de Raúl y Elena. El pequeño se llamaba César. Otro nombre rígido. Yo era incapaz de distinguirlos, aunque reconozco que no me había detenido demasiado tiempo a mirarlos. Raúl aseguraba saber diferenciar perfectamente a uno del otro, aunque varias noches le había dado dos biberones al mismo y a punto estuvo de matar de hambre al de lloro más discreto. Elena optó por vestirlos de colores diferentes, con lo cual reconocerlos era más sencillo. Lo difícil era recordar el color de cada uno. Raúl proseguía, la vista en el mar, entristecido.

—Ha dicho su primera palabra y yo no estaba allí.

—¿Y qué ha dicho? —Blas se comía las sobras de un Raúl inapetente.

—«Papá.»

Claudio se echó a reír.

—Espera a que consiga decir la frase completa: «Papá, vete a tomar por culo.»

—Claro, para vosotros es una idiotez...

—No, hombre, no te deprimas —me esmeré en tranquilizar la conciencia de Raúl—. En realidad aún no sabe lo que quiere decir, lo dicen porque les gusta el sonido, pero cuando dicen «papá» no es que digan «papá» realmente.

—¿Y tú qué sabes?

—Tengo dos sobrinos —alegué.

—En realidad —admitió Raúl—, ¿qué quiere decir papá? Nada. Un tío cualquiera que estaba follando con su madre el día indicado. O sea que eso tampoco me convierte en nada.

—Pues claro —le dijo Claudio.

—Pues no. Yo ya he dejado de ser Raúl, ahora soy «papá». ¿Es que no os dais cuenta? Se supone que soy yo quien debe explicarle a mis hijos cómo funciona el mundo, yo soy el que los ha traído...

—Eso lo aprenden solos. Lo del mundo...

—En algo consistirá esto de ser padre... —se preguntaba en voz alta Raúl. Ninguno de nosotros podía ayudarlo demasiado—. En poner una hora para llegar a casa, en decir no cojas esto, no hagas lo otro... En ser la autoridad, la protección, ¿qué coño es ser padre?

Lo de Raúl era un monólogo sin final a menos que alguno de nosotros se atreviera a cortarle con el acostumbrado: «Haber cogido el dinero», pero nadie deseaba herir a Raúl en un momento tan significativo de su existencia. El mayor de sus gemelos había dicho «papá», lo cual le otorgaba un definitivo cargo en la vida. Dejaba de ser hijo para ser padre. Dejaba de ser un tío huesudo y desgarbado de orejas prominentes con unas enormes ganas de follar atrincheradas tras sus gafas para ser «papá». Un balbuceo apenas inteligible coronaba el irremediable final de los días tranquilos de Raúl.

—¿Cómo voy a ser un buen padre si nunca he sido un buen hijo? Mi padre prefiere a mis hermanos, que le dan la razón y hablan de fútbol con él... Y mi madre, cuando se quedó embarazada de mí, trató de abortar. Un día me lo contó como si nada. Se subía a la mesa del salón y se tiraba de un salto porque le habían dicho que eso era fatal para el feto, el feto era yo... Tomaba hierbas horribles, pero nada, nací. Así que ya ves tú qué padre puedo ser yo con esos ejemplos... Además yo no quiero ser padre. Yo no soy papá, joder.

Claudio y yo nos giramos hacia Blas. Él poseía la capacidad de rescatar a la gente del remolino de sus depresiones. Regalaba su sesgada manera de ver el mundo, su rincón para el entusiasmo.

—Venga, Raúl, no seas cagado —le recriminó—. Vas a ser un padre cojonudo precisamente porque tus padres no lo han sido contigo. Porque tú no querrás que tus hijos sean como tú, ¿no?

—Pues claro que no..., bueno, ¿y qué tengo yo de malo?

—No, hombre, no. Quiero decir como tú, o sea «un hijo no querido»...

—¿Pero cómo quieres que quiera a los gemelos si no los reconozco? Si a mí siempre me han gustado los niños, pero de otros. No míos.

—Hombre, a lo mejor son de otro —terció Claudio, que poseía exactamente la capacidad contraria a la de Blas, la inoportunidad. Consciente de ello, lo practicaba con relajo.

—No te creas que no lo he pensado, lo malo es que los cabrones son igualitos a mí...

—¿Y no te parece eso razón suficiente para tener compasión de los niños? —pregunté.

—Sois unos hijos de puta.

Eso iba por nosotros. Raúl se puso en pie de nuevo y se distanció andando por la playa. Aventaba nubes de arena con sus zapatos en la adquirida imagen de sufridor padre de familia. Era alto y delgado como un mástil en mitad de la playa. Nunca había entrado en sus planes inmediatos el ser padre, era algo que se había precipitado sobre él con un batacazo notable. Al verle pensé que las cosas más decisivas de la existencia suelen suceder de un modo accidental, lo cual debería darnos una pista sobre nuestra limitada importancia, y sin embargo persistimos en tomarnos demasiado en serio. Ni siquiera somos víctimas, somos trozos de madera en un mar caprichoso.

Lancé los platos vacíos hacia el mar. Planearon sobre el agua y cuando perdieron el impulso se hundieron en silencio. Luego destrocé las botellas vacías contra la pared del restaurante cerrado. Así pagaba el favor. Era una de esas pequeñas rebeliones destructivas que durante un momento me hacen sentir gilipollas, pero dueño de mi gilipollez.

Un rato después, el alcohol de garrafa había conseguido despegar la lengua de Raúl del resto de su cuerpo y otorgarle autonomía propia. La música a un volumen que desangraba los tímpanos no parecía arredrarle en su logorrea. Claudio entabló conversación con una princesa pija, de las que se mueven con una estela alrededor. Esquivé los nuevos argumentos de la vieja depresión de Raúl y me reuní con Claudio. Me gané la mirada despreciativa de la chica y un beso incómodo cuando fuimos presentados. Su grupo de amigas bailaba en la pista y nos observaba con moderada curiosidad. La princesa se encogió de hombros como si quisiera transmitirles que su designio en la vida era aguantar a los moscones que congregaba su belleza. Pertenecía a esas guapas tan conscientes de serlo que terminan por perder su atractivo. Estuve a punto de llamarla fea, pero necesitaba un whisky más. Claudio le preguntó en voz alta:

—Oye, ¿de todas tus amigas cuál es la más guarra?

—¿Qué? —ella amenazó con escandalizarse.

—Sí, la que es más cerda, la más tirada. La que se folla cualquier cosa...

—No sé —eludió ella.

Hablaba sin cerrar completamente los labios, como si ahorrara esfuerzos al pronunciar, lo que provocaba que las palabras se la escaparan vagas, amorfas. Tenía las piernas torcidas, posiblemente debido a las exigencias de su instructor de esquí. Era el tipo de chica que encendía en mí una mezcla de sentimientos encontrados. Por un lado poseerla con fiereza, por otro romperle el vaso en la cabeza. Claudio proseguía.

–Alguna habrá en el grupo que no sea como tú.

–¿Y cómo soy yo?

–Maravillosa, preciosa. Con novio. Feliz, con una vida perfecta. No me interesa. Paso de ti. Te estoy preguntando por la más miserable, la más cerda...

–Hombre, tanto como eso no, pero Marga... –concedió la princesa.

–¿Y quién es Marga?

Señaló con su dedo perezoso a la más rotunda del grupo. Anchos muslos bajo la corta minifalda, vestida de negro brillante quizá para eludir la realidad de su tamaño, tres veces el de cualquiera de sus anoréxicas amigas. Nos miraba. Bueno, miraba a Claudio. Éste le dirigió una seña para que se acercara. Ella obedeció con fingida desgana que no ocultaba su euforia porque alguien se interesara por su desbordada humanidad. La discoteca temblaba bajo sus pasos. Era malencarada, de entrada antipática, algo resentida. Su «me llamo Marga» sonó a «soy la fea del grupo, ¿y qué?». Aún ignoraba la admiración que le reservaba Claudio. Éste dio la espalda a la princesita y se centró en Marga, se vertió sobre ella, la envolvió con el manto halagador de sus ganas de follar.

Blas había juntado dos sillas bajas y se había echado a dormir en mitad del ruido. Indolente. Cualquier cosa mejor que prolongar la escucha de Raúl. Yo me esmeré por ganarme la apatía de la princesa pija, a la que cortejé durante toda la noche. Siempre he pensado que la belleza es un don concedido para ser compartido. Bárbara desprendía el regalo de su presencia. A su lado, observándola, aprendí a odiar a los que son avaros con su propia belleza, los que la niegan a los demás, como la princesita pija que esa noche sería mi tortura.

Marga no le hizo ascos a la trasera de la furgoneta cuando Claudio le propuso pasar a la acción antes de que amaneciera. Los demás salimos de la discoteca y esperamos en la acera, temerosos de que la furgoneta volcara con los embates de Claudio y su

Moby Dick de una noche. La princesa estaba escandalizada por el descaro de su amiga, aunque en realidad lo que le ofendía era que Claudio la hubiera despreciado a ella. Para compensar, me tuvo a mí, borracho y torpe, entregado al vano intento de sacar algún sentimiento de su congelador.

Cuando se me acabaron las ganas me senté en el bordillo de la acera. Blas, que había dormido un buen par de horas en el interior del local, estaba más que despejado e insistía en ir a desayunar. Marga emergió por la trasera de la furgoneta y el grupo de chicas huyó sin despedirse de nosotros. Claudio se había quedado dormido entre nuestras bolsas, bajo un persistente olor a sexo apresurado. Conduje de nuevo hasta la playa y en pleno amanecer nos tumbamos sobre la arena, como los más madrugadores bañistas del día. Blas se terminaba una botella de dos litros de horchata mientras tarareaba nanas para dormir a amigos extenuados.

* * *

Cuenta una leyenda china la historia de dos amantes que jamás logran reunirse. Se llaman Noche y Día. En las horas mágicas del atardecer y el amanecer los amantes se rozan y están a punto de encontrarse, pero nunca sucede. Dicen que si prestas atención puedes escuchar sus lamentos y ver el cielo teñirse del rojo de su rabia. La leyenda afirma que los dioses tuvieron a bien concederles algún instante de felicidad y por eso crearon los eclipses, durante los cuales los amantes logran reunirse y hacer el amor. Tú y yo también esperamos nuestro eclipse. Ahora que hemos comprendido que ya nunca volveremos a encontrarnos, que estamos condenados a vivir separados, que somos la noche y el día.

(De Escrito en servilletas)

3

Me despertó el puñetazo del sol entre los ojos. La playa había sido invadida por la gente. Blas y Raúl se cubrían la cara con las camisas. Saqué el bañador de la bolsa que había usado como almohada y me lo puse con velocidad, guarecido por la larga falda de mi camiseta. Me metí en el agua y me esmeré en recuperar el sueño. Hice el muerto durante tanto tiempo que creí estarlo realmente. El agua era un caldo tibio sin oleaje. Junto a la boca me rozaban plásticos, colillas, envases, trozos de madera, cáscaras de plátano, la flora y fauna de cualquier playa frecuentada. Las playas que tanto te gustaban, ¿eh, Bárbara? Aquí estoy, de veraneo. Me gustaría que me vieras. Me gustaría que estuvieras aquí. Si fuera posible que nos encontráramos.

Intenté no pensar.

Claudio fue el primero en unirse a mí, directo desde la furgoneta, sudado y con la cremallera de un saco de dormir grabada en la cara.

—No te lo había dicho: me he ido del periódico —le anuncié.

—¿De verdad?

—Lo que oyes. Estaba hasta los huevos.

—¿Y qué vas a hacer?

—Ni idea.

—Me parece bien.

—Todavía no se lo he dicho a mis padres —le informé.

—¿Se lo vas a decir?

—Joder, trabajan allí.

45

–Entonces ya lo sabrán.

–A lo mejor.

–Era una mierda de trabajo –me reconfortó Claudio–. No te daba ni para pagarte un alquiler.

–Por eso...

–En casa hay sitio. Bueno, no hay sitio. No quepo ni yo. En lo mío te puedo encontrar trabajo.

–¿En lo tuyo? –suspiré con desprecio. Claudio trabajaba de repartidor de bebidas por bares y cafeterías.

–Olvidaba que tú no te puedes manchar las manos...

–No es eso, joder. No voy a dejar una mierda de trabajo para coger otro peor...

–Da más dinero. Claro que como tú vives con papá y mamá, te lo puedes permitir...

–Tío, si lo sé no te cuento nada –me arrepentí.

Claudio hundió la cabeza en el agua y se lavó las ojeras.

–Lo importante es que no te metas en líos –me aconsejó–. Mira a Raúl. Aún no se ha enterado de que la mierda le llega hasta el cuello.

–Yo no me caso... –Tuve tentaciones de contarle lo de la boda de Bárbara, pero no estaba seguro de que Claudio comprendiera mi estado de ánimo. A él nunca le había gustado Bárbara, pero sostenía que yo aún estaba enamorado de ella. Sentimientos demasiado difíciles de explicar a alguien que había decidido no complicarse la cabeza más allá de la eterna cuestión, follar o no follar.

Claudio jugaba a la simpleza en sus relaciones, pero yo sabía que nada era tan cierto. Se cubría con un escudo antisentimental, pero yo conocía sus miedos, más de una vez me los había confesado: «Lo que trato de evitar es llegar a ese punto donde las mujeres pueden abandonarte, donde te destrozan cuando más enamorado estás. Sé que me pasará algún día, como a todo el mundo, pero lo único que intento es retrasarlo lo más posible.» Y por ese sistema eludía complicarse la existencia. Su éxito con las mujeres le permitía no enamorarse. A Claudio lo conocía desde casi diez años atrás, aunque nuestros mundos se separaron cuando perdió a sus padres. Tuvo que dejar los estudios, buscarse trabajo y entró en unos años violentos, algo obsesivos, de una mala hostia vital.

Cuando la tormenta amainó sus destrozos no habían echado a perder por completo nuestra amistad y emprendimos una lenta recomposición. Habíamos caminado por el filo de no volvernos a ver en toda nuestra vida, como había sucedido con tantos otros esbozos de amigos desde la niñez hasta ayer, y quizá por haber sabido recuperarlo ahora nos sentíamos tan cercanos.

Blas y Raúl se nos unieron. Los cuatro formábamos una tertulia a remojo, con la cabeza fuera del agua. Raúl sostenía el teléfono móvil en una mano, con el brazo extendido, «por si llama Elena», y con la otra se calaba las gafas que resbalaban por su nariz húmeda. Claudio le pidió prestado el móvil para hablar con el padre de Blas y preguntar por Sánchez, pero Raúl se negó. El teléfono era suyo en exclusividad y no quería que llamara Elena y se encontrara la línea ocupada, «con lo paranoica que está».

Permanecimos un rato largo en silencio, mirando a las chicas que se movían por la orilla. Opiné que me gustaban más las mujeres por la noche, pero nadie me entendió. Me refiero a que por el día no me provocan las mismas sensaciones. Pensé en el acierto de haberme vacunado antes de salir de Madrid. Tuve que mentir al médico y decirle que me iba de vacaciones al África, pero en el fondo me sentía más tranquilo. En quince días con mis amigos no era difícil atrapar cualquier enfermedad. Y a buen seguro que eran capaces de transformar en aldea africana cualquier lugar en el que decidieran pasar un rato. A ellos no les dije nada, siempre han opinado que soy un hipocondríaco. No saben lo que es estar enfermo de verdad. Yo he pasado todas las dolencias imaginables, los hospitales me producen pavor, hasta cuando los veo por televisión. Después de la ruptura con Bárbara llegué a preocuparme de verdad. Leí en *Medicina Hoy*, mi lectura de cabecera, que la desolación amorosa puede producir cáncer y empecé a sentir todos los síntomas. Los cientos de análisis a los que me sometí terminaron por tranquilizarme. Se me concedía aún más tiempo para seguir sufriendo.

—Raúl, ¿qué coño haces? —Claudio se volvió hacia Raúl con sorpresa.

—Tío, que estoy más salido que un balcón.

Raúl se había bajado el bañador dentro del agua y con disimulo se hacía una paja con la mano que no sujetaba el móvil. La estampa era deliciosa.

—No seas cerdo —le echó en cara Claudio.

—Claro, como tú has follado.

—Pero Raúl, que hay niños —se preocupó Blas.

—¿Me dejáis en paz o no?

—Te advierto que los socorristas tienen prismáticos.

Raúl se volteó de espaldas y se concentró en su labor. Nos apartamos algo de su oleaje. Se la meneaba a conciencia. A ninguno nos extrañaba demasiado. Estaba atravesando una época dura. Nos había confesado que con Elena embarazada se masturbaba entre cuatro y cinco veces diarias, como en la cumbre onanista de su adolescencia. Cuando salíamos algún rato no era raro verle perderse en los servicios de un bar y recibirle de regreso con el gesto relajado y una media sonrisa. Para acabar de entorpecer sus maniobras solitarias, el teléfono móvil empezó a sonar al final de su brazo.

—Mecagoendiós.

Se aclaró la garganta y respondió. Sin disimular su sorpresa, se dio media vuelta y le dirigió un gesto a Blas.

—Ahora mismo se pone. Para ti —le tendió el aparato a Blas—. Ya os dije que este teléfono no existía para vosotros. Como llame ahora Elena la he cagado.

Blas sostenía el teléfono con la mano empapada.

—Ah, hola, ¿cómo estás? Pues en Valencia, en la playita ahora mismo, con una cervecita a la sombra de una palmera, el paraíso. Pues claro que sí, pero vamos no lo dudes. Inmediatamente. Pues claro, facilísimo. Vamos a buscarte a la estación.

Los demás nos acercamos a él intrigados.

—Cojonudo, no, no, para nada. Nosotros encantados. Para nada. Ya mismo, no lo dudes. Vuelves a llamar y nos dices la hora. Ya, eh, pero ya mismo. Hasta ahora.

Cerró el teléfono. Si hubiera tenido una boca sana sus dientes habrían brillado en ese instante.

—Era Anabel. Se le ha caído su plan y quería saber dónde estábamos y si podía unirse...

—¿Qué? ¿Que viene? Ni hablar. —Raúl mostraba su indignación al tiempo que recuperaba el teléfono y comprobaba las conexiones, la batería, el buzón de voz.

Claudio y yo, aunque no olvidábamos la regla número uno de nuestro viaje al centro de las piernas, de nuestras veinte mil leguas, el acuerdo inflexible de no incorporar mujeres a la excursión, aceptamos el entusiasmo de Blas. Yo mismo le dediqué una reverencia a medida que ganábamos la orilla y me hinqué de rodillas ante él.

–Vuelve el hombre, eres un seductor. El Don Juan gordito.

Claudio le iba apartando bañistas al avanzar.

–Paso a la gran máquina de follar, al monstruo del sexo.

–Viene, y viene por mí. A pasar las vacaciones conmigo. –La emoción de Blas era indiferente a las miradas de la gente alrededor.

–Dejen paso al pene contemporáneo más brillante de nuestro país.

–Alabemos al señor follador porque ha hecho maravillas...

Raúl, sin compartir nuestros gritos admirativos, nos seguía entre protestas cada vez más estériles. Blas llegó hasta el lugar donde reposaban las bolsas de ropa y las lanzó al aire. Caían sobre su cabeza, las camisetas se desperdigaban por la arena. Trató de alzar la de Raúl, pero el peso era excesivo. Voceaba.

–¡Anabel! ¡Aquí te espero! ¡Te voy a comer el coño, las tetas, te voy a meter de todo menos miedo! ¡Te voy a matar a polvos! ¡Anabel, te quiero!

Una señora que untaba de vinagre a su hijo pequeño le afeó la conducta:

–Le parecerá bonito, esas palabras delante de un niño.

–Me parece precioso, señora, precioso. Voy a follar... –Y le besó la mejilla aceitosa.

Cuando el alboroto amenazaba con poner en peligro nuestra integridad corrimos hacia la avenida donde esperaba la furgoneta. El suelo empedrado abrasaba nuestros pies descalzos. El teléfono volvía a sonar en la mano de Raúl. Era Anabel. Llegaría en el tren de las siete.

Eso nos daba seis horas para peinar y acicalar a Blas, para calentarle la cabeza con cercanos y apasionados actos sexuales. Le vaciamos medio bote de colonia en los pies. Le forzamos a que caminara escondiendo barriga y Claudio le prestó su camisa favorita, denominada «la infalible», aunque puesta sobre Blas se asemejaba más bien al instante anterior en que el increíble Hulk desgarraba su ropa en la transición a La Masa. Llegamos hasta un camping ruidoso y sucio, abarrotado de familias en relajo, con las madres voceando tras los niños asilvestrados y los padres en permanente estado de siesta. Montamos la tienda de campaña grande que Claudio había conseguido prestada de unos amigos y a cuatros pasos de ella el iglú coqueto de Raúl, que serviría de templo del amor, de gineceo portátil, suite del sexo. Porque aunque Raúl se negaba a prestar su tienda, el plan ya estaba diseñado. Blas y Anabel pasarían la noche en el iglú y luego el amor y la falta de espacio harían el resto.

Blas anduvo crecido durante toda la espera. Incluso físicamente parecía ocupar más espacio, a lo cual contribuyeron las seis bolsas de pistachos que engulló para aplacar la ansiedad. Nos demostraba, con la precipitada venida de Anabel, que sus métodos de lobo carroñero con rostro amable también lograban resultados. Por ejemplo, su costumbre de felicitar el cumpleaños con puntualidad a todas las chicas que frecuentaba y a algunos de sus familiares. O la lista confeccionada para este viaje con el fin de enviarles a todas y cada una de sus amistades femeninas una postal tan idílica como entrañable. Nosotros nos reíamos, pero él nos recordaba que eran sus inversiones de hormiguita del sexo: «Hay gente que guarda sus ahorros en planes de pensiones y cosas así, pues yo tengo esta manera. Me lo trabajo, soy perseverante, son los polvos del futuro. Ya veréis, cuando sea viejo me voy a hartar de follar y vosotros a verlas venir.»

Al entrar en la estación, quizá el único edificio hermoso que llegaríamos a ver en Valencia, Blas se abalanzó hacia la pantalla con los horarios. El tren procedente de Madrid entraba por vía tres y allí nos plantamos, dos pasos detrás de Blas, como su guardia de seguridad. Cuando vio bajar a Anabel de uno de los vagones delanteros avanzó hacia ella con los brazos abiertos, perdidos varios grados de su aplomo, con el pecho henchido, más porque le cupiera en la camisa que como gesto atlético. Permanecimos en nuestro sitio. Escrutábamos a Anabel. Blas no había mentido. Era un pedazo de carne bien distribuido, de piernas tan largas que cuando Blas se abalanzó para besarla no pensamos que fuera a llegar más arriba de su ombligo. El verano había vestido a Anabel con lo imprescindible, dejaba al aire sus brazos musculados, sus piernas rotundas y marcaba sobremanera sus redondeces, en particular sus pechos, generosos, hospitalarios con el Blas que se abrazaba amigable y pulposo. Caminaron hacia nuestra posición y eso nos obligó a alzar por fin la vista hacia el rostro de Anabel. Castigado, debía de tener fácilmente cinco o seis años más que nosotros, demasiado maquillada, labios pequeños pero perfilados con optimismo. Desprendía una brisa de vulgaridad atrayente. Su voz se reveló áspera, confirmaba la presencia de una mujer con kilómetros.

Por el efecto automático de una presencia deseable entre hombres hambrientos, multiplicamos nuestro ingenio ya desde el saludo. Estuvimos agradables, brillantes, amistosos. Claudio la sentó en el asiento del copiloto y se ofreció para conducir. Raúl, que desconocía incluso que la ciudad hubiera sido atravesada por un río en otro tiempo, se desvivió por mostrarle los encantos de Valencia, le habló de las fallas y de la paella. Algo ridículo, sobre todo si tenemos en cuenta que competía con el inspirado Claudio, autoproclamado capitán de la excursión, anfitrión perfecto, cicerone alado.

—Lo mejor es la marcha nocturna —sentenció para terminar de frenar a Raúl.

Blas me miró con indignación, consciente de que ambos estaban invadiendo su territorio. Se inclinó hacia mí y me susurró: «Estos tíos son unos buitres.» Por el espejo retrovisor probé a enviar a Claudio alguna señal de mesura, pero éste se dejaba llevar, felino.

—¿No huele mucho a queso? —preguntó intrigada Anabel.

Nos miramos entre nosotros. Claudio salió del paso.

—Es la ciudad. Valencia, ya sabes, famosa por su queso...

En el camping le señalamos a Anabel el iglú donde pasaría la noche y se quejó de que tenía la espalda delicada. Cuando guardaba sus pertenencias en el interior y Blas velaba la entrada, Raúl y yo nos llevamos a un aparte a Claudio y le recriminamos su actitud.

—Claudio, no seas cabrón, se la estás levantando al pobre Blas.

—Qué va. Es para que se sienta a gusto, confiada. Lo importante es hacer una labor de equipo.

—Sí, labor de equipo —se quejó Raúl—, pero luego el que la mete eres tú.

Con nuestro torpe machismo cavernario llevamos a Anabel hasta un restaurante donde propiciamos el lucimiento de Blas, que acarreó con los gastos a cuenta del fondo común. Le cedimos el protagonismo en la conversación. Claudio quería demostrarnos el respeto absoluto a las intenciones de Blas. A Raúl le telefoneó Elena y se encerró a hablar en el cuarto de baño durante casi tres cuartos de hora. A mí, he de reconocerlo, Anabel me provocaba cierta pereza.

Fue ella quien más se extendió. Nos contó la ruptura con su novio de los últimos cinco años, el relaciones públicas de una discoteca de moda cuya adicción desmedida a la coca le había transformado en un sujeto paranoico, lo cual no era recomendable para seguir desempeñando su trabajo. En el último mes había tenido diecisiete peleas con tipos que, aseguraba, lo miraban mal, se reían de él al pasar o aspiraban a su empleo. Despedido y hospitalizado, Anabel lo mantuvo por fidelidad y cariño, según nos explicó, hasta el día en que comenzó a pegarla convencido de que planeaba recluirlo en un centro para toxicómanos. Aquella violencia le trajo a la memoria las palizas de su padre alcohólico y significó el final de cualquier resto de amor. Durante la desoladora narración me permití realizar varios comentarios jocosos penosamente recibidos, lo que acabó por hundirme en la silla y entregarme al vino. La tristeza de Anabel parecía ser pues la causa más coherente para su incorporación a nuestro viaje. Blas debía de resultarle el hombre menos problemático del universo, todo un contraste. Aunque yo quise darle otro sentido a su llegada:

—No hace falta que te expliques. Ya sabemos que Blas es irresistible. —Y así de paso centrar la pelota para que quedara claro lo que allí la convocaba. Anabel se rió esta vez con ganas. Una risa que a cualquier persona perspicaz le habría esclarecido que Anabel con Blas no aspiraba a más que una amistad relajada, a un inofensivo hombro sobre el que desembarazarse de las penas. Blas proseguía la operación de acoso que estaba claro nunca terminaría en derribo.

Entré en los servicios y Raúl se afanaba por zanjar su conversación con Elena. Los gemelos no habían aprendido nuevas palabras, por lo que Raúl se sentía algo más animoso. Le confesé mis dudas sobre la posibilidad de que Anabel hubiera venido con intención de follarse a Blas.

—¿Tú has visto a la tía? —Raúl inclinó la cabeza en dirección al comedor—. Si es que es mucho barco para tan poco pirata.

—Habrá que echarle una mano.

—A ella, porque él no tiene nada que hacer...

—Vamos a darle tiempo, nunca se sabe...

—Que no. —Raúl estaba seguro del fracaso de Blas—. No hay más que mirarle los dientes. Tiene nicotina acumulada de años. Es una tía con mucha vida detrás, alguien como Blas no le interesa para nada. Está gordo y calvo, es un adefesio. En cambio yo...

Raúl se mojó las manos en el lavabo y se planchó el pelo hacia atrás. Al descubrirse en el espejo las entradas, volvió a colocarse la cabellera en su sitio. Le seguí hasta la mesa y conociéndole como le conocía, no ignoraba que zanjada la conversación con Elena volvía a ser un hombre con un solo objetivo vital: follar.

Raúl siempre me ha explicado que su obsesión sexual procede de una cultura centrada en la lectura de cómics eróticos unida a la tardanza casi patológica en perder la virginidad, los veintidós años. Fue tal la grandiosidad que cobró en su cerebro el acto que se le negaba a su cuerpo, que en los años posteriores sólo perseguía recuperar el tiempo perdido. Lo conocía desde los años de colegio, cuando nos vendía a la clase, previo pago, dibujos con cualquier fantasía sexual que le solicitáramos. Dibujaba por encargo y así ganaba algo de dinero, dado que su familia vivía en la antesala de la miseria. Le pedías a la rubia de la clase de al lado con el culo en pompa o a la tetona de la primera fila haciéndote una mamada y en un par de días Raúl te entregaba una ilustración perfecta de tus sueños hechos, si no realidad, al menos viñeta. Algunos años después nos convertimos en íntimos amigos. Recuerdo exactamente el instante en que ocurrió. Estábamos sentados a solas en la terraza de un bar. De pronto le miré y descubrí sus ojos inundados en lágrimas. Le pregunté si le sucedía algo, pero él negó con la cabeza. Dejó pasar un rato en silencio y finalmente se atrevió a explicarme lo que le ocurría.

—¿Has visto la cantidad de tías que hay?

Miré alrededor. Una calle frecuentada, como tantas otras.

—No, no ahora. En el mundo. Miles, millones. Y me gustan todas. Estoy con una y pienso en las demás. Me cruzo por la calle con chicas preciosas, mujeres que llevan a sus niños al colegio, compañeras de clase, una con su novio, un grupo de amigas, la camarera de turno, aquella que espera el autobús...

La voz se le entrecortaba como si me narrara la pérdida de un ser querido. Aquél era su drama.

—¿Por eso lloras? —traté de consolarlo.

—Pues sí, me ha dado un flash, perdona.

No tenía nada que perdonarle. Le pasé una mano por la espalda y le ofrecí unas servilletas para que se secara los lagrimones. Acababa de ganar mi corazón para siempre.

—Quiero follármelas a todas, ¿no lo entiendes? A todas, tenerlas a todas, poseerlas, que me posean. No lo soporto. Me estoy volviendo loco. ¿Para qué están aquí? ¿Para qué existen? ¿Por qué hay hombres y mujeres? Para que nos acostemos todos con todas, ¿no? Es que no hay otra explicación. Por eso me desespero. La vida está tan mal hecha. Me gustaría ir por la calle y decir: «A ver, tú, vente a casa» y que ellas hicieran lo mismo conmigo, si yo estoy dispuesto, joder, si yo no le he dicho que no a ninguna tía en toda mi vida, si me he portado de cojones con ellas. Pues no. No es así. Por eso sufro, coño, es que es una tragedia.

El torrente de esperma retenido con forma humana que es Raúl desarrolló su priapismo mental a lo largo de los años en que fuimos amigos. Nunca se le dieron mal las chicas, habían de ser del género rápido, decidido, era negado para el romanticismo, el flirteo civilizado. Era un seductor de casa de socorro. El poco dinero que ganaba lo gastaba en pornografía, lencería, *peep-shows,* putas. Le daba igual. Lo importante era dar salida a los instintos. Siempre pensé que el sueño de Raúl sería encontrarle el agujero al globo terráqueo e hincarle su miembro, tales eran sus ganas de penetración generalizada.

Su inclinación desmesurada por el sadomaso nos asombraba en un principio, luego la aceptamos con naturalidad. Le gustaba azotar a las chicas, atarlas, que le taparan los ojos, le aplicaran cilicios, mearse y cagarse encima mutuamente. Raúl nos contaba sus escenas de sexo cafre como quien revela un secretillo inocente. Boquiabiertos asistíamos a su dedicación. No todas las chicas con las que se enrollaba se prestaban a sus fantasías, pero los aficionados a ciertas prácticas desarrollan un olfato particular para encontrarse. En una ocasión Blas tuvo que acompañarlo al hospital con un desgarro anal que nunca nos explicó a qué objeto contundente se debía. En otra, Claudio hubo de apresurarse para llegar a serrarle las esposas que le unían a una de sus conquistas y desligar a ambos del cabecero de la cama antes de que los padres de la chica volvieran de pasar el fin de semana fuera.

Raúl vivió después una temporada monotemática consistente en afeitarles el vello púbico a todas las mujeres con las que se liaba, dibujarles trabajosamente algún motivo sugerente como un habilidoso jardinero. Bella época en que lo apodamos «el barberillo de Tetuán», en referencia al barrio en que vivía. Raúl dedicaba parte de su tiempo a telefonear a los anuncios personales de la prensa barata, lo que le proporcionaba encuentros surrealistas con otros esclavos del sexo, como él mismo se definía.

Con Elena el amor surgió de un modo similar. Raúl descubrió que detrás de su aspecto modoso se escondía una fiera ardiente que disfrutaba recibiendo y pegando, orinando sobre su pareja, eso sí, en la bañera o algún otro lugar fácil de limpiar, siendo flagelada, aunque sin crueldad y sin dejar marcas, con toda la ternura posible en un intercambio de hostias. Poco a poco la relación se fue consolidando y el vicio se quitó la careta y era amor. Raúl y Elena se sumergieron en una relación de pareja que a nuestros ojos apestaba a imposible y más aún en alguien como Raúl, inclinado sin remedio hacia la promiscuidad. Era una rendición voluntaria. Le advertí, todos le avisamos, pero él me dijo: «He cambiado, Solo. Ahora soy hombre de una sola mujer.»

Aquel hombre de una sola mujer volvió a la mesa donde cenábamos y no despegó los ojos de Anabel, jugueteaba con sus gafas en la mano, parpadeando aparatosamente hasta que ella reparara en sus largas pestañas de las que tan orgulloso se sentía. Blas, que conocía tan al detalle como yo el carácter obsesivo de Raúl, no cejaba de golpearle por debajo de la mesa y hasta le clavó un tenedor en el muslo cuando le escuchó decir:

—Se ve, Anabel, que los hombres te han hecho sufrir, y eso en el fondo no te disgusta.

Ella asintió algo perpleja, mientras Raúl contenía el aullido de dolor. Luego él prosiguió.

—Todo lo que nos pasa es porque nos lo buscamos, porque lo deseamos. No existe la mala suerte.

—¿Tú crees?

—No, mira, ahora hemos tenido la suerte de que hayas venido, porque este viaje se estaba poniendo de lo más aburrido.

Blas le interrumpió con sarcasmo para golpear donde más daño podía causar:

—Sobre todo por tu culpa, que no dejas de llamar a tu mujer. Es que Raúl está casado y tiene dos gemelos recién nacidos.

—¿De verdad? —preguntó Anabel con interés.

—No, no, no, no... —Raúl se atrevió a negarlo. Se topó con nuestras miradas perversas—. Bueno, sí, pero vamos, están con mis suegros, de veraneo...

Un rato después, en un local oscuro, con infecta música a un nivel insoportable, dejamos a Blas y Anabel sentados en una mesita baja. Los demás nos instalamos junto a la barra para darles tiempo a intimar. Raúl estaba indignado con Blas.

—Ni folla ni deja follar. ¿Por qué ha tenido que contar lo de Elena? Me ha cortado todo el rollo, como si él fuera a conseguir algo...

—Déjale, coño, que lo intente por lo menos —insistía yo.

—Ha venido hasta aquí por él —recordaba Claudio.

—Sí, hombre, ¿tú crees que una tía así va a estar enamorada de Blas? Le hace gracia y punto, para un ratito. —Raúl les miraba a lo lejos—. Esto es la guerra, tío, si él no va a hacer nada, yo sí. Una tía así no se puede dejar escapar.

—No seas mamón.

—Aquí cada perro se lame su cipote.

De tanto en tanto, Anabel apartaba los ojos de Blas y nos buscaba con la mirada. Era consciente de lo que ocurría y no acababa de gustarle.

—Ni que tú fueras un santo —le echaba en cara Raúl a Claudio—. Anda que en la furgoneta... Y luego le prestas esa camisa a Blas que le queda pequeña, está ridículo.

—Hostias, la tía acaba de bostezar —les informé.

—No, si éste es capaz de dormirla.

—Cinco minutos y vamos —fijó el plazo Raúl.

Contamos los minutos mientras ella enviaba mensajes de socorro, asfixiada por la conversación inofensiva de Blas. Salimos a bailar a la pista todos juntos, más que nada para evitar que Blas hiciera el ridículo a solas. Anabel sacó a relucir sus horas de vuelo. Convocó las miradas de quienes nos rodeaban. Nos había explicado su etapa de go-go girl, bailando en ropa interior encima de altavoces en una discoteca de Ibiza, lo que con anterioridad Blas había resumido con un lírico: «Fue bailarina.» Sabía mover los brazos, las caderas, la melena, ante nosotros que apenas si acertábamos a coordinar el movimiento del brazo para llevarnos el vaso a la boca. Era tal la profesionalidad de su baile que comencé a sentir vergüenza ajena. Las discotecas nacieron para que se animara a bailar gente que no tenía ni estilo ni aptitudes para el ritmo y quien baila demasiado bien en ellas muestra una evidente torpeza, es como el que regatea demasiado en un partido entre amigos o el que pronuncia los nombres propios en inglés con esmerado acento. Raúl era el que más se propasaba en la danza, la sujetaba por la cadera mientras ella oscilaba, ondulaba, oleaba. Anabel cerraba los ojos, como si fuera a entrar en trance. Blas se esmeraba en cobrar protagonismo, pero siempre terminaba por derramar el gin-tónic.

Claudio y yo fuimos los primeros en abandonar. En la barra compartimos los negrísimos augurios sobre el inmediato futuro sexual de Blas. Lo que no dejaba de asombrarnos era que una persona como Anabel hubiera decidido tirar sus vacaciones a la basura para acompañar a cuatro muertos de hambre como nosotros, que se hubiera enganchado a la estela de Blas.

—La gente está muy sola —reflexioné.

—El gordo es alguien que las entiende, que las escucha, que aparentemente no se las va a intentar beneficiar en el primer descuido.

—Al menos eso creen ellas.

—A veces las mujeres son muy ingenuas. Sobre todo cuando piensan que un tío no se las quiere follar.

—Estás conmigo en que Blas tiene poco que hacer con ella –le pregunté.

—Poco es mucho. Nada.

Llegamos al camping y le explicamos a Anabel que nuestro sentido de la caballerosidad nos obligaba a cederle el iglú mientras los demás nos apiñábamos en la otra tienda. Ella aceptó y nos despedimos con castos besos en la mejilla. En la tienda invitábamos a Blas para que se lanzara a la aventura y visitara a la chica, pero se negaba. Estaba seguro de que no tenía ninguna posibilidad, pero lo encubría asegurando: «No, hombre, no, que está cansada, pobrecilla. Y además con dolor de espalda. Les pasa mucho a las camareras, todo el día de pie. Eso y las varices. Mañana, mañana.» Estuvimos un rato bromeando con el sexo aplazado de Blas hasta que nos decidimos a atrapar el sueño.

Antes de que transcurriera demasiado tiempo, Raúl se arrastró hasta la salida de la tienda. Tomó la linterna.

—¿Adónde vas?

—Si este gilipollas no va, voy yo. Está claro que la tía no ha venido a dormir sola.

—Será cabrón.

Y vimos a Raúl llegar hasta el pie del iglú, abrir la cremallera y sumergirse en el interior. Un segundo después cerró. Blas se frotaba los ojos.

—Pero ¿habéis visto a ese pedazo de hijo de puta?

Nos levantamos los tres y fuimos hasta el iglú. En el silencio de la noche, se escuchaban los susurros de Raúl y Anabel.

—¿Qué más te da? Venga, tía, toca, toca.

—Pero que no... Raúl, de verdad... –se defendía ella.

—Por favor, por favor, que estoy muy salido. Toca, toca, mira qué pollón se me ha puesto.

—No seas cerdo.

Blas se volteó para mirarnos escandalizado.

–Venga tía, no seas borde –insistía Raúl desde el vientre del iglú–. Si se te ve en la cara que tienes unas ganas de polla...

–Estoy cansada.

–Una paja, venga, una paja y ya me quedo contento.

–Fuera de aquí... No... Quita la mano.

–Si te va a encantar, si tú eres... A lo mejor quieres que te fuerce, te pone la violencia... Ahora verás...

–Ah... Que me dejes, coño...

Oímos revolverse los cuerpos dentro de la tienda. La oposición de Anabel resultaba tan evidente como el desmedido entusiasmo de Raúl. Con justificado temor a que Raúl terminara por violarla y tuviéramos que venir a visitarlo a una cárcel levantina durante los próximos veintiún años y un día, nos precipitamos a abrir la cremallera e irrumpir en el interior de la tienda. Anabel nos recibió con una sonrisa y Raúl se subió los calzoncillos con una mirada de odio. Se puso de pie con la poca dignidad que aún le quedaba y salió de la tienda.

–¿Es siempre así? –preguntó Anabel.

Los tres asentimos con la cabeza.

–Le has pillado en su día tierno –dije.

–Si quieres me quedo contigo para vigilar –se ofreció Blas.

–De verdad, estoy muy cansada...

De regreso en nuestra tienda, Blas quiso encararse con Raúl, pero éste fingía dormir, incluso roncaba ruidosamente. Por más que Blas lo pateó y le exigió explicaciones sólo obtuvo el ronroneo del supuesto sueño profundo y culpable de Raúl.

–Vaya amigo –se quejaba Blas–. Carroñero de mierda.

* * *

El doctor me dijo: No hay nada malo en el hígado, no hay nada malo en los pulmones, no hay nada malo en los huesos, no hay nada malo en el cerebro, no hay nada malo en el corazón, no hay nada malo en el páncreas, no hay nada malo en el estómago, no hay nada malo en la garganta, no hay nada malo en ningún órgano vital.

Y yo le respondí: Pues estoy jodido, doctor.

(De *Escrito en servilletas*)

4

Supongo que para cualquier mujer resulta halagador ver a cuatro amigos disputarse sus favores. A todo el mundo le satisface provocar, sentirse deseado, saberse dueño. No es tan adulador cuando uno se descubre débil, títere, una especie de muñeco manejado por su propio pene.

Desde por la mañana del día siguiente, la presencia de Anabel había trastocado nuestra convivencia. Era una bomba que aún no había estallado en nuestra cara, pero que tarde o temprano lo haría. Blas y Raúl no se dirigían la palabra y éste evitaba a Anabel. Sostenía Raúl que ella lo había provocado para entrar en la tienda a fuerza de lanzarle miradas insinuantes a lo largo de la noche anterior, pero en el cerebro de Raúl, que una mujer tuviera ojos ya constituía una mirada insinuante. Yo no quería ir a la playa, sino desmontar las tiendas y movernos a otro sitio, fatigado de patear la misma ciudad cada noche. Pero Anabel pretendía darse un bañito y tomar el sol. En la votación venció ella por mayoría, sus deseos empezaban a ser órdenes. Así que nos incorporábamos nosotros a las vacaciones de Anabel, sacrificábamos con absoluta indolencia nuestra idea de diversión, nuestra ruta cochina, nuestras veinte mil leguas. Nuestro viaje alrededor del culo ya sabíamos que era el suyo.

Desayunamos donde ella eligió, esperamos a que terminara de recoger sus cosas de la tienda y se duchara y arreglara en los baños comunitarios, le cedimos el asiento delantero en la furgoneta, sintonizó la emisora que le vino en gana y todos aceptábamos la situación, la nueva situación, incluso tarareábamos las canciones por las que ella mostraba preferencia. Nos conformábamos con palmear el lomo de Blas animándolo aún a la conquista, pero en la duda sobre su éxito, competíamos por situarnos con posibilidades de ser la alternativa. Vestíamos nuestra careta más seductora, sosteníamos una tensa y callada competición.

Más playa, más sal, más de lo mismo. Yo había abierto el apasionante libro del gasolinero con ese respeto que me merece cualquiera que decida lavar su miserable peripecia vital con la escritura. El capítulo de la infancia estaba marcado por la ciega admiración al padre «que me metió el gusanillo de la gasolina», expresión literal que dejaba abierta la puerta a todo un mundo de sodomías incestuosas. La muerte del padre cuando el autor contaba tres años le provocaba esta reflexión: «Todos los grandes hombres tienen en común que no conocieron o perdieron en la infancia al padre» y citaba a Freud, Unamuno, Dostoievski, Rimbaud, Einstein y un tal Rodolfo Perandones de profesión constructor y socio de sus primeros negocios. Pensé un instante en la atrevida aseveración. ¿Era la presencia de mi padre la que me había confinado a ser un hombre diminuto?

Hube de cerrar el libro en el momento en que Anabel se deshizo de la parte superior de su bikini y se tumbó bajo unas gafas de sol. Blas me dedicaba gestos obscenos por encima de ella. Claudio se había aventurado hasta el chiringuito más cercano para trabajarse a la mona finlandesa que lo atendía, hasta que aterrizó el marido con un tatuaje en cada brazo: «Llegó tu hora» y «Adiós mamón». Claudio recibió el mensaje. Regresó para rogarle a Raúl que le permitiera utilizar el teléfono móvil, a lo que éste se negó. Hacía demasiado calor para discutir, así que Blas acompañó a Claudio hasta una cabina para llamar a Madrid e interesarse por Sánchez. Me consolé al pensar que si yo lo pasaba mal, no era nada comparado con el seguro sufrimiento del viejo perro de Claudio.

En ausencia de los otros dos, Anabel se atrevió a pedirle el teléfono a Raúl, pues acababa de recordar que tenía pendiente una llamada urgente. Raúl dudó, era una prueba, otra más. Yo fingí estar sumergido en la lectura. Raúl alargó la mano y le tendió el teléfono a Anabel. La chica se apartó unos pasos de allí para hablar con intimidad. Intercambié una mirada con Raúl, que se encogió de hombros. El que fuera capaz de conservar sus principios frente a un buen par de tetas, que tirara la primera piedra, venía a decir. A los cinco minutos Anabel regresó y le devolvió el móvil a su dueño.

–Es una chica, para ti. Ha llamado justo cuando he colgado.

Raúl tembló mientras recuperaba el teléfono. Al otro lado de la línea le esperaba Elena, prendida la llama de la sospecha después de que le respondiera la voz vaginal y viajada de Anabel.

–Eh, no, no. Es que... espera que te explique.

Anabel volvió a tumbarse, ajena al cisma familiar que acababa de provocar. Preferí ahorrarme la escena de Raúl apilando excusas.

Fui al agua. Me distancié a nado de la orilla, hasta casi no oír el griterío de las madres y las voces de los niños. La gente en la playa pasó a convertirse en diminutas manchas sobre la arena. El agua en aquella zona estaba algo más limpia, incluso podías respirar sin temor a tragarte algún desperdicio flotante. Me sostenía en el sitio sin permitir que el reflujo marino me arrastrara hacia el interior.

Pensé que debía llamar a mis padres y que se enteraran por mí del abandono del periódico, antes de que «ancha es Castilla» les reprodujera burlona mi discurso integrista. Me gustaría decirle tantas cosas a mi padre, como por ejemplo que no olvido su gesto de suficiencia cuando me consiguió el trabajo, una altiva satisfacción al demostrarme cuánto le necesitaba. Supongo que le necesito desde el día que me trajo al mundo, y aún antes, a juzgar por las veces en que me ha explicado cómo construyó el universo actual con sus propias manos para que lo disfrutara yo con mis amigos. Trajo la democracia con su esfuerzo, poco menos que estranguló a Franco en su lecho de muerte. Me recordaba, tantas veces, su vida clandestina, sus cruces de frontera, su estúpido nombre de guerra: Juan García, como si ser una persona normal fuera algo que él había escogido sólo para pasar de incógnito. Un hombre tan especial como él, elegía disfrazarse de García, de anónimo patán, lejos de su verdadera personalidad extraordinaria. Rememoraba su brindis con champagne en la muerte de Franco como si eso fuera el supremo acto de valentía que coronaba su pasado rojo. Reconozco que el dictador, que él tanto engrandecía con su odio dedicado, siempre me ha parecido un mediocre, una figurilla gris sin ninguna prestancia, con voz de ratón. Incluso me resulta patético que tardaran tanto en liberarse de él, si es que lo hicieron. Pero ésa había sido la lucha heroica de papá. Su subversión, su revolución, para poderme regalar un mundo perfecto. En su extenso ensayo sobre San Juan de la Cruz, lectura fundamental para los amantes de la poesía, y en su aclamada antología crítica de la literatura española durante el franquismo, mi padre incide, yo creo que inconscientemente, sobre lo que es su más sincera opinión: con Franco éramos formidables. Mi padre aspiró siempre a cegarme con su figura mítica a fuerza de recordarme lo importante que era. Alguien a quien le sientan bien hasta las canas, que no podía evitar flirtear con Bárbara cuando algún día pasábamos por casa, demostrarme que, con el mínimo empeño por su parte, era capaz de robarme a la chica. Luego, a menudo, se refería a nuestra ruptura con un «cuando Bárbara te dejó», que clarificaba su opinión al respecto de lo sucedido. Cuando me atreviera a informarle de mi abandono del periódico se limitaría a decir: «allá tú», como antes había jalonado nuestra convivencia con sus:

tú decides, pero esto no es así
eres libre de equivocarte
ya te darás cuenta por ti mismo
así aprenderás de tus errores.

Él, que parecía haberlo aprendido todo acertando. Me gustaría enviarle a tomar por culo a él y a su aire arrogante, a su soberbia, a su seguridad, a su temple, a su presuntuosa manera de demostrarte que está tan por encima de ti que cabe la posibilidad de que ni te haya visto. A las personas tan satisfechas de sí mismas debería estarles prohibido tener descendencia para evitarles frustraciones, algo a lo que no están acostumbrados. En definitiva estaba seguro de que a mi padre le provocaría una indiferencia total saber que dejaba el trabajo, la misma indiferencia con que había recibido mis novedades con esa capacidad tan suya para no expresar emociones, con esa fría manera de no sentimentalizar.

Demostraba tanta alergia a los sentimientos que a veces dudaba si no se le habría congelado esa parte del corazón. Mi padre. Ese que un día asomó la cabeza en mi cuarto y al oír la música que yo escuchaba me dijo: «Tanto renegar de mis discos para acabar reconociéndome que Chet Baker es el más grande.» Para mi padre todos los caminos conducen a su opinión, tarde o temprano. Deformación profesional, supongo. Ese padre cuyo mayor rasgo de humanidad, aparte de hurgarse en la nariz cuando nadie acecha, consiste en acercarse a mí y preguntarme en tono confidencial: «¿Y ahora a los chavales qué os gusta hacer?», pero seguro de que cualquier respuesta le ha de saber a poco, a él que lo ha hecho todo más, mejor y antes que tú.

Abotargado en mi ajuste de cuentas no percibí la llegada de Anabel junto a mí. Me salpicó con el agua y me volví de mala hostia.

—¿Hablas solo?

—Sí, siempre.

—A veces es mejor que hablar con alguien.

—Depende de con quién.

—Conmigo, por ejemplo. Si prefieres que me vaya...

—No, no.

Se tumbó boca arriba sobre el agua. Fui yo quien la salpicó esta vez. Dio media vuelta y se lanzó sobre mis hombros. Me hizo una aguadilla. Yo se la devolví. Estaba escurridiza untada en aceite bronceador.

—¿Puedo preguntarte algo? —le dije. Ella afirmó con un gesto—. ¿A ti te gusta Blas?

—¿Blas? —Y pronunció el nombre con contenido desprecio—. Es simpatiquísimo, pero si te refieres...

—Sí, me refiero...

—Pues no.

Le sostuve la mirada. Ella se había tornado seria. Nos ignoramos durante un segundo, en el agua. La tomé por detrás y planté mis manos sobre sus pechos. No las moví de allí.

—¿Te gustan? —me preguntó.

—Sí.

—Trescientas mil. Y eso que el médico era amigo. ¿A que no se nota nada?

—No sé.

El pezón era pequeño. Ahora que lo había confesado las noté artificiales. Toda ella me resultaba algo artificial, y sin embargo allí me tenía, abrazado. Acerqué el resto de mi cuerpo al suyo. Se tensó. Le besé en el cuello.

—¿Qué haces?

Trató de separarse. Se lo impedí.

—No seas gilipollas —me dijo.

Mis manos descendieron por su vientre y le bajé la parte inferior del bikini hasta las rodillas.

—Vale ya, ¿no?

Se subió la prenda y escapó de mis brazos. Nadaba con estilo, igual que cuando bailaba, de nuevo quizá demasiado espectacular para el entorno. Traté de seguirla, pero me dejó atrás con rapidez. Es curioso, la gente es capaz de cambiarse las tetas, la nariz, los labios, pero nunca se plantearían cambiar de cerebro. Es algo que podría mejorarse en casi todos, y sin embargo el cerebro nos mantiene engañados, nos hace creer que poseemos el mejor posible. Es un órgano sobrevalorado, sin ninguna duda.

Blas me atrapó cuando ganaba la orilla.

—No creas que no te he visto... Tú también...

Culpé al calor, la abstinencia. Pero Blas parecía más preocupado por otra cosa.

—Chico, no sé cómo decírselo a Claudio.

—¿El qué?

—Mi padre no se lo ha dicho a él, ahora por teléfono, pero Sánchez se le murió ayer en un paseo, te puedes imaginar, le haría correr, con el calor, el pobre perro...

—No jodas.

—Me lo estaba contando y Claudio estaba a mi lado y yo disimulando. —Blas seguía explicándome su reciente llamada—. Nada, se le quedó frito, asfixiado. Un infarto de perro, yo qué sé. El muy bestia lo tiró por una alcantarilla.

—Tu padre..., desde luego —me quejé.

—No, no, si es un cafre.

–Habrá que decírselo a Claudio, ya verás qué drama –pronostiqué.

–Lo peor es que mi padre ha comprado otro perro para Claudio y, nada, dice que cuando vuelva se lo da, entrenado y todo, y santas pascuas. Que no notará la diferencia. Todo es culpa mía, por proponer que se quedara con él.

–No, hombre, no. Sánchez ya estaba...

–Sí, pero mi padre es la puntilla. Con su puto entrenamiento. Y a Claudio le habla como si Sánchez siguiera vivo, le ha dicho que le está enseñando a jurar bandera, y es al otro, claro. Ya verás cuando lo vea.

–Hay que avisarle antes...

Blas se encogió de hombros. Nos mantuvimos en silencio porque Raúl se acercaba. Lo mejor sería encontrar un momento idóneo para contarle a Claudio lo sucedido de la manera menos cruel. Raúl notó nuestra reserva. Blas, para disimular, le puso al corriente de mi intentona frustrada con Anabel.

–Lo que yo os decía, una calientapollas –sentenció Raúl, aún resentido–. Dime tú a mí qué le importaría follarse a Blas o a mí...

–O a los cuatro, ya puestos –sugerí.

–A lo mejor no le apetece –razonó Blas–. A lo mejor ha venido a pasar unos días tranquila, a olvidarse de sus problemas, a estar con gente maja.

–Pues se equivocó.

–Totalmente.

–De medio a medio.

–Otra mujer que vuelve a sobrevalorar al ser humano masculino, en vez de tomarnos como somos –se extendía Raúl en la materia–. Joder, mira que les damos pruebas, pero nada, siguen sin enterarse. Siguen empeñadas en que somos unos tíos maravillosos.

–¿Y a Elena qué le has dicho? –me interesé.

–No me hables. Menudo mosqueo. Nada, la he convencido de que era una tía que me había pedido el teléfono para una emergencia, pero vamos, no ha picado. Elena es lista, siempre piensa lo peor.

El día de playa se hizo eterno como una clase de BUP, sostenido por un bocadillo rancio y cerveza caliente. Insistí para que nos moviéramos, para que buscáramos otro lugar, para que recuperáramos la esencia de nuestro viaje interplanetario, pero Blas aún no había descartado su triunfo con Anabel: «Esta noche cae.»

El primer síntoma de que aquella noche tampoco iba a ser su gran noche lo sufrió al mirarse en el espejo de los vestuarios y descubrir su cabeza roja como un tomate.

—Me he quemado la calva, tío, me he quemado la calva.

Le acompañé hasta una farmacia donde compramos una crema para aliviarle y la unté con generosidad sobre su cráneo abrasado. Blas insistía.

—No te das cuenta, Solo. Esto es el final. El día en que te quemas la calva por primera vez te das cuenta de que tu vida es una mierda, de que todo está acabado.

—No te lo tomes así.

—No me había pasado nunca. Supongo que esto significa que ya soy calvo. Así, como lo oyes: soy un calvo. Ya está. A tomar por culo. Se acabó mi vida. Soy un calvo, un calvo más. Un viejo. Estoy acabado.

A cuestas con su insolación al mismo tiempo que su desolación, Blas se detuvo a comprar un par de helados. Uno era para mí, pero me lo arrebató después de dar cuenta del suyo en seis mordiscos.

—¿Sabes cuándo me di yo cuenta de que me había hecho viejo? —le expliqué tratando de animarle—. El otro día. Había unos chavales rompiendo una cabina de teléfonos y en vez de pasar de largo, pensé en el pobre tío al que le iba a tocar repararla, o que podía llegar alguien y necesitar llamar por una emergencia. ¿Te das cuenta? Me descubrí pensando esa gilipollez. En vez de, yo qué sé, unirme al grupo o sonreír. Pensé que era una hijoputez hacer aquello. ¿Te das cuenta?

—¿Y por qué pensaste eso? —se sorprendió Blas—. A ti qué más te daba.

—Por eso te digo, eso sólo lo debe pensar un tío cuando se ha convertido en un viejo, o bueno, en un adulto, que es lo mismo.

—Yo calvo..., tú un burgués —reflexionó Blas—. ¿Qué nos está pasando?

–A lo mejor es la edad.

–Ni hablar. El otro día leí en el periódico que ahora la adolescencia dura hasta los veintiocho.

–No, Blas –le dije–, la juventud termina el día en que tu jugador de fútbol favorito tiene menos años que tú.

–¿Eso te parece grave? Vaya gilipollez. Espera a quedarte calvo, ahí te quiero ver.

Esa noche nos hartamos de marisco en un restaurante junto al mar y permitimos que pagara Anabel como primer plazo de nuestra venganza. Cuando nos levantamos, el vino blanco había mandado a dormir al grueso de nuestras neuronas. Escogimos un bar con aceptable música cerca de la catedral y fuimos sumando jarras vacías de agua de Valencia, bebida que se caracteriza por tener una entrada de lo más agradable para luego golpear a traición. Blas dejó ir las manos y se abrazaba a Anabel con cualquier excusa e incluso sin ella. A nuestra mujer también se le habían resquebrajado las defensas y mostraba su lado más amable.

Algo después estábamos bailando en la pista atestada de una discoteca y Blas, que hasta entonces se había limitado a repetirme en el oído su predicción «Hoy triunfo», me llevó a un aparte y me chilló en la oreja: «Creo que me he cagado.» Creí no haber entendido bien, pero percibí su gesto de pánico.

–Me he cagado.

–Pero ¿qué dices?

–Me he tirado un pedo... y sabes cuando notas que te... Acompáñame al servicio.

Le acompañé hasta la puerta de un cubículo.

–No hay papel, Solo. Tráeme papel, me cago en la hostia.

Sin superar el asombro, busqué papel por el resto de cubículos encharcados de pis. No lo encontré. Corrí hasta la barra y pedí unas servilletas. Se las pasé por debajo de la puerta a Blas, que encadenaba maldiciones.

–Tío, esto es asqueroso.

–Pero cómo...

–Joder, cómo va a ser.

Blas salió con los calzoncillos cagados en la mano y se precipitó hacia el lavabo. Los remojó bajo el grifo y los frotó y refrotó.

Mi risa, incontenible, le iba poniendo más nervioso. Cuando escurría los calzoncillos como una bayeta empapada bajo el secador automático ya se le había contagiado mi hilaridad.

—Pero tíralos —le dije.

Se los guardó en el bolsillo del pantalón vaquero.

—Y una mierda, están casi nuevos...

Estaban ilustrados con dibujos de los héroes de la Warner. Metidos en el bolsillo del pantalón, cualquiera podía pensar que se le había inflamado un testículo.

—Me parece que tu noche romántica se ha torcido.

Blas sonrió. Envidiaba su carácter complaciente, su actitud siempre positiva. De su ascendencia militar sólo había heredado la nobleza para capitular. Era el soldado ideal para rendirse. Acababa de planear una noche idílica y había terminado por cagarse encima. Era su sino. Recibir bofetadas cuando aguardas besos. Si pretendía impresionar a Anabel, a su modo, lo había logrado. Era uno más de sus enormes fracasos, derrotas que él sabía encajar como ningún otro, que reconocía sarcástico cuando afirmaba: «Yo no me he comido casi ningún coño, pero, eso sí, me he comido un montón de madrugadas a solas.»

Aún nos reíamos a la puerta de los apestosos servicios cuando levantamos la mirada y localizamos en el corazón de la pista de baile a Claudio y Anabel en avanzado proceso de fundición. No era sólo que se besaran en los labios, sino que aparentaban trasplantarse las glotis respectivas. Raúl se giró hacia nosotros con compartida perplejidad. Se acercó en nuestra busca.

—Tío, menudo cabrón. Se la va a comer...

Blas, eludido cualquier atisbo de indignación, clavó la vista en ellos y sentenció con tono soñador:

—Porque puede.

—¿Y le vas a dejar? —Raúl más dispuesto a rasgarse las vestiduras—. Eres un calzonazos.

Blas y yo no pudimos evitar compartir una carcajada ante el comentario. Nos refugiamos en la barra hasta que Claudio dio orden de partida. Anabel mostraba por fin su elección. Nadie podía culparla por ello. Claudio había esperado hasta emborracharse para diluir su culpabilidad ante nosotros.

En la furgoneta le arrebaté el calzoncillo a Blas y lo saqué por la ventanilla para que se aireara. No pude ahorrarme la crueldad de contar a los demás el episodio de los servicios. Sabía que estaba humillando a Blas, pero sentía que la amistad me daba derecho a hacerlo. Todos reían. El ridículo de Blas nos evitaba nuestra propia estampa miserable. Sus calzoncillos ondeando en el aire eran la bandera de nuestro país enano.

Claudio y Anabel entraron en el iglú sin que en ningún momento del trayecto hubieran separado sus bocas por completo. Los demás nos refugiamos en nuestra tienda y nos acostamos.

—¿Qué tiene él que no tengamos nosotros? —maldecía Raúl.

—El pelo, joder, es el puto pelo —aseguraba Blas—. ¿Has visto lo rubio y lo liso que lo tiene? Parece un anuncio de Sunsilk, el cabrón. Eso vuelve locas a las tías.

—Eso lo dices porque tú estás calvo.

—Vete a cagar, gilipollas.

Antes de que pudiéramos dormirnos, entró Claudio, en calzoncillos, su ropa en las manos.

—Venga, tíos, nos vamos.

—Qué dices...

—Esta tía es gilipollas. —Claudio señaló hacia el exterior—. Le he dicho que por qué no se lo hacía con los cuatro y poco menos que se ha indignado. Que la den por saco.

Claudio había empezado a recoger sus cosas y meterlas en la bolsa.

—No vas a dejarla ahí tirada, no seas cabrón. —Blas salía en defensa de Anabel.

—Eh, o todos o ninguno, ¿no era ése el plan? —Claudio acababa de inventarse un mandamiento de nuestro viaje.

—Me parece una guarrada —insistía Blas.

—Vámonos, ya estoy harto de estar aquí...

Yo me sumé a su opinión. Me puse de pie y me vestí a toda prisa.

—Ahí se queda Miss Chocho Usado 1998 —sentenció Claudio.

—¿Y mi iglú?

—Raúl, coño, no seas cutre. Además, ahora con los gemelos ya me dirás tú a mí. Necesitas una tienda familiar.

Recogimos nuestras cosas en silencio, sólo roto por las protestas de Blas, a quien le resultaba de una crueldad innecesaria abandonar de ese modo a Anabel. Desmontamos la tienda y amontonamos el equipaje en la trasera de la furgoneta. El iglú se erguía entre el resto de tiendas del camping. Resultaba algo tragicómico imaginar la cara de Anabel cuando se despertara a la mañana siguiente, aunque no era improbable que nos escuchara escapar y prefiriera no asomarse. La huida de los cuatro enanitos rijosos tras abandonar a Blancanieves por pesada y estrecha era nuestra versión del cuento infantil. Yo intuía que ella se había aferrado a nosotros, que había soportado nuestra vileza quizá únicamente porque estaba sola, porque a lo mejor no tenía nada más.

Claudio conducía con prisa por dejar atrás Valencia antes de que amaneciera por completo y la luz del sol nos descubriera. Nos reíamos a carcajadas. Cualquier acto imprevisible por estúpido que fuera nos devolvía un orgullo ilimitado.

—O sea que ni te la has follado ni nada... —le preguntaba Blas a Claudio.

—Pues no, tío, para que veas. Yo no te haría eso...

—No, claro. Hay que reconocerlo, eres cojonudo.

—Mira, Blas, tú lo que tienes es un problema grave con las mujeres. —Claudio cabeceaba en tensión, con un movimiento nervioso que anunciaba tormenta—. En el fondo crees que son gilipollas. Las quieres mucho, las admiras mucho, pero en el fondo estás seguro de que las tías son gilipollas. O por lo menos tan gilipollas como para querer acostarse contigo. ¿Te has mirado en un espejo?

Blas se encogió de hombros. Claudio continuó:

—Eh, ¿te has mirado en un espejo? Todo en ti es no follable. Parece que llevas un cartel en la frente: soy infollable. Desde la pinta que tienes hasta..., hasta el nombre, joder.

—¿Qué le pasa a mi nombre?

—Blas. Eso es lo que le pasa. Blas es un nombre de orgasmo blando, de eyaculador precoz, de tonto del cole, de niñata, de seboso, de amigo de las niñas, de educadito santurrón, de picha corta, de monaguillo, de culito de pollo, de calvo. Blas es nombre de pajillero, joder, es un nombre de cretino, de tío sin gracia, es un nombre tonto, vamos, que te va como anillo al dedo. «Vete a tomar por culo, Blas.» «Que te den, Blasete.» «Que te folle un pez, Blas.» Blas es un nombre de Blas.

—Déjalo ya, venga —intervino Raúl.

—¿Sabes lo que me ha dicho Anabel cuando le he preguntado que por qué no se acostaba contigo? Eh, ¿sabes lo que me ha dicho? Tú que eres el que tanto la defiendes, el que la cuidas...

—No quiero saberlo.

—Vale ya, Claudio —le frené.

Blas se había vuelto hacia la ventanilla y miraba la carretera con el gesto perdido. Claudio se concentró en el volante. Por el retrovisor buscó mi mirada. Quería que yo comprendiera por qué se había cebado con Blas. Estaba borracho, sí, pero lo que le molestaba era que su amigo se prestara al ridículo, pensaba que la amistad le daba derecho a decir las verdades, a las seis de la mañana, camino de ninguna parte. Se sentía con licencia para decirle lo que pensaba, consideraba su actitud un gesto de nobleza, brutal, como casi siempre resulta la sinceridad no solicitada, pero necesario. Blas abandonó su introspección para confesar:

—Vale tío, estoy gordo. Pero *eso* tiene arreglo.

Poco después a Claudio lo vencía el sueño y después de dos amagos de salirse de la carretera, renuncié a pegar una cabezada y lo sustituí. Me desvié hacia una ruta costera para contemplar el amanecer. Una gran bola naranja a mi derecha que envolvía el cielo. Mis tres amigos dormían encogidos. El calor del día ya apuntaba su inicial intensidad. Conducir sin dirección fija relajaba mi atención. Metí una cinta en el casete. Jazz. A Bárbara no le gustaba el jazz. Yo siempre le decía que a las mujeres no les gusta el jazz, que ésa era una cosa sabida, que no casaba con su carácter. Ella se esforzaba, y a veces la descubría en casa luchando por escuchar con agrado algo de ese estilo. Al final siempre se imponía una innata afición a las canciones horteras, a lo melódico. Para enfadarle solía explicar que las mujeres contemplan la vida como si fuera una melodía, con estructura clásica, principio y fin, con sus momentos tristes y alegres, pero siempre afinada, con el tono optimista de las canciones. Para los hombres la vida era más ruidosa, sincopada, a veces sin sentido, con solos intensos y partes absolutamente confusas. Y a ella le sacaban de quicio mis generalizaciones, decía que me salía el lado pretencioso de mi padre.

Mi padre.

Cuando le hablaba de mi padre, Bárbara siempre sentenciaba: «Tú lo que necesitas es matar a tu padre.» En sentido figurado, claro, ella odiaba la violencia. Incluso cuando haciendo el amor jugaba a pegarle unos azotes, cogerla con fuerza, terminaba siempre por ponerse seria, mosqueada. «Si quieres darme de hostias me lo dices y punto.» Bárbara había llegado a conocerme mejor que yo mismo y sin embargo insistía en que no sabía nada de mí. Me encontraba silencioso una tarde y aprovechaba para demostrarme con ello que le guardaba cientos de secretos, que nunca compartía nada, que le ocultaba lo que pasaba por mi cabeza.

–Sólo estoy celosa de una persona. De ti, de todo lo que me ocultas.

Tenía suerte, yo estaba celoso del mundo entero. Incluso me irritaba el hecho de que existiera antes de conocernos, que hubiera vivido cosas sin mí. Recordé el momento de nuestra relación en que encontré defectos en Bárbara, debilidades, cosas que no me gustaban, como si aquel descubrimiento fuera la revelación de una gran verdad hasta entonces oculta. Aparecieron por entre las grietas de la convivencia, ese tercer grado que nos empeñamos en aplicarle a la pasión. Luego esas mismas cosas me producían placer al rememorarlas. Rompí con Bárbara de la única manera que sabemos romper los hombres, sin otros argumentos que los de

reivindicar el espacio
la libertad
enfriar las cosas
el miedo al compromiso
el odio a la cara seria de la vida
experimentar nuevas emociones
la monserga habitual cuando un día al que le sigue otro y luego otro terminan por dinamitar el amor.

Nunca he podido evitar ver el lado malo de las cosas. De mis amigos, por ejemplo, puedo frecuentarlos, necesitarlos, pero también conocer sus limitaciones, las mías propias. Lo mismo ocurría con Bárbara. Eso quizá me había distanciado, me había convencido de que no era tan grave perderla, cuando a lo mejor sí lo era. Cuando a lo mejor, por qué no, había sido el gran error de mi vida. Dejar el periódico podía resultar otra equivocación irremediable. Si ni siquiera sabía lo que pretendía hacer. Escribir. Me hubiera gustado ver la cara de sarcasmo de mi padre. Quiero escribir. ¿Tú? No, Bárbara, aún no había matado a mi padre.

Eso sí, podría hacer inventario de las veces en que intenté asesinarlo. La primera de ellas con seis años, cuando desperdigué mis rotuladores de colores por el suelo del salón y mi padre al resbalar se golpeó la nuca contra el borde de la mesa del café. Perdió la memoria durante tres días, en los que estuvo encantador, y recibió siete puntos de sutura.

Más tarde probé a envenenarlo intercambiando las pastillas de los botes de medicina de su armario, pero no pasé de joderle el estómago por un par de semanas. Otro día, en verano, cuando él reparaba mi bicicleta al final de nuestra calle en cuesta, subí y le quité el freno de mano a su coche, pero logró apartarse en el último segundo y lo único aplastado fue mi bici. Intento criminal que pagué condenado a un verano a pie. En aquellos escarceos homicidas ni siquiera yo era del todo consciente de la seriedad de mi obsesión. Travesuras infantiles, se pensaba.

Escondía tendencias asesinas cuando logré con mi comportamiento demencial ser expulsado del colegio para superhijos al que me llevaban. El disgusto, para mi asombro, no pareció afectarlo, ni siquiera se sintió ridículo frente a sus superamigos. A mi madre le costó sus buenas lloreras, pero yo no la perseguía a ella. Tampoco le condujo a la muerte instantánea el incendio controlado que tuvo lugar en su despachito donde se quemó su valiosa biblioteca y gran parte de sus archivos. Reconozco que en aquella ocasión sospechó de mí, pero ni tan siquiera lo achacó a mi maldad, se convenció de que todo era debido a mi estupidez o a mi torpeza para fumarme un cigarrillo a escondidas, todo lo cual me humillaba en mayor medida.

Anhelaba también resquebrajar el asomo de viril orgullo paterno nacido por mi relación con una chica tan maravillosa como Bárbara, cuando rompí con ella tras nuestros diecinueve meses y veintitrés días. Pensé que aquello arrastraría a mi padre a perder pelo de su cuidada mata cana, pero ni eso. El padre infalible no criaba arrugas por mi culpa. No, Bárbara, sigo sin matarlo. Tampoco a ti acerté a matarte, con esa ansia mía de acabar con lo cercano, lo necesario, lo que aparenta ser imprescindible, para así demostrarme que soy el dueño de mi destino.

La tristeza que me invadió cuando los días con Bárbara llegaron a su fin, me provocaba en el momento en que la padecía una cierta euforia. Por supuesto la euforia de la vida jodida, pero con qué mejor estado puede soñar un aspirante a artista maldito. Recopilaba canciones que me hicieran sentir como una mierda, hasta trescientas veintisiete que reuní en cintas para poder escuchar una detrás de otra con la callada satisfacción de sentirme roto. Transitaba por un instante de mi existencia, pensaba, que merecía vivirse con toda la intensidad posible. Aunque fuera negativa, pero intensidad al fin y al cabo. Errores. ¿Cuántos errores graves se pueden cometer antes de darte cuenta de que has jodido todo lo que tenías?

* * *

Cuando te encontré lo perdí todo. He deshojado las margaritas del mundo entero. ¿Te necesito? ¿No te necesito?

(De *Escrito en servilletas*)

5

Aún estábamos en la provincia de Castellón y el hambre apretaba, según consenso. Encontramos un lugar para comer al pie de la carretera. Raúl, Claudio y yo buscamos una mesa en el interior del local, al fresco. Blas se había quedado en la furgoneta. Se nos unió algunos minutos más tarde. Entró en el restaurante con un abrigo azul de plumas que había sacado del maletón de Raúl.

–Voy a sudar. Ya veréis cómo pierdo peso –anunció.

La cabeza asomaba por encima del abrigo casi polar. Brillaban en su frente las primeras gotas de sudor. Con sólo mirarlo te transmitía la sensación de estar siendo cocido en un puchero.

–¿No estás exagerando? –le preguntó Claudio.

–No. Vais a descubrir un hombre nuevo.

El hombre nuevo era, por el momento, el mismo de antes pero sudado. Con el mismo desvelo por los demás. Me interrogó:

–¿Has llamado ya a tus padres?

–Todavía no.

–¿A qué esperas?

–A arrepentirse y volver a aceptar el trabajo –sugirió Claudio.

–Ni hablar –negué enérgico.

–No seas loco, tío, no pierdas ese sitio, que es cojonudo. –Raúl suplía con sus consejos a una tía abuela conservadora; desde los inicios de nuestra amistad ocurría así. Se sentía en la obligación de ser juicioso y si alguna vez se lo comentaba, fingía indignarse.

–Estoy buscando cómo decírselo a mi padre de la manera que le joda más –informé.

El menú, de ochocientas pesetas, resultó carísimo para la comida que se ofrecía. Un hombre en la cincuentena con una calvicie tan amenazante como su campechanía, nos observaba desde la barra. Finalmente se decidió a acercarse, acarreando su taza de café.

—¿Os importa que me tome el cafelito con vosotros?

Nuestro gesto de indiferencia fue interpretado como una invitación. Dio dos palmas para atraer la atención del camarero, también su enfado, y anunció que nos invitaba a los cafés. Pidió un chorrito de anís para añadir al suyo.

—¿Sois de Madrid, verdad? Lo he sabido por lo mal que habláis. Que si joder, hijoputa por aquí, cabrón por allá. ¿Vais a algún sitio en concreto?

—Vacaciones.

—¿Tenéis algo que hacer esta noche? Porque he abierto un local muy cerca de aquí.

Se sacó del bolsillo interior de la chaqueta unos papeles de propaganda de un local que decía llamarse Only You. Le acompañaba el dibujo de una señorita en pelotas.

—Es un ecopolvo —nos explicó—. Folleteo a buen precio. Putas finas, eh.

—Lo siento, no tenemos dinero...

—Dinero no, pero ganas, ¿verdad? Se os ve en la cara.

El hombre se volvió hacia Blas.

—Chaval, ¿no pasas calor con eso?

—Estoy adelgazando.

—Tengo una mulatita que te quitaba los kilos de más por el método succión. —Y el hombre dio rienda suelta a una risa estruendosa.

—Estoy en contra de la explotación sexual de las mujeres —le interrumpió Blas.

—Y yo, chaval, y yo. No te preocupes que españolas no hay, que dan un coñazo... Sudacas y de los países del Este, que es lo que se lleva ahora.

—Quiero decir que estoy en contra de la prostitución —insistió Blas.

—Coño, un curita.

—A mí follar me gusta, pero no pagando.

—Pues gratis lo vas a llevar crudo, con esa cara. —El hombre se rió de nuevo buscando nuestra complicidad—. Que no, chaval, que yo no exploto a nadie. Si hay chiquitas que se hacen veinte polvos en una noche, se sacan un sueldazo. Yo más bien soy feminista.

Blas siempre se había negado a ir de putas. Cuando surgía el tema, indefectiblemente se desembocaba en discusión. Los demás no lo sabían, pero la hermana mayor de Blas, incapaz de soportar la convivencia con su padre, se había fugado de casa y ejercido la prostitución durante un tiempo. Había muerto de sobredosis años atrás, en un garito de Granada. Blas hubo de reconocer el cadáver amoratado en el depósito maloliente de la ciudad. El minuto más sombrío de sus recuerdos. Era una historia que jamás se nombraba en su familia, un agujero negro, una mancha en la hoja de servicios intachable del padre. El padre de Blas, otro que por fabricarse una vida propia en mayúsculas había dejado algún cadáver en la cuneta. Supongo que Blas se sentía con derecho para coger el papel de propaganda del economato del polvo y romperlo en pedacitos, que dejó caer en el suelo. El hombre no se arredró. Sacó más panfletos y nos los entregó en mano a Raúl, a Claudio y a mí.

—Vosotros no parecéis igual que este meapilas. Toma. Si venís esta noche os hago un precio especial. Vamos, casi gratis. A ver si aficionamos al gordo.

Y palmeó en la espalda a Blas sobre el plumas. Salió de allí dejando una estela a colonia barata y anís.

—Menudo hijo de la gran puta —lo despidió Blas.

—Oye, Blas —le recriminó Raúl—, es que con eso de las putas exageras un montón. No es para tanto.

No se discutió más del asunto aquella tarde. Dormitamos en un prado rodeado de árboles entre dos pueblos. Blas encontró un inodoro arrancado y lo arrastró detrás de unos matorrales, donde cagó, según sus propias palabras, «como en un hotel». Corría un arroyo con apenas agua, la suficiente para que pasáramos las horas sentados con los pies en remojo. Alrededor, el paisaje quemado por el sol, los restos de alguna hoguera, la basura acumulada por los vecinos que usaban el terreno como escombrera y en los chopos las inscripciones de enamorados talladas en la corteza. Recorrí los más cercanos repitiendo en voz alta las frases cursis, las fechas. La más antigua se remontaba a una pareja de novios del año 76. Quien más me hizo pensar fue el amante despechado que había regresado en busca de su corazón atravesado por una flecha y lo había tachado a cuchilladas para añadir: «De sabios es rectificar: te odio, Marisa.»

Raúl no se había despegado del teléfono en toda la tarde. El móvil le recordaba que no era libre, como la propia Elena le solía decir alguna vez en nuestra presencia: «Raúl, siento recordarte que ya no vives solo.» Nosotros siempre habíamos valorado la libertad, sin saber demasiado bien en qué consistía. Mis amigos, cuando rompí con Bárbara, me recibieron con festejos de todo tipo, me aseguraban que había recuperado la independencia, como si hubiera estado preso en mis diecinueve meses y veintitrés días de convivencia. Quizá para los amigos, las parejas de los demás son una amenaza. Claudio está convencido de que las mujeres vienen a inmiscuirse en la amistad. «Cuando una mujer se va, abres la puerta y ya tienes a otra trepando por las escaleras», decía. El amor es el enemigo. Tener pareja significaba renunciar a ellos, o como Claudio, pájaro libre, dijo un día: «Tú eliges lo que quieres ser, ¿águila o canario?»

Claudio había vuelto a dormirse sobre la hierba seca y el cigarrillo se le consumía en los labios, a punto de abrasarle con la ceniza. Se lo quité y lo apagué contra una piedra. Él no abrió los ojos pero murmuró: «Gracias, mamá.» Me levanté y recorrí la distancia hasta la furgoneta. Encendí la radio y busqué alguna emisora con música potable, labor a la que renuncié hastiado.

Cenamos en un restaurante con parrilla en el centro de la ciudad, sentados en la terraza donde devorábamos costillas. Bebimos jarras de sangría hasta que nos costó reconocernos entre nosotros. Claudio tuvo la idea, se dirigió a la furgoneta, la puso en marcha y abrió la puerta trasera. Se detuvo frente a la terraza con el motor encendido el instante justo para que saltáramos al interior y escapáramos sin pagar la cuenta. Gritábamos dentro, excitados, con Claudio acelerando para alejarse cuanto antes del lugar del crimen.

—Espero que no nos localicen por el olor a queso.

Delincuentes en frenética huida planeábamos nuestro siguiente golpe. Yo sabía que acabaríamos por discutir cuando Claudio y Raúl propusieron ir a beneficiarse de la copa gratis en el local de putas y que una copa nos llevaría a otra y otra probablemente a algo peor. Sabía que Blas iba a negarse, que iba a amenazar con abandonar nuestro viaje interplanetario, pero que finalmente nos acompañaría. En cuanto a mí, poco me importaba cómo pasáramos la noche, la cuestión era precisamente ésa, no preocuparse, no pensar.

Habíamos imaginado el Only You con cierto glamour de local de alterne con prestigio, pero un bar de carretera con tres bombillas rojas, un neón torcido y las contraventanas verdes cerradas nos devolvió a la realidad, esa cosa que sabe a carne podrida y moscas. Para entrar se apartaba una roída cortina de cintas de plástico a colores y tras un corto pasillo con algún cuadro erótico de colección privada de camionero se accedía al local, que era un salón alargado con mesas de formica, máquina de tabaco, consola de vídeos musicales, suelo de terrazo y una barra de obra que atendían dos camareras entradas en años, vestidas con *bodies* negros ceñidos y sugerentes de haber podido ellas ceñirse o sugerir algo. A esa hora la clientela se limitaba a un par de parroquianos de mirada huidiza. A una de las señoras le preguntamos por el dueño.

Apareció a cuestas con su aire afable. Vio confirmadas sus previsiones sobre nuestra hambre sexual, no así nosotros sus promesas de puterío fino y mujeres maravillosas. Hasta ese instante la cosa no pasaba de una barra americana para maníaco-depresivos. Raúl aguantó hasta el primer sorbo de la copa a cuenta de la casa antes de dejar caer un sutil: «¿Y dónde están las tías?» Nuestro anfitrión enseñó una sonrisa maloliente.

—Sin prisas. Nos tomamos la copa y luego si queréis diversión os organizo un paseíllo del ganado...

Soportamos su conversación durante la copa intentando que sus palabras se filtraran entre nuestro cerebro de gruyère. Nos contó que tenía un hijo de nuestra edad que vivía a su costa, según él por el método parasitario tan bien perfeccionado por nuestra generación: chantajeando a las madres y chuleando a los padres.

—Ahí está, treinta y cinco años y no hay dios que lo eche de casa.

Luego prosiguió con sus estrategias de mercadotecnia empresarial.

—A mí no me gusta que las chicas alternen. Me gusta el burdel a la antigua, como cuando yo era joven y me iba de viaje a Madrid a casa de Madame Teddy. Pierdes dinero en consumiciones, pero las chicas se concentran y saben que tienen que ganarse el pan con el sudor de sus coños.

Fue en ese instante cuando los cuatro sentimos un ataque de pudor y amenazamos con echar a correr. Nos sostuvo la atracción por las criaturas monstruosas, *freaks* como este empresario patético que saludaba en la distancia a la gente que entraba en su local decadente como si regentara el Cotton Club y que poco después nos guió a través de una puerta que decía «privado». Conducía a otro salón más modesto, iluminado con destellos estroboscópicos. Un olor penetrante a espermicida o amoniaco nos provocaba sequedad en la nariz, una sensación que nos acompañaría durante tres o cuatro días. Nos sentó en un sofá que había olvidado su color original para adoptar un camaleónico parduzco que lo confundía con la pared sucia de gotelé. Posamos las copas sobre la mesita baja. El dueño nos informó que por ser sus invitados personales iba a organizar para nosotros un desfile que era todo un show. Nos dejó a solas un instante. Ver a las chicas no nos podría hacer ningún mal, convinimos. Blas protestaba, pero Claudio le aseguró que a menos que apareciera una mujer espectacular no íbamos a malgastar el poco dinero que quedaba en nuestro raquítico fondo.

El dueño regresó con un micro de karaoke y aunque la distancia que nos separaba no excedía los dos pasos se esmeraba en hablar por él. Nos dispusimos a presenciar un espectáculo atroz nacido en el tercer mundo del glamour. De una cortina roja iban surgiendo una a una las mujeres que desfilaban ante nosotros con miradas de fingido deseo, con gestos de invitación. El dueño jalonaba sus cuatro pasos por el salón con comentarios de poética casposa. Salomé, diosa del placer, era una rellenita y enana dominicana que al sonreír mostró la ausencia de varios dientes. Sonja, joven del Este, escuálida de ojos verdes, fue definida como la reina de las penetraciones imposibles, después de abrirse de piernas en el suelo como unas tijeras rotas. Claudia, una brasileña de casi cincuenta años, celulítica y triste, fue presentada como diplomada en lenguas vivas. Sabrina, colombiana con peluca rubia, con una cicatriz en mitad del vientre, era para el presentador la única superviviente de Sodoma y Gomorra. Le siguieron Carla, polaca oronda rondando la ancianidad, que en el paroxismo publicitario del dueño pasaba por ser la madre de todos los placeres; Yolanda, venezolana sonriente, pelo rojizo y formas bonitas, que en cualquier otro sitio habría pasado desapercibida, pero que en este grupo nos provocó la euforia, y Susie, la espléndida máquina del placer, que era una colgada portuguesa como una tablilla de madera que no logró abrir los ojos ni caminar recta un solo instante. El festival terminó con dos búlgaras: Ana y Marlene. La primera arrastraba los pechos sobre la moqueta gris y la segunda era una sucesión de huesos coronados por un pobladísimo bigote y una única ceja de oreja a oreja. El dueño despidió a todas las chicas que se habían alineado contra la pared frente a nosotros no sin antes exigirles con su descortesía habitual que nos enseñaran los pechos para dejarnos un buen recuerdo. Después de hacerlo, se precipitaron al otro lado de la cortina. El dueño posó el micro sobre la mesa de café y nos preguntó con una sonrisa:

—¿Impresionados?

—Sí.

—Totalmente.

—Mucho.

Blas no dijo nada. Clavó los ojos en el dueño y le escuchó la oferta de siete mil quinientas por veinte minutos y diez mil por media hora.

—Es demasiado —se quejó Raúl, dando por sentado que aceptábamos.

Blas se encaró con él.

—Rijoso.

—¿Y una para los cuatro? —propuso Claudio.

—Sí, la venezolana —añadió Raúl.

—Hombre, los cuatro a la vez... —El dueño balanceó la cabeza—. Son chicas muy serias, no me aceptan numeritos.

—Los tres, eh, los tres —se desmarcó Blas. Y se volvió hacia mí interrogante—: Porque tú también, ¿no?

Yo me encogí de hombros. Blas sudaba bajo el plumas en el ambiente irrespirable. Se puso en pie, se llenó los bolsillos con un puñado de panchitos del platillo sobre la mesa y anunció:

—Yo os espero en la furgoneta. Parecéis una película de esas de niñatos gilipollas yanquis...

Regresó a la barra por el pasillo, no sin que antes el dueño nos preguntara en un tono elevado si era maricón.

—Veinte y os vais los tres con la venezolana —nos propuso ya a solas.

—No, no, diez por veinte minutos —negoció Claudio.

—No tenemos tanto dinero —dije yo.

—Quince y os la dejo media hora.

—¿Podemos verla otra vez? —pidió Raúl.

El empresario emprendedor fue en su busca y regresó con ella cogida por el codo. La sentó entre nosotros. Debía de tener algo más de treinta años, los rasgos hermosos, los ojos de color avellana turbio.

—Aquí los chavales se han quedado contigo...

—No os arrepentiréis —dijo ella con su profundo acento venezolano, hermoso, suave.

Le plantó a Claudio una mano en el muslo y éste sonrió. Nos preguntó los nombres y sólo mentí yo, dije que me llamaba Juan. Juan García, claro, transformándome en el hombre vulgar, como mi padre en la clandestinidad. Lástima que mis guerras no estuvieran a la altura de las revoluciones de papá. Raúl se echó sobre ella y le palpó los pechos. Yolanda, Yola como nos permitió llamarla, le apartó las manos con delicadeza.

—Antes la bolsa, luego lo que tú quieras, mi rey.

—Venga tíos, quince no es tanto —nos conminó Raúl.

—Una ganga, a ver cuándo habéis visto una mujer como ésta —vendía el dueño.

Quince mil era una fortuna para tres muertos de hambre como nosotros, pero nos rascamos las carteras y conseguimos reunirlas sobre la mesa baja. El dueño contó los billetes arrugados.

—Si de algo me precio es de conocer a mis clientes. Os vi la cara esta mañana y pensé: «Éstos tienen ganas de follar.»

Le habríamos golpeado con el cenicero en la cabeza y sin embargo las piernas de Yola terminadas en puntiagudos zapatos de tacón y el empuje con el que Raúl se había puesto de pie y la sostenía por la cintura nos demostró cuánta razón tenía. Abandonamos el circo en ruinas con el palmeo de su maestro de ceremonias.

–Os lleváis una joyita.

Entramos en el infierno kitsch de una habitación con cama grande, moqueta sucia y un lavabo funcional donde Yola nos enjabonó el miembro para luego encasquetarnos un preservativo. Tres minutos después, todos sobre la cama, Claudio estaba empeñado en metérsela por el culo mientras ella se la chupaba a Raúl, que le amasaba los pechos como si fuera a hacer tortas y se calaba las gafas a cada instante. Ella con el brazo estirado alcanzaba para meneármela mientras yo estudiaba su piel lechosa, llena de pecas. Yola me soltaba de tanto en tanto para apartar las intenciones de Claudio y le reprendía.

–Nada de culeo, mi amor, nada de culeo.

Nunca había estado desnudo con tanta gente a la vez desde que jugaba al balonmano en el equipo del colegio y aquello puedo asegurar que era mucho más ordenado. Tal era el desconcierto, que en varias ocasiones Yola perdió el apoyo y cayó de bruces en la cama o estuvo a punto de asfixiarse cuando yo le puse los huevos en la boca mientras Raúl la montaba. Fuimos un amasijo de carne entusiasmada durante la media hora de placer a que nos daba derecho nuestro pago. Claudio me miraba con la carcajada instalada en su cara. El sexo era una coartada para pasarlo bien.

–Esto sí que es la gran ruta cochina.

–Me voy de viaje al centro de las piernas, adiós –y le desplacé.

Senté a Yola sobre mis muslos. Raúl escaló para introducirle el miembro en la boca. Estaba de pie y hacía vibrar el colchón barato. Le había quitado el cinturón a sus pantalones cortos de explorador y lo sostenía en el aire como un látigo, deseoso de flagelar a Yola. Ella se revolvió al primer golpe de hebilla:

–Ay... De violencia nada, machote.

–Si te va a encantar, venga, te doy flojito.

–Que no, mi amor, que a mí sólo me pega con el cinto mi marido.

Claudio no dejaba de reír. Fue hasta el lavabo y tomó un trago de agua. Hizo unas gárgaras y lo escupió. Llenó su boca de nuevo y dejó caer el agua sobre el pelo y la espalda de Yola, que se encogió con un escalofrío.

—Cerdada espacial —gritó Claudio, y la emprendió a saltos sobre el colchón.

Yo me corrí el primero y en el instante me agarré al pelo rojizo de Yola y tiré de él con fuerza.

—Me vas a dejar calva, mi amor, calvita —se quejó ella.

Claudio, obsesivo, le palmeaba el culo y perseguía penetrarla por detrás en cualquier descuido de ella. Finalmente, cuando Raúl se corrió, ella accedió a las pretensiones de «el guapo», como llamaba a Claudio. Raúl y yo les mirábamos sentados sobre el colchón. Yola fingía un desbocado placer, en tanto que su rostro recibía el empuje de Claudio con absoluta indiferencia.

—¿Te gusta, eh? —desafiaba él.

—Mi amor, usted preocúpese de darle gusto a su novia, que yo... —respondía Yola.

Mi polla se había ausentado como un caracol. Fui a lavarme de nuevo con la culpabilidad de un pajillero adolescente mientras Claudio seguía cabalgándola y arreándole palmetadas en el lomo. Raúl, después de volver a enfundarse el cinturón, se había instalado de nuevo debajo de ella y le practicaba un cunilingus en un gesto de generosidad que encontré fuera de lugar. Por el espejo percibí señales de placer en el gesto de la mujer, sólo interrumpidas cuando se le clavaban las gafas de Raúl. Al final había decidido obtener del cuerpo musculoso de Claudio y la entrega de Raúl algo para ella. Estaba en el carácter de Claudio follar con una puta y conseguir que aquello se convirtiera en una escena pasional, olvidar que uno de los dos había pagado.

Lo de Raúl era una entrega emotiva al placer. Lástima que cuando mordía los pezones de ella, su teléfono móvil comenzó a sonar abandonado como estaba en el suelo. Lo alcancé y al colocárselo en la oreja se quedó paralizado.

—¿Elena? Eh, no, no, no, no. —Habría prolongado sus negaciones durante el día completo, pero se contuvo cuando logró salir a rastras de debajo del cuerpo de Yola.

Claudio reía a carcajadas, la mirada bizca, acababa de correrse. Yola iba a hacer algún comentario, pero Raúl le tapó la boca con su mano libre.

—Te llamo yo en cinco minutos, que ahora no puedo hablar... No, no, bueno, sí, claro que puedo hablar. No, claro que no estoy con nadie. Bueno, están éstos, los de siempre...

Le hice el gesto a Yola de que permaneciera en absoluto silencio. Claudio empezó a vestirse y yo, que ya lo estaba, observé cómo Yola caminó hasta el lavabo con indolencia y se enjabonó el sexo con brusquedad. Se vistió con el body rojo y se despidió de Claudio con un beso en la boca. Yo me arrodillé y le calcé los zapatos de tacón, me parecía lo mínimo que debía hacer por ella. Me desordenó el pelo como a un niño y luego me plantó dos besos en las mejillas. Su cuerpo me resultaba ahora un vulgar ataúd de carne. A Raúl, que seguía hablando por teléfono tratando de mantener la calma, le cosquilleó los huevos y salió del cuarto tras regalarnos un guiño. Raúl se vestía sin dejar el teléfono ni la conversación.

—Sí, no, no, seguimos aquí en la playa, aburridos. Nos quedamos en un cámping.

Acodado en la barra, el dueño nos vio llegar y nos recibió con su halitósica superioridad. Nos regalamos la pequeña victoria de rechazarle la invitación a otra ronda. Nos precipitamos hacia la salida aunque no teníamos demasiadas ganas de enfrentarnos a Blas con su gesto serio. Confiábamos en que estuviera dormido. Olíamos mal, pero eso no era nada con la sensación interior. Raúl lo tradujo en palabras camino de la furgoneta: «Una paja a tiempo y lo que nos habríamos ahorrado.» A Claudio, sin embargo, la escena le había resultado de lo más entrañable. Nada más toparse con la cara de entierro de Blas, le espetó: «Faltabas tú. Los amigos que follan juntos...», y no añadió nada más no sé si porque no encontró o no existía la consecuencia de tal acto en común. Subimos a la furgoneta y Blas arrancó sin apenas permitirme cerrar la puerta. Aceleró y nos alejamos de allí a alta velocidad. No cruzó ninguna palabra ni mirada con nosotros, sólo apretaba el acelerador consumido dentro de su abrigo. Sospeché que su idea era que nos estrelláramos en aquella carretera secundaria y oscura.

Había noche sin luna y los faros buscaban la senda del asfalto. Raúl me rogó con la mirada que interviniera para rebajar la rabia de Blas o al menos la velocidad. Pero cuando aún buscaba argumentos para hacerlo, éste giró de un volantazo a la derecha y nos detuvimos con un frenazo. Bajó por su puerta y corrió hasta la trasera de la furgoneta. Abrió y alzó la tela de la tienda de campaña, que seguía sin plegar desde el precipitado abandono de Anabel.

—Ya puedes salir —ordenó Blas.

Saqué la linterna de la guantera y alumbré hacia allí. La tela se movió. Asomó la cabeza de una mujer que agarró la mano de Blas y saltó al exterior. Vinieron hasta mi puerta.

—Pasa tú atrás. Déjala a ella aquí.

Obedecí a Blas. La chica se sentó delante y él volvió a conducir. Reconocí a Sonja, la escuálida puta de ojos verdes, vestida con una malla azul y medias negras de rejilla. No mostraba signos de entender nuestro idioma. Se ladeó hacia nosotros y dijo algo que sonó a «ajoy».

—Pero si es la reina de la penetración imposible —se sorprendió Raúl al recordar las presentaciones del dueño del burdel.

Blas se volvió con furia contra él, olvidando por un segundo la carretera.

—No digas gilipolleces, ¿vale?

Ignoraba si Blas seguía una ruta determinada o se dejaba llevar por su sentido de la orientación. Esperaba que no fuera lo segundo, pues en ese campo era absolutamente disfuncional. Solía confundirse con las puertas del pasillo de su propia casa. En Madrid había renunciado a llevar coche porque sus pérdidas eran constantes.

—Blas, ¿se puede saber qué pasa? —indagó Claudio.

—Nada.

—¿Nada? ¿Y esta chica?

—Se llama Sonja, con jota.

Sonja, al oír su nombre, pronunció una frase rápida.

—Es checo —aclaró Blas.

—¿Desde cuándo sabes tú checo?

—No sé checo.

—¿Entonces?

Blas racionó sus explicaciones. Nos contó que al salir del burdel y refugiarse en la furgoneta pensó seriamente abandonarnos allí tirados y volverse a casa. Con ese pequeño detalle le bastó para recordarnos nuestra carencia de dignidad. Luego, siguió narrando, decidió esperarnos. Sonja debía de haberse escapado tras la ronda de presentaciones y llegó hasta la furgoneta. Según Blas, con un inglés muy primario le pidió que la sacara de allí.

–*«Take me out»,* me dijo y se agachó en el asiento, aquí debajo. –Blas señaló el lugar que ahora ocupaban los pies de Sonja. Reconocí sus zapatos de medio tacón.

–Tú estás gilipollas –le interrumpió Claudio–. ¿Estás ayudando a escapar a una puta?

–Pues claro.

–¿Es que no te das cuenta de que es una locura?

–Hombre, si la chica quería irse –alegó Raúl.

–Que no, joder. Que esto de las putas es la mafia –explicó Claudio–. ¿Tú te crees que se pueden largar así como así? Que lo de las putas es muy...

–Yo no puta. –Al oír a Claudio, Sonja se había vuelto hacia él.

Guardamos silencio. Claudio respiró profundamente. Bajo la cara pintada de Sonja, el pelo castaño corto y sucio, los dientes abandonados, los labios resecos, uno podía alcanzar a ver una chica de no más de veinte años, hambrienta, con los ojos hundidos en el morado de sus ojeras.

–Vale, no es una puta –concendió Claudio–. Pero estaba trabajando ahí. Luego es puta...

–El que no quería irse de putas va y se fuga con una –bromeó Raúl.

–Que no es puta, coño. –Blas levantó la voz.

–Yo no puta –repitió Sonja.

–No, es top model –sentenció Claudio–. Me da igual, como si es monja, yo lo que digo es que nos acabamos de meter en un buen lío.

–Ninguna mujer es puta porque ella quiera, eh, Claudio, por si no lo sabías –le reprochó Blas.

–Vale tío. Yo tampoco quiero ser repartidor, ni el gilipollas de Raúl contable.

—Oye... —Raúl iba a decir algo, pero se detuvo—. No, es verdad.

Blas conducía deprisa, bajo la presión de la huida, el reproche de sus amigos y el calor de su plumas. Era lógico que terminara por estallar.

—Muy bien. Si queréis me bajo aquí con ella y se acabó. Vosotros os podéis largar donde os dé la puta gana, pero yo pienso ayudarla.

—¿Ayudarla a qué? —preguntó Claudio—. ¿Acaso vamos a Checoslovaquia? Porque se habrá venido por algo... Eh, venga, contesta, ¿ayudarla a qué?

—Yo qué sé.

Florecía el lado maravilloso de Blas. A diario pusilánime y acobardado era capaz de lanzarse al riesgo, pero siempre que no existiera razón lógica, más por cabezonería que por heroísmo. Nadie pensaba que en ese instante nos siguiera una pandilla de mafiosos con pistola ni que el chulo de Sonja nos encontrara en un bar y nos rajara la cara. Tampoco Sonja respondía al perfil de la mujer por la que cuatro matados arriesgan el pellejo ni los quince días de vacaciones. Era un gesto de Blas y como tal había que respetarlo. Así que nos quedamos callados en nuestros asientos y dejamos que redujera la velocidad, se incorporara a cualquier autovía y cogiera una dirección que ni tan siquiera nos molestamos en mirar. Sonja viajaba tiesa en su asiento, la espalda desnuda muy recta, marcados todos sus huesos y costillas. Se abalanzó sobre las bolsas de chucherías que Blas compró en una gasolinera y, reemprendido el camino, se durmió como un pájaro en un alambre. Era una fugitiva de la vida perra que se había cruzado con nosotros, fugitivos de la vida en general.

Cuando desperté, Raúl estaba a mi lado hecho un ovillo. Roncaba. Claudio dejaba caer la cabeza hacia el lado contrario. Sonja seguía dormida junto a Blas, que sostenía la ruta con el primer sol delante de sus ojos.

—¿Adónde vamos, Blas? —pregunté.

Se encogió de hombros.

—He seguido esta carretera que está bastante bien.

En la primera indicación comprobé que el destino más relevante era Zaragoza, aún a casi cien kilómetros.

—¿Zaragoza?

—No sé —contestó Blas.

—Vamos hacia el interior.

—Estoy harto de playa. —Y se tocó la calva y la nariz de un rojo encendido.

—¿Ella adónde quiere ir? —Y señalé a Sonja.

—No sé. No te creas que habla inglés, sabe cuatro palabras.

En el regazo de Blas se acumulaban las bolsas vacías de gusanitos, cortezas, cacahuetes. Supuse que había sido su alimento para aguantar la noche entera al volante. Noté mi estómago vacío.

—¿Paramos a desayunar?

Blas tomó un desvío que indicaba una cafetería cercana a la carretera. Desperté a Raúl y a Claudio con brusquedad. Blas meció con delicadeza a Sonja. Aparcamos a la puerta de un garito.

Raúl no dejaba de bostezar mientras intentaba enderezar el cuello. Claudio daba cuenta de una fila de donuts del día anterior. Me sentó bien el café con coñac. Sonja se había quedado en la furgoneta para vestirse con nuestra ropa prestada. Entró con vaqueros y una camiseta en los que podía perderse dentro, y sus zapatos de medio tacón. Se abalanzó sobre la bandeja de porras cuando la tuvimos delante. Luego fue al lavabo y regresó algo después con el pelo corto humedecido planchado hacia atrás. Blas le hizo algunas preguntas en inglés, pero resultaba agotador que comprendiera las palabras más sencillas. Supimos que le habían traído a España en un camión frigorífico escondida junto a otras chicas, que ella creía que venía a cuidar niños y se encontró encerrada en un prostíbulo de Valencia. Dos meses sin apenas salir, dedicada a recuperar el dinero que supuestamente había costado su viaje. No tenía papeles y la trasladaban de un local a otro en cuanto pasaban dos o tres semanas, hasta que recibió el dudoso privilegio de entrar a formar parte del plantel del Only You.

—¿Adónde quieres ir?

Se encogió de hombros. Negó con la cabeza cuando le preguntamos si conocía a alguien en España. Entonces nos sentimos bastante más asustados que orgullosos. Como ángeles guardianes nunca daríamos la talla, ni siquiera aspirábamos a ello. Claudio se encaró con Blas.

—Venga, genio. Decide tú qué hacemos con ella. La tenemos con nosotros y luego te la llevas a tu casa.

—No sé... Le sacamos un billete a su país —propuso Blas. Le tradujo la propuesta a la chica, que negó con la cabeza—. No quiere volver.

El teléfono de Raúl sonó en su bolsillo y todos pegamos un brinco. Él miró alrededor para comprobar que no se encontraba en ninguna situación indecorosa y respondió.

—Elena, ¿qué tal? ¿Cómo es que te despiertas tan pronto? Ah...

A Elena la pregunta le sentó mal a juzgar por la mueca de Raúl, que aguantaba los chillidos del otro lado de la línea. Los gemelos lloraban y a uno de ellos le acababa de asomar el primer diente.

—¿El primer diente? Mierda, y yo sin verlo —se quejaba con retórica Raúl—. No, no, no. Estamos desayunando. No sé, espera que pregunto.

Raúl se acercó al camarero.

—¿Dónde estamos?

—¿Eh? En España...

—Ya, quiero decir el pueblo más cercano.

—Calanda, a quince kilómetros.

—Elena —Raúl retomó su conversación—, estamos al lado de Calanda... Sí, sí, Calanda. ¿Qué? ¿Ah, sí? No, no, no lo sabía. Bueno, ya sabes, no sé si ellos...

Raúl me lanzó una mirada implorante. Algo malo estaba sucediendo.

—No, no llores. Pues claro, tonta. Pues claro que sí. Te lo prometo. No me cuelgues, espera...

Pero Elena le había colgado. Raúl cerró el teléfono como quien cierra un ataúd. Lo posó sobre nuestra mesa con violencia y sin mediar palabra agarró a Blas por las solapas del plumas. Le zarandeó.

—Tú eres un hijo de puta, tú eres un imbécil.

—¿Qué pasa?

Claudio tuvo que separar a Raúl, que estaba a punto de desgarrar su propio plumas y golpear a Blas.

—Pero ¿por qué nos has traído aquí? Cabrón, ¿por qué has cogido esta dirección?

Raúl se derrumbó sobre la silla. Levantó los ojos hacia nosotros.

–Estamos a veinte minutos del pueblo donde está Elena con sus padres.

–No me jodas. Yo qué sabía... –se excusó Blas.

–Tengo que ir, se me ha echado a llorar y todo.

–El puto teléfono –señaló Claudio.

Raúl recuperó el aparato antes de que la mirada de ira de Claudio lo desintegrara. Se dejó caer contra el respaldo. Volvió la mirada hacia Blas, desolado.

–De entre todos los putos sitios de este planeta nos has tenido que traer a veinte minutos de Elena. Me cago en mi vida, tío, me cago en mi vida.

En la furgoneta, Raúl sostenía el gesto mustio mientras me señalaba la ruta con el plano de carreteras abierto encima de las piernas. No entraba en nuestros planes de quince días de agosto terminar dando biberones a los gemelos de Raúl, así que la idea era muy sencilla: depositábamos a Raúl a la entrada del pueblo de los padres de Elena y nosotros seguíamos rumbo a Zaragoza, allí nos liberábamos de Sonja, en una ciudad grande y con recursos, y volvíamos al día siguiente a buscar a Raúl y reemprendíamos la marcha. Yo supuse que existiría algún centro de ayuda a mujeres o algún local de caridad donde entregar a Sonja, si es que no estaban todos de vacaciones en agosto. Raúl lo tenía más claro:

–No os compliquéis la vida. La lleváis a una comisaría y punto.

–No seas bestia –le recriminé.

–Eso nunca, joder –protestó Claudio.

–Pero bueno, ¿de qué vais ahora? ¿De salvadores? ¿De héroes? ¿De protectores de putillas? –Raúl se burlaba resentido.

–Que no le llames eso –volvió a corregirle Blas.

–Tú te has enamorado, lo entiendo –le respondió Raúl–. Pero éstos. A éstos les suda la polla. Si ni siquiera se la quisieron tirar cuando era puta.

Fuera el paisaje era planchado por el sol. Habíamos entrado por carreteras vecinales y cada seis o siete kilómetros nos sorprendía un pueblo aún más pequeño que el anterior. A Calamocha le siguió el precioso pueblo de Lechago y luego otro y otro más. Si yo iba sudando al volante, podía imaginar cómo se sentía Blas dentro del plumas, pero Claudio había conseguido provocarle una intensa culpabilidad al echarle en cara las veintiséis porras que había engullido en el desayuno. Raúl señaló un letrero ante mis ojos.

—Aquí estamos. Aciago.

Aciago era el nombre del pueblo, frontera con la provincia de Teruel. Entré por las calles de cemento. Nadie se atrevía a pisar el exterior bajo el violento brillo del sol. Seguí la línea más recta hasta llegar a una plazoleta con un monumento en bronce plantado en el centro. Representaba una escena de la guerra de la Independencia, batalla que Raúl estaba a punto de perder casi un par de siglos después.

—Déjame ahí. Mañana quedamos aquí mismo a las doce, yo ya habré convencido a Elena para poder seguir adelante con el viaje.

—Querrás decir empezar —se quejó Claudio—. Hasta ahora...

—Lo que sea.

Raúl saltó al exterior y abrió la puerta trasera. Recuperó su bolsa de ropa con demoledor esfuerzo. La posó en el suelo. Un hombre mayor le gritó desde la calle:

—¿Raúl? ¿Eres Raúl? Qué sorpresa.

El hombre avanzó hasta él y le propinó un abrazo brutal.

—¿Y vienes con tus amigos? Qué detalle.

—Es el padre de Elena. Ellos ya se van —se refirió Raúl a nosotros mientras con un gesto de su cabeza nos urgía a marcharnos.

—Ni hablar, ni hablar. Venga, me subo y os acercáis a casa a tomar un refrigerio.

El padre de Elena sujetó a Raúl del brazo, izó la bolsa de éste como si fuera una pluma y la lanzó al interior de la furgoneta de nuevo. Se sentó a mi lado y me guió hasta su casa. Raúl tartamudeaba en su intento de ser rotundo. No podíamos quedarnos. Debíamos seguir viaje inmediatamente, pero aquel hombre endurecido por el sol no aparentaba ser fácil de convencer con palabras.

—No, no, no, es que es muy complicado, se tienen que ir. Ya les gustaría, pero es imposible, imposible —insistía Raúl.

Los padres de Elena se habían construido un chalet de nuevos ricos en mitad de un desierto de monte bajo, al pie del minúsculo pueblo con casas de piedra y una iglesia enorme con campanas cubiertas de óxido. El padre había nacido allí hace cincuenta años y con su casa venía a recordar al vecindario que la vida le había tratado bien, tan bien que podía permitirse el lujo surrealista de construir una casa de vacaciones en un lugar en el que sólo un anormal aspiraría a pasar las vacaciones. La casa tenía una verja que terminaba en afiladas lanzas y dentro ladraba un pastor alemán que se desgarraba el cuello cada vez que la cadena que lo ataba le recordaba los límites de su fiereza. En el jardín había un cuidado césped que debía de consumir toneladas de agua para no perecer bajo aquel clima estepario. Llegaba hasta el borde de la piscina. Sobre el agua un flotador y una colchoneta vagaban a la deriva.

Pese a que entrábamos acompañados de su amo, el pastor alemán nos recibió con rugidos homicidas. Elena abrió la puerta de la casa, de madera noble maciza, y salió a recibirnos al porche. Detrás de ella su madre con el cochecito de los gemelos, en el que la cara de uno se enfrentaba a la del otro. Los imaginé hastiados de mirarse. Claudio fue el primero en levantar la mano para saludar y recibir la mirada hostil de Elena. Su sonrisa era lo único helado en kilómetros a la redonda.

–Qué sorpresa.

Yo terminaba de recorrer el camino señalado por piedras que atravesaba el césped.

–Se quedan todos a comer –anunció el padre.

–Pero si Raúl me dijo que no podíais –alegó Elena.

–Nada, nada. Preparo la barbacoa y no se hable más. –El padre estaba acostumbrado a dar órdenes, abierto a la improvisación siempre que fuera a su gusto.

Olíamos mal y lo sabíamos. La mezcla del queso y el perfume de noche con puta, el sudor de Blas y la colonia profesional de Sonja provocaban una burbuja indefinible a nuestro alrededor. La mirada inquisitorial de Elena se clavó como un puñal sobre Sonja cuando nos presentábamos a la madre.

–Es mi prima. Está pasando el verano con mi familia –se adelantó Claudio.

–Es checa.

Elena se abrazó a Raúl. Ella le murmuró en el oído, señalando a Sonja:

—Es un ligue de Claudio, ¿verdad?

Claudio sonrió. Elena le detestaba, no podía evitar sentir un desprecio defensivo hacia él. La razón era sencilla. Nosotros la conocimos porque fue un ligue de Claudio. Tiempo después se convertiría en la novia de Raúl. Para ella era un estigma imborrable de su pasado, un accidente que debería haber terminado con la amistad entre Raúl y Claudio, y sin embargo, al no ser así le perturbaba estar en presencia de ambos. Elena se sentía indefensa, supongo que imaginaba que Claudio era capaz de mofarse de ella, de ridiculizarla ante nosotros, cosa que jamás había ocurrido.

Elena era morena, alta, de andares aparatosos. La maternidad, el matrimonio, la madurez le habían caído encima con la misma crudeza que a Raúl, pero en el carácter de ella no entraba la evasión, sino que decidió cargar con la responsabilidad a solas (vivir con Raúl es vivir a solas), lo que innegablemente había terminado por convertirla en una nueva persona. Se le había agriado el carácter, había rescatado a la niña de papá que llevaba dentro y la había puesto a ejercer. Nos consideraba los enemigos de su matrimonio, los enemigos de su familia y por más que nos esmerásemos en demostrar nuestras buenas intenciones, le sonaba a traición cada segundo que Raúl pasara con nosotros. Creía que minábamos su ya de por sí raquítica predisposición a la vida en pareja. Y quizá tenía razón.

Sonja no acababa de entender demasiado bien lo que sucedía, pero esta nueva situación le resultaba tan prometedora que prefirió no hacer preguntas. Elena le prestó un bañador para que pudiera zambullirse con nosotros en la piscina. Sonja reapareció feliz. Su aspecto era el de una adolescente tímida, sólo delataban su pasado las uñas de los pies pintadas de violeta. El bañador trasparentaba sus costillas como una escalera que descendía hasta su ausencia de curvas. Sobre el césped del jardín realizó tres saltos mortales en paralelo y terminó con las piernas abiertas en un gesto de gimnasta de alto nivel.

—¿Es deportista la chica? —preguntó el padre de Elena.

Ninguno nos atrevimos a responder. Sonja dejó escapar la primera sonrisa desde que la conocíamos y se limitó a señalarse a sí misma con el dedo y decir:

—Atlanta, Olimpic Games.

Se lanzó a la piscina dando antes dos volteretas en el aire y cayendo con la gracia de un delfín.

—¿Lo ves? Es atleta, tío —se encaró Blas con Claudio. Le gritó a Sonja—: ¿Nadia Comaneci?

Ella asintió. Nos precipitamos al agua para ser testigos cercanos de sus piruetas y escapar del sol.

Raúl permaneció en el porche ejerciendo de padre pródigo con los gemelos. Torturaba a uno de ellos para que dijera «papá», hasta que Elena confesó que le había mentido. El pequeño aún no decía nada. «Era para ver si te sentías culpable.» Lo del diente sí era cierto, comprobó Raúl tras recibir un mordisco rabioso.

La madre de Elena arrastraba la barbacoa por el sendero de piedras del jardín. Estaba tostada por el verano al sol y derrochaba amabilidad hasta casi no resultar amable sino irritante. La conocíamos de la boda de Raúl, donde había sufrido un desmayo o al menos ésa había sido la versión oficial de un obvio coma etílico. Era una mujer que eludía su tristeza vital con una euforia forzada y constantes visitas al mueble bar. Su marido, que estaba ordenando las sardinas en una fuente antes de sacrificarlas al fuego, era un hombre recio, curtido por los vientos del pueblo, la barba dura, siempre asomando. Tenías la impresión de vérsela crecer si te parabas a mirarle fijamente, luego nos confesó que se afeitaba hasta tres veces diarias. Se había vestido con un pantalón corto y una gorra, pero su imagen no era la de un deportista. Estaba encantado de salir de la rutina del verano, alejado de los negocios, y nos trataba a todos como a su yerno Raúl, nos acarreaba y dirigía de un lado a otro, como muebles ligeros.

Raúl había sido forzado por su suegro para que nos aleccionara sobre la facturación diaria de sus empresas. Sonja se quedó dormida sobre el césped antes de que llegara el café, pero eso pareció divertir más a los padres de Elena que incomodarlos.

Nosotros la mirábamos con envidia mientras soportábamos la sobremesa y nos dejábamos perder al mus frente al padre de Elena, que hacía pareja con Blas. Nos obsequiaba de paso con lecciones de picardía de buen jugador. Sólo cuando le gané un órdago a pares estuvo a punto de echarnos de casa, gritó, se mesó los cabellos y sostuvo que cuatro sietes era peor jugada que dos reyes. Había que admitir que un hombre así no estaba acostumbrado a perder y tampoco tenía edad como para dejarse enseñar. Aunque apenas lográbamos mantener el peso de los párpados, anunciamos nuestra intención de reemprender el viaje, pero topamos con la feroz resistencia de nuestros anfitriones.

—Si estamos en plenas fiestas del pueblo. Esta noche hay baile. Os quedáis y no se hable más.

Raúl paseaba con Elena, tratando de dormir a los gemelos. Ignoraba aún que pasaríamos la noche juntos.

* * *

Mierda de vida. Asco de vida. Perra vida. La vida es un valle de lágrimas. La vida apesta. La vida es horrible. Me cago en mi vida. Puta vida. Qué corta es la vida.

(De *Escrito en servilletas*)

6

Durante los veranos, hasta los pueblos deshabitados engalanan las calles, tiran la casa por la ventana en el presupuesto de bombillas de colores y fríen chorizos en honor de la Virgen de la Paloma o el Santo Patrono. Las fiestas veraniegas suelen responder a una mezcla nada refinada de devoción católica e inclinación alcohólica, rebosantes de espíritu verbenero, folclores de la tierra, procesiones marianas y ensañamientos taurinos. Claudio nos ha contado muchas veces el verano que dedicó a viajar de fiesta de pueblo en fiesta de pueblo, durmiendo de día y bebiendo de noche a costa del festejo municipal.

Los padres de Elena nos arrastraron al rezo de la salve y la misa en la iglesia que amenazaba ruina, de cuyo techo se desprendía una fina lluvia de polvo blanco y piedrecillas que de vez en cuando impactaban sobre la cabeza de algún feligrés que dormitaba. Las mujeres en la parte delantera de la iglesia, los hombres en la trasera. Comprendimos el empeño para que acudiéramos cuando el párroco, un hombre tosco y malencarado con demencia senil, que había olvidado el orden de la Eucaristía y repartió la comunión justo después del Credo, destacó el nombre del benefactor que había donado el dinero para la restauración del campanario. El padre de Elena acogió el aplauso de los vecinos con un gesto de forzada modestia. El acto culminó con la enfervorecida salve en honor de la Virgen del Perpetuo Martirio.

Al final de la misa un grupo de jóvenes se aprestó para iniciar el recorrido de la procesión. El padre de Elena obligó a Raúl con un empellón a unirse al diezmado grupo de los costaleros. Con un golpe de riñón, el equipo de forzudos izó una tarima de madera y elevó hasta las alturas la pía escena que se representaba sobre la peana. Una muchacha vestida de Virgen del Perpetuo Martirio estaba arrodillada junto al cuerpo yaciente de un Cristo a quien daba vida, según supe después, el único indigente del pueblo. Al mortificado, en la cincuentena, le habían colocado la pertinente corona de espinas y ensangrentado partes del cuerpo desnudo para dotar de mayor verismo a la escena y le habían pegado con cola de carpintero la melena y las barbas de Cristo. Cuando acabó la procesión fue imposible arrancarle los postizos sin desgarrarle el rostro, que le quedó en carne viva durante varios días.

La muchacha que interpretaba a la Virgen sanaba el cuerpo del Cristo con una esponja húmeda y le besaba las falsas llagas mientras la procesión recorría las cuatro esquinas de la plazoleta frente a la iglesia entre los aplausos emocionados de los fieles. El párroco, la vara sagrada en alto, precedía la escena marcando el ritmo con sus pasos lentos y morosos. A su lado dos monaguillos obedientes recibían las burlas y los pelotillazos de compañeros de juegos. De pronto, presa de una excitación ingobernable debido a los besos y las caricias de la joven virginal, el Cristo se empalmó como una mula y su miembro se izó bajo el taparrabos para desmadre del personal. La misma Virgen detuvo sus abluciones para ver si con ello solventaba el entuerto. Las risas y los comentarios se propagaron como el fuego, hasta que el cura, intrigado, se giró en redondo y descubrió el sacrilegio. Sin mediar palabra la emprendió a golpes de vara sagrada contra la entrepierna enhiesta del Cristo que, para esquivar los puyazos, se tapaba con las manos y se revolvía, echando a perder el valor pictórico de la imagen. El cura dio orden a los porteadores para que aceleraran el paso y regresaran con la escena sagrada hasta el interior de la iglesia. Poco a poco se fueron calmando las risas y el pueblo recuperó la normalidad.

Se habían reabierto los graneros abandonados, los almacenes, los pajares para que los mozos montaran en ellos sus clubes de diversión, la peña de solteros, de casados, de mujeres o de jóvenes distribuidos en función de sus gustos musicales o futbolísticos. Al padre de Elena se le abrían de par en par las puertas de las peñas y nos vimos obligados a aceptar los ofrecimientos de chatos de vino, jarras de cerveza, sangría, pinchos de queso, tortilla, longaniza, morcilla, pescado frito. Raúl empujaba el cochecito tras nosotros. De vez en cuando se llevaba la mano a los riñones y el hombro doloridos. Encorvado, soportaba a la gente, casi todos parientes cercanos o lejanos de Elena, que se inclinaba sobre los gemelos y trataba de establecer parecidos, con clara mayoría de los que opinaban que eran igualitos que su abuelo materno.

Para cuando el alcalde se subió al escenario de tablones y desgranó su pregón, la ley de la hospitalidad de los aciagueños ya nos hacía ver doble. Te quitaban el vaso mediado de vino de la mano para ponerte la copa de cerveza y un chorizo. El alcalde, con garrota y camisa de domingo, coreaba consignas mininacionalistas, referidas al orgullo de ser de Aciago y su significado vital. Reclamaba la unión de todos los vecinos para evitar la amenaza de ver el pueblo atravesado por la ampliación de la autopista, amenaza que los acechaba desde el año cincuenta y siete, pero al parecer esta vez la cosa iba en serio. No podemos tolerar que pisoteen nuestro pasado, se desgañitaba el alcalde, pero los mozos le interrumpían para entonar el himno del pueblo, un canto viril y desafinado de sencilla memorización pues sólo contenía tres versos y medio:

> Mi amor, de Aciago no te vayas
> te digo,
> por más que busques no encontrarás
> mejor pueblo en España.

El secreto de la rima, no aparente, consistía en la entonación jotera que forzaba la acentuación en la última sílaba de cada fin de verso, algo así como poética a martillazos. Llegado el emotivo final del pregón en que fue ensalzada una vez más la Virgen del Perpetuo Martirio, ya nos habíamos aprendido el himno y algunos de los que lo entonaban con más entusiasmo éramos Blas, Claudio y yo. Sonja nos miraba con el gesto divertido.

Nos invitaron a cenar en la peña de fumadores de puros que

101

era a la que pertenecía el padre de Elena y allí, gracias a la sabrosa humareda y las croquetas de carne, pudimos asentar el estómago. La gente, de una amabilidad rayana en la histeria, imposibilitaba cualquier tentativa de moderación. Era tal la euforia con que adoptaban a los forasteros que alguien se atrevió a gritar «¡Viva Checoslovaquia!» cuando le explicamos el origen de Sonja y todos brindamos por más que la chica explicara que ahora se trataba de dos países separados. Luego, las mujeres más ancianas iniciaron un recorrido por las canciones de su infancia. Cánticos de la siega del campo. Yo las escuchaba emocionado cuando Blas me hizo ver que las canciones de nuestra infancia nunca pasarían de las de los payasos de la tele o cualquier programa infantil patético. De vez en cuando le sacábamos algo de comer a Raúl a la puerta de la peña, donde aguardaba con los gemelos en el cochecito, a salvo de la humareda y los ruidos. Sonja cantó también una canción de su tierra en la que, como luego explicó, se narraba la historia de un hombre que hablaba con las plantas y cuando murió se convirtió en un ciprés que aún se yergue, centenario, en mitad de su pueblo.

Los padres de Elena se llevaron a los gemelos a casa cuando se retiraron a dormir y Elena nos condujo a una peña de gente más joven, sus amigas de la infancia, reunidas ahora por la característica común de trabajar todas ellas como dependientas de El Corte Inglés de Zaragoza. En un pajar decorado para la ocasión, nos instalaron junto a unos barriles de cerveza a los que hicimos compañía. Claudio se ofreció a tirar él mismo las cañas, lo que llevaba a cabo con soltura. Raúl trató de alcanzar nuestro nivel de diversión, aunque sin desasirse en ningún momento de la cintura de Elena. La reunión era de lo más civilizado, las chicas recordaban sus tiempos mozos y Blas no pudo evitar un bostezo. Decidimos movernos y a Raúl tuvo que empujarlo Elena para que viniera con nosotros. Salimos a la calle oscura y nos dejamos guiar por el vocerío de la gente. Todos los caminos llevaban a alguna bodega.

–¿Cómo habéis tenido los cojones de quedaros? –protestaba Raúl, y luego, señalando a Sonja, añadió–: Y con ésta.

–Cómo íbamos a abandonar una fiesta así –argumentó Claudio.

–¿Tú te crees que alguien se ha creído lo de que es tu prima? Elena no para de hacerme preguntas sobre ella.

–Piénsalo bien –le recomendé–. Estamos aquí y así mañana podremos irnos juntos.

–Pero ¿cómo íbamos a separarnos de ti en este viaje? –se preguntó Blas–. Tú eres el alma de esto...

Un tipo salió de otra calleja y caminó hacia nosotros. Tenía gafas de concha blanca, un fino bigote y el hablar más amable que había escuchado en mi vida.

–Tú eres el marido de Elena, ¿no? Pues tienes que venir a nuestra peña de recién casados.

–Gracias, pero estoy con unos amigos de Madrid.

–Nada, nada, os venís todos, que las mujeres han hecho hojaldres de longaniza.

La peña de casados consistía en una línea de mujeres con gesto serio sentadas tras un largo tablón de madera, enfrentadas a una desordenada serie de hombres beodos. Serían en total unas quince parejas, algunas salidas del propio pueblo, de noviazgos de infancia, kamikazes de la felicidad que se habían chocado contra ella y aún no se habían palpado las heridas.

Emborracharse en grupo es un proceso lento y concertado de pérdida de conciencia, basado en uno de los principios básicos de la amistad: alguien habrá que te lleve a casa. En el fondo es una forma de sentimentalismo, pensar que no serás abandonado en el lodazal de tu propio vómito. En los grupos de amigos se suele proceder por un orden riguroso de emborrachamiento. El primero solía ser Blas, que se dejaba ir con absoluta confianza. El último Raúl, como si esperara a que no pudiéramos verlo en ese estado, pero cuando cedía, se dedicaba con rotundidad.

Los primeros síntomas de que planeábamos agarrarnos una cogorza descomunal comenzaron nada más ver los banderines colgando en las calles, pero en la peña de casados, al calor de las conversaciones sobre fútbol, los chistes verdes de los recién maridos y la mirada plomiza de las mujeres recientemente decepcionadas en sus ideales de vida, el alcohol se adueñó de nosotros. A Sonja se le apagaron los ojos y se dedicó a bostezar cuando no bebía. Blas se puso abrazador, besos aquí, cariños allá, entusiasmos no solicitados, siempre inofensivo, lo que se podía considerar un clásico pedo positivo. Yo había iniciado mi fase de desconexión cerebral que consiste en dar la charla a la persona más cercana.

Blas se había subido encima del tablón para mostrarle a una de las mujeres a las que había besado con inocencia segundos antes su testículo derecho. Llegó a bajarse los pantalones y quedarse en calzoncillos como un luchador de sumo, cuando las escandalizadas mujeres obligaron al más viril marido a tirarlo al suelo de un empujón. Blas fue expulsado de la peña bajo la indignación de las mujeres, que sentían mancillado su honor y nosotros nos vimos obligados a anunciar que si se marchaba él, también nos íbamos nosotros.

Raúl no alcanzaba a pedir perdón tantas veces como intentaba mientras recorría el camino hasta la puerta. Nosotros nos precipitamos al exterior con la cabeza alta. Sonja nos seguía sin acabar de entender lo que sucedía.

—¿Pero bueno, es que esta gente no ha visto un huevo en su vida? —repetía Blas ofendido por el penoso recibimiento.

Preguntamos a algunos mozos que pasaban si existía una peña de adoradores del testículo derecho, pero lo único que conseguimos es picar algún torrezno en la peña de unos jóvenes con los que Claudio compartió un canuto.

Nos instalamos en la barra exterior del bar, cerca del escenario donde los músicos de una orquesta sospechosa estaban a punto de iniciar su actuación. Claudio se las apañó para repartirse con el batería una raya de coca detrás de un remolque. Blas intentaba comunicarse con Sonja, que de tanto en tanto volvía a bostezar. La gente le miraba, embutido en su plumas, sin atreverse a preguntar la razón de su atuendo en una noche tan calurosa. Yo eché el ojo a una rubita menuda, con cara preciosa y el jersey anudado a la cintura para tapar un trasero que le acomplejaba y que yo imaginé maravilloso. La camiseta de marca y su nariz ingrávida me advirtieron del fracaso que se me avecinaba, pero me dejé caer hacia ella tras compartir dos miradas.

Se llamaba Beatriz y tenía diecinueve años, aunque aparentaba tres menos. Era menuda, vivía en Madrid y había venido de acompañante de una amiga. Le invité a una cerveza y se la bebió muy despacio, creo que dos horas después aún le duraba, chupando el morro de la botella con los labios finos. Se movió en el sitio cuando comenzó la música de baile y dejó que su mirada se balanceara por los alrededores. Le pregunté cuatro o cinco cosas más y le conté dos o tres mentiras sobre mí. Raúl pasó entre nosotros en busca de una copa, el tiempo justo para soltar.

—No te fíes de éste.

—¿Por qué? —preguntó ella.

—Está casado y tiene gemelos.

Desde la barra me lanzó una sonrisa inocente mientras yo negaba todos los cargos ante Beatriz. Luego Raúl se limitaría a justificarse con un: «A que jode.» A solas con Beatriz me sinceré.

—En realidad iba a casarme, pero mi novia se arrepintió. Lo hemos dejado.

Supuse que era un buen argumento para despegar. El clásico método llorón, fóllame por pena, método equivocado con Beatriz que, para empezar, no venía buscando al pueblo un polvete rápido en cualquier pajar oscuro. Ella buscaba el tierno amor, ese amor que apesta a compromiso. Era de las que te domaban a fuerza de esperarlas a la salida de clase cien veces antes del primer beso atrevido, de las que te hacen la primera paja sólo cuando tienen el anillo de compromiso en el dedo. El síntoma es siempre una sonrisa dulce hasta la diabetes, carente de cualquier promesa sexual. Me entretuve con Beatriz, mi menuda preciosa, porque me gusta emplear las fuerzas en golpearme contra las paredes, siempre le he encontrado gusto a lo inútil. Al menos eso decía mi padre: «Eres el mayor especialista en lo inútil que conozco», asombrado ante sí mismo de su finura para insultar, de su elegancia para deprimir a los que estaban a su alrededor. Mi padre, quizá ahora era buen momento para llamarle, para explicarle mi abandono del periódico, contarle que estaba borracho en un pueblo perdido durante un paso más de mi martirio perpetuo y que tenía ganas de seguir el consejo de Bárbara y matarlo. Sólo estaba pendiente de encontrar la forma. Bárbara, ¿qué estaría haciendo ahora? Repasar la lista de invitados a la boda y no echarme de menos, elegir el menú del banquete y no echarme de menos, dormir, follar con su prometido y no echarme de menos, probarse el traje, un cursillo prematrimonial y, definitivamente, no echarme de menos. Supuse la actividad frenética de los días antes de la boda y yo, sin embargo, sin otra cosa mejor que sacarme el clavo de su ausencia dedicándome a cualquier mujer inasequible, rasgo que me recordaría a Bárbara, porque, cuando la conocí, también pensé que tenía ante mis ojos a una mujer inasequible para mí, un amor imposible. En cierto modo acerté. Sería más justo celebrar el tiempo consumido con ella, mis diecinueve meses y veintitrés días, en lugar de lamentarme y aspirar a un segundo más.

El grupo tocaba con desidia los temas pegadizos del verano, de aquel verano y de los anteriores, canciones iguales unas a otras, con las que complacía las ganas de baile del personal que abarrotaba la plaza. Lo que se suele denominar canciones de siempre y que en lo que a mí respecta se limitan a ser canciones de nunca. El aspecto de los músicos era el de un grupito de rock desganado que prostituía sus patillas en una fiesta paleta. La mayoría de los que bailaban era gente mayor, que exigía en cada pausa algún pasodoble. Le pregunté a Beatriz si quería bailar. Me respondió: «Todavía no», y con eso contestaba al resto de preguntas que no me había atrevido a plantearle.

Elena se había enterado del comportamiento de Blas en la peña de recién casados y se acercó para advertirme:

—Solo, espero que vigiles a tus amigos. Lo de Blas desnudándose en la peña...

—No, sólo les quería enseñar un huevo.

No le hizo demasiada gracia mi precisión.

—Y Claudio peor, drogándose delante de todos... Que esto es un pueblo, joé.

Me irritó mucho escuchar esa expresión. Recordé que una vez me vi obligado a romper una relación prometedora porque la chica insistía en decir «jobar». Hasta el día de hoy me resulta una razón de suficiente peso.

A medida que avanzaba la fiesta fueron apareciendo jóvenes con cachirulo y ganas de juerga. De lejos comprobé que Claudio discutía con uno de ellos por algún empujón del baile sin dejar de liarse un canuto.

—Vete a Madrid, listillo, bocazas —le gritó el indígena.

106

–Cateto, recogeheno, paleto –le respondió Claudio, y le mostraba el dedo índice levantado–: Siéntate aquí.

Ni siquiera me molesté por aplacar el suceso, cosa que dejé en manos del grupo de admiradoras de Claudio. Seguía junto a Beatriz, buscando temas de conversación hasta debajo de las piedras. Blas ejercía la cetrería con alguna chica que cruzaba cerca de él, mientras Sonja se había dejado caer en el quicio de un portalón cercano y, apoyada la cabeza sobre la piedra, parecía dormir profundamente.

Elena no pudo evitar inmiscuirse en mi conversación con Beatriz hasta adivinar quién era aquella chica que no conocía. Entablaron una conversación de lo más animada, mientras Raúl y yo nos hacíamos compañía. Las posibilidades de follar aquella noche eran muy limitadas, según convinimos. Dependía de encontrar alguna moza que se emborrachara y, entre depresiva y abismal, se arrojara a nuestros brazos y termináramos en un pajar con un polvo rural rápido y agridulce antes de desayunar unos chorizos. Mujeres así era muy probable que ya estuvieran más que localizadas por los mocetones del pueblo, que esperaban su caída para buitrear algo de sexo. Con Beatriz, me comunicó Raúl, no tenía nada que hacer. «Es mochilera, de las que se te cuelgan a la espalda y luego no hay dios que te las quite de encima.» Me señaló a Sonja, dormida. «Siempre te puedes follar a la puta.» «Que no te oiga Blas», le respondí.

De pronto algo nos obligó a enmudecer. Era la voz de Claudio por la megafonía. Nos giramos y le descubrimos sobre el escenario arrebatando la guitarra eléctrica a uno de los músicos, que accedía, pero permanecía vigilante, tras él. El resto de la banda no le acompañó cuando comenzó a rasgar las cuerdas de la guitarra y producir un acople general. Luego estabilizó el sonido y demostró sus dotes musicales. Durante un par de años llegó a sostener un grupo de rock que integraban junto a él un par de dementes. Me pidieron que les escribiera alguna letra con la única condición de que no fuera un tema de amor, pues el grupo se distinguía por no incluir en su repertorio ninguna canción de amor. Todas debían ser canciones de odio. Odio esto, odio aquello. Mi aportación fue una balada punk titulada «Muérete, viejo», que reflexionaba sobre la problemática del jubilado. El grupo se extinguió cuando a Claudio, una vez más, le venció el aburrimiento.

Dando saltos sobre los tablones, aullaba el estribillo de esa tremenda canción de James Brown, «Sex Machine». Se agarraba el bulto de entre sus piernas con ambas manos y desplazaba la guitarra colgada de su hombro. Claudio daba palmas y solicitaba con amabilidad la participación del numeroso público:

—Venga, todos juntos, paletos, dad palmas, catetos, dad palmas.

Los jóvenes abucheaban y tan sólo unos pocos daban palmas divertidos. Claudio seguía aullando que era una máquina sexual sin perder el resuello. A Raúl y a mí se nos congeló la sonrisa. Un clamor unánime empezó a surgir de las gargantas del gentío: «Pilón, pilón, pilón.» Y por si no quedaba claro, repetían: «Pilón, pilón, pilón.»

—Eso, eso —replicaba Claudio—, el alcalde al pilón.

Y el alcalde, que bailaba con su mujer, dirigió la vista hacia Claudio y desencajó su cara de mueble. La orden de acabar con el espontáneo en el pilón iba cobrando fuerza, ya apenas se oía la voz de Claudio entre el clamor del pueblo. Raúl tuvo la entereza y los reflejos de saltar hasta el escenario, quitarle el micrófono de las manos a Claudio y entonar con voz quebrada el himno del pueblo. La gente, tocada en su fibra más íntima, le acompañó en el cántico y Raúl aprovechó para forzar a Claudio a descender del escenario. El grupo retomó su repertorio ínfimo.

Al pie del escenario, Raúl reprendía a Claudio, aunque los ojos de éste vagaban por la lejanía. Beatriz se ofreció a bailar y la seguí hasta el cemento. Ella imponía una distancia, pero yo me aferraba a su cintura y de vez en cuando dejaba caer mi cabeza sobre su pelo fino y buscaba su cuello, agachándome como si fuera un pato. Mi entrepierna impulsaba mis movimientos y mi cerebro estaba a punto de dejar de funcionar. A Blas lo transportaban un grupo de niños gamberros y un par de mongólicos creciditos encima de un carretillo que hacían circular entre la gente. Blas era la estampa de la felicidad, con una litrona en la mano y saludando con la otra como si fuera el Papa con un plumas azul.

Claudio se había reintegrado en su grupo de baile, un corro

de chicas en la prehistoria juvenil. Siempre he estado convencido de que Claudio nació para ser una estrella del rock, rodeado de *groupies,* éxito, dinero, exceso, sólo que el mérito de Claudio consiste en carecer de todo eso y no por ello dejar de sostener esa actitud. Lo que demuestra que uno siempre es lo que es, por mucho que en apariencia nunca llegue a serlo. En Claudio, sólo la lista de diferentes oficios desempeñados suena a la biografía inventada de esos novelistas debutantes que aspiran a justificar su pésima escritura tras una apasionante existencia. La vida para él siempre es un bocado pequeño.

No sé muy bien cómo sucedió todo, porque yo estaba tratando de acercar mi boca al oído de Beatriz y dejar caer por allí mis mejores argumentos, pero creo que Claudio había logrado sin excesivo desvelo granjearse la enemistad de los mozos más borrachotes y agresivos. La definitiva provocación vino de la mano de una fierecilla excitante que un rato antes Claudio me había señalado con un comentario gráfico: «Es de esa clase de tías que están deseando comerse el mundo y que no les importaría empezar por mi polla.» Cuando le pillaron magreándose con ella, su hermano, un mozo altote, los separó con autoridad y amenazó a Claudio con el puño. Antes de que pudiera consumar su agresión, Claudio se impulsó desde los tobillos y descargó toda su energía en los nudillos que desplazó hasta la quijada del mozo. Éste cayó hacia atrás con la boca inundada de sangre. Entre unos y otros consiguieron separarlos, en mitad del revuelo, los gritos. Dos ancianas sacaron de la plaza a Claudio con la mano goteando sangre. Raúl y yo corrimos hacia él.

La orquesta no paraba de tocar y las dos mujeres nos guiaron hasta su casa, donde escondían un botiquín completo. En la entrada, bajo la lámpara, curaban el dedo desgarrado de Claudio.

–¿Qué ha pasado? ¿Qué ha pasado? –repetía Raúl.

–Ese hijoputa, si no le doy me machaca –explicaba Claudio–. Me ha clavado los dientes, el muy cabrón.

–En las fiestas se bebe y ya se sabe –justificaba una de las ancianitas.

–Vieja, déjese de historia y desinfécteme el dedo –le cortó Claudio–, que ese hijodeputa me habrá pegado la rabia.

La que dejaba caer gotitas de agua oxigenada sobre el algodón se detuvo.

—No, si Pacote no es mal chico. Es noblón.

—No me joda, vieja, no me joda. Ese recogeheno es un pedazo de cabrón.

Claudio le arrebató el bote de agua oxigenada y con los dientes le quitó la embocadura para que saliera a chorro el líquido sobre su dedo. Vació el bote de litro en apenas unos segundos. El recibidor encharcado y la mujer que trataba de recuperar el agua oxigenada.

—Trae, trae, si ya está desinfectado.

—Una polla para tu boca —le gritaba Claudio.

—Ay qué lenguaje.

—Eso sí, yo los dientes se los he metido para dentro a ese recogeheno de mierda.

—Ya, ya, déjame a mí curarte...

—Oiga, vejestorio, que no es broma, que ese hijodeputa seguro que tiene la rabia, que le he visto la cara.

Raúl y yo asistíamos a la cura de Claudio, perplejos ante el trato que daba a las dos ancianitas amigables. La imagen de Pacote nos la engrandecían las referencias nada inocentes a su nobleza, su campechanía, su brutalidad sin malicia. Veía en ese momento mi cabeza rodar por el alcantarillado, despedazada por los mozos del pueblo a golpes de azadón en venganza contra los forasteros. Raúl se entregaba a juegos malabares para agradecer a las señoras su ayuda mientras Claudio seguía actualizando sus conocimientos lingüísticos. Las señoras no parecían escandalizarse por nada, acostumbradas con toda seguridad a que en cada verbena le abrieran la cabeza a macetazos a tres o cuatro.

—A mí no me amenaza nadie —replicaba Claudio cuando Raúl le reprochaba que se hubiera enzarzado en una pelea.

—Si tú eres el que buscabas la bronca, anda que subirte al escenario.

—Ya habló el rey del albarán. Déjame en paz, tío.

—Venga, venga, son cosas que pasan —terciaba una de las enfermeras.

—¿Y a Pacote le ha pasado algo? —pregunté yo.

—Huy, no creo, está hecho de pedernal. El año pasado se pegó con tres mocetones del pueblo de al lado y aún los tiró por el barranco con coche y todo.

La mirada de Raúl y la mía convergieron en el mismo punto, nuestra cercana muerte a manos de ese Sansón rural que en aquel momento debía de estar afilando el hacha. Creí oír el sonido de tambores de guerra que retumbaban en el exterior, pero era un grupo que llamaba a la puerta. Capitaneados por Elena, seis o siete jóvenes del pueblo no venían a sacarnos los ojos, sino a disculparse por la falta de hospitalidad.

—Con Pacote todos los años es igual. Tiene manía a los de fuera.

—Bueno, acuérdate de Prudencio, era del pueblo y le rompió tres vértebras.

—Es así y punto.

—Un bestia.

—¿Han encontrado ya sus dientes? —bromeó Claudio, crecido.

—Desde luego —se encaró Elena—, podías cortarte un poquito. Te lo estabas buscando desde que ha empezado la noche.

—A mí no me des la charla. ¿Qué culpa tengo yo de que un recogeheno se me ponga gallito?

—Tiene razón Elena, la culpa es tuya —se alineó Raúl.

—¿Dónde está Blas? —pregunté.

Blas, con su don de la ceguera para los malos ratos, seguía jugando con los chavales del pueblo. Cuando descubrió la mano vendada de Claudio preguntó si era grave y volvió a su diversión. Elena insistía en que lo mejor era regresar a casa. Se rumoreaba que Pacote buscaba a Claudio para proseguir el combate. Busqué a Beatriz con la mirada y la recuperé, aburrida, apoyada contra una pared. Guardó una distancia nueva, como si ahora formara yo parte de una banda de criminales organizada. Uno de los jóvenes que se deshacía en perdones para Claudio nos invitó a refugiarnos en su peña pacifista. Beatriz dudó cuando le pedí que nos acompañara, pero finalmente se unió a nuestro grupo. Canté victoria. Ralenticé mis pasos hasta que nos rezagamos unos metros de los demás. Blas llevaba del brazo a Sonja, que se acababa de despertar.

La peña era una cueva oscura, antigua bodega donde un grupo de mozos freía morcillas sobre una fogata de palos. Busqué un rincón apartado donde llevarme a Beatriz. Lo encontré al fondo, en las escaleras que daban a un piso superior inutilizado. Nos sentamos en la penumbra de los primeros escalones.

–¿Y es verdad eso de que tu novia te dejó antes de la boda?

–No, en realidad yo la dejé a ella.

–Yo también he roto con mi novio, hace mes y medio.

–¿Llevabais mucho? –pregunté feliz por la intimidad lograda.

–Un año. ¿Y tú, cuánto estuviste con ella?

–Casi dos años.

–¿Cómo se llamaba?

–Bárbara. –Pronunciar su nombre me produjo una extraña sensación, como si profanara un secreto, con la vergüenza de utilizar su recuerdo en vano para lograr cuatro caricias que no suplirían su ausencia.

–¿Por qué lo dejasteis?

–La verdad, no lo sé. Supongo que íbamos demasiado en serio y me asusté. ¿Sabes cuando tienes la sensación de que has encontrado a la mujer perfecta, pero que la has encontrado demasiado pronto en tu vida? Por un lado quieres vivir y por otro no te gustaría perderla. Me hubiera gustado no haberla encontrado tan pronto.

–O sea que te arrepientes –resumió Beatriz.

–No estoy seguro –estaba empezando a hablar en serio y aquello no me gustaba demasiado–. Me alegro de no estar con nadie, creo que me alegro, pero a la vez, no sé, la echo de menos.

–A mí me pasa lo mismo.

–Lo importante es que las cosas pasan por delante de ti una sola vez, las tomas o las dejas.

Era el momento de iniciar mi operativo frente a Beatriz, de darle la última oportunidad.

–Por ejemplo –dije–, yo estoy aquí contigo. Nos hemos conocido por azar y quizá nunca más volvamos a vernos. Pero tú eres preciosa, me gustas. Tenemos dos opciones, decirnos adiós y pensar toda la vida que no fuimos lo suficientemente atrevidos para hacer lo que queríamos, para decirle al otro lo que pensábamos, en una palabra, echándonos de menos, o...

—Ya sé...

—Exacto. Correr riesgos, disfrutar, apostar. Tomemos la decisión que tomemos, la vida sigue...

—Hombre, puede no acabarse aquí, podemos volver a vernos...

—Eso es imposible y tú lo sabes.

Traté de besarla. Lo logré. Noté sus pechos como limones bajo la camiseta. Ella me separó delicadamente, cerrando sus labios finos.

—¿Estás viva o estás muerta?

—¿Qué quieres decir? —Volvió a dejar entreabierta su boca deseable.

—Quiero decir que si vas a vivir la vida o vas a dejarla pasar sin atreverte a nada...

—A lo mejor a mí no me apetece...

—Claro que te apetece.

—No estés tan seguro. —Sonrió con timidez—. A lo mejor no me gustas lo suficiente.

—Puede ser. Las chicas como tú siempre sueñan con príncipes que se bajan de coches caros, las toman de la mano y las llevan a un palacio adosado a ver la tele.

—O no.

Me desafiaba con su mirada opaca. La batalla estaba perdida y me dejé ir. Decidí que había consumido mi oportunidad.

—La carne esa que ahora escondes bajo la ropa, ese culo que tapas con el jersey y que a mí me parece un culo precioso que tendría ganas de ver desnudo, esas formas deseables, todo eso lo perderás algún día. Espera y verás cómo tu boca se agría, tus pechos se caen, cómo te invade la celulitis de los tobillos al cuello. Ya no levantarás ninguna polla como ahora levantas la mía y pensarás: qué desperdicio.

Beatriz bajó la cabeza. Insistí.

—Podías habértelo pasado bien, podías haberte sentido satisfecha, plena. No haberme permitido follar contigo esta noche se convertirá en una estupidez con el tiempo, será tu regalo de fidelidad a un marido que ronca y ya no te mira. Vete a la mierda, tía, eres una flor que se pudre cada segundo. Mira, mira.

Beatriz alzó la cara y yo ignoré sus lágrimas nacientes. Me saqué la erección tras bajar la cremallera y ella apartó los ojos. Me sujeté el miembro con la mano y ella se abrazó a sus propias rodillas.

—Todas las pollas a las que no diste placer irán a descojonarse a tu entierro.

Me empecé a sentir miserable allí con la polla fuera a un palmo del cabello virginal de Beatriz. Me quedé inmóvil, como ella, hasta que una voz a mi espalda me llamó.

—¿Qué coño haces, Solo?

Era Raúl, con las gafas deslizadas hasta el final de su nariz. Me guardé el miembro y Beatriz levantó la cabeza, cruzó delante de nosotros y regresó hacia el interior de la peña.

—Fuera hay un grupo de tíos que quieren linchar a Claudio —me anunció Raúl.

Me precipité tras él.

Blas y Claudio ignoraban lo que sucedía en el exterior y seguían charlando y compartiendo la comida y la bebida. Acompañé a Raúl hasta el exterior de la cueva. Allí se apiñaban los jóvenes del pueblo, entre los que destacaba Pacote, con el labio hinchado como un neumático. Llevaba un chachirulo en la cabeza que debía de ser del tamaño de un mantel.

—Con vosotros no va la cosa, pero a vuestro amigo le voy a pisar el cráneo.

Su voz era ronca, le patinaban ciertos sonidos por la dificultad al hablar con el labio partido. El resto de la concurrencia se dividía entre los que templaban el ambiente encrespado y los que clamaban por venganza.

—Ese hijoputa chulo madrileño que salga, que le machaco los sesos.

—Si ha sido todo culpa de la borrachera, Pacote, no exageres.

—Que a mí no me toca ni mi padre. Además ese tío está encocado, que me lo ha dicho uno de la orquesta.

—Claro, las drogas, es culpa de las drogas. —Raúl también mediaba.

A Raúl lo apartó de un empujón Pacote. Tardó en enderezarse. El mozo que nos había guiado a la peña se plantó ante Pacote y le mostró su cara indefensa.

—Coño, Pacote, si tienes que pegar a alguien pégame a mí, venga, pégame a mí una hostia y te quedas tranquilo.

Pacote dudó. No era difícil imaginar cómo aquella generosa cabecita saldría despedida por los aires, y luego veríamos los dientes caer como en un día de nieve. Se iban a necesitar todas las costureras de la provincia para recomponerle el rostro. Pero Pacote se negó al envite.

—Que no, que yo al que quiero dar es al otro.

—Tiene derecho, joder, que salgan y peleen limpiamente —dijo uno con las gafas empañadas por su propio aliento etílico.

—Sacto, porque él me dio a traición.

Pelear limpiamente contra Pacote era una de las cosas que más pereza podían provocar en este mundo y suponía que Claudio, con el pedo más adormecido, no iba a caer en el error. Así que el aire a linchamiento se iba tornando más denso. Raúl hablaba con unos y con otros, yo explicaba que no íbamos a tolerar que nuestro amigo fuera apalizado, que eso significaba una batalla generalizada.

—Pues tiro la casa abajo y os parto la cabeza a todos, por traerlo al pueblo —ofreció Pacote como alternativa moderada.

—¿Y si te pide perdón? —se me ocurrió de pronto, como una mínima posibilidad de arreglo cristiano. Iba a arrepentirme de mi propuesta y borrarme de la onda expansiva de Pacote cuando éste se volvió hacia mí.

—Si me pide perdón ya es otra cosa.

Aunque algunos insistían en que labio por labio y diente por diente era el único arreglo posible, los demás convencimos a Pacote de que en unos segundos Claudio estaba dispuesto a arrepentirse ante él de sus actos y rogarle que le disculpara. Cabía la posibilidad de que Pacote se desdijera de su acuerdo y convirtiera la cabeza de Claudio en un asteroide, pero ése era un riesgo con el que se debía correr.

Entramos de nuevo en la caseta y fuimos recibidos por la cara de espanto de Elena. Había escuchado las voces y conocía de sobra la diversión favorita del de su pueblo. Claudio estaba abrazado a una botella, le tomé del cuello y le llevé a un aparte.

—Ahí afuera quieren empalarte.

–No jodas. ¿Cuántos son?

–Cientos. Pero el tal Pacote dice que está dispuesto a olvidar si le pides perdón.

–Hombre, yo...

–No me jodas, Claudio, que no salimos vivos. ¿Lo harás?

–Sí, sí, claro...

Abrimos la puerta y Elena sujetó de una manga a Raúl, separándolo de Claudio para que no lo alcanzara la metralla.

–Suelta, joder –se zafó Raúl.

Entre los dos escoltamos a Claudio hasta el exterior, lo condujimos hasta las proximidades de Pacote, que asomaba tras su labio.

–Viene a pedirte perdón –anunció Raúl.

Claudio le tendió la mano.

–Perdona tío, no sabía que tenía tanta fuerza. Te he puesto el labio como una berenjena...

Pisé con fuerza a Claudio para que cerrara la boca. Pacote le estrechó la mano. Unos mozos de la facción hospitalaria les animaron a abrazarse y cuando Claudio desapareció entre los brazos de Pacote, el pueblo allí reunido arrancó a cantar el himno. Sólo dos o tres disidentes murmuraban contra Pacote y lo tildaban de afeminado. A uno de ellos le oí proponer que fueran hasta casa de Elena y quemaran nuestra furgoneta.

–Es una Nissan que huele a queso.

Supe que lo mejor era desaparecer de la vida de Aciago antes de que el labio de Pacote siguiera hinchándose.

Blas reavivaba inconscientemente la violencia con su empeño en darle besos y abrazos de concordia a Pacote.

–Quitadme a este gordo maricón de encima...

Nos fuimos separando de los grupos juveniles y caminábamos con prisa. Claudio insistía en que exagerábamos y Blas le daba la razón para añadir acto seguido que lo mejor era desayunar una chorizada con los del pueblo y así terminar de sellar la paz. De pronto, una mano me sujetó por el hombro y me detuve.

–¿Os vais ya? –Era Beatriz.

No parecía guardarme rencor. A veces las mujeres resultan incomprensibles. Nunca acabamos de desentrañar la capacidad de su cariño ni la de su odio. Por eso los hombres terminamos esquizofrénicos. Supuse que ella no iba a hacer nada por impedir que me marchara, pero contenía dentro de sí tal ansia de agradar que no podía tolerar que me fuera sin un buen recuerdo de ella.

—Yo estoy segura de que algún día volveremos a vernos.

—Yo no.

—Yo sí —insistió ella.

—Bueno...

—Suerte en tu vida.

—Y tú en la tuya.

—Lo intentaré.

Me dio un beso fugaz en los labios, casi inexistente, alzándose sobre las puntillas de sus zapatillas de tenis. Se volvió. Echó a correr. El jersey anudado a la cintura se balanceó y dejó ver lo que siempre había imaginado. El pelo danzaba sobre su cabeza. Envidié esa capacidad innata para hacerte sentir mal, para trocar la derrota en victoria. Mi preciosa menuda se había salido con la suya, dejar tras de sí la estela del deseo. Pero ni en mi sueño más pueril pensaba que volveríamos a encontrarnos, ahí terminaba la historia, por mucho que el destino esconda una dosis ingente de sentido del humor.

Corrí hasta el grupo, temeroso de rezagarme y terminar por servirle de desayuno a Pacote. Elena se liberaba de dos pesados que insistían en llevarnos a comer unas torrijas. Sonja se había colgado del brazo de Blas. La furgoneta seguía aparcada a la puerta de la casa de los padres de Elena. Entramos en el chalet para recoger en silencio nuestras bolsas desperdigadas con la amenaza de que si despertábamos a los gemelos, Elena nos estrangularía con sus propias manos. Volvimos hacia la furgoneta. Del interior de la casa surgió un inesperado Raúl cargando con su bolsa al hombro. Elena le clavó su mirada.

—¿Adónde vas, Raúl?

—Con ellos. —Pretendía marchar con ligereza, de puntillas, en la creencia de que Elena ni repararía en su huida.

—¿Lo dices en serio?

—Hombre, Elena, era la idea, ¿no? El viaje...

Raúl fue a darle un beso en los labios, pero ella le esquivó.

Raúl nos siguió camino de la furgoneta y lanzó con estruendo su bolsa a la trasera. Uno a uno fuimos subiendo, pero él aún ensayó el gesto de volver hacia ella y despedirse cariñosamente.

—No te acerques, cabrón. Vete de aquí.

Elena se agachó y cogió una piedra del suelo. La lanzó contra Raúl, que se cubrió la cabeza con las manos.

—No quiero volver a verte, desgraciado. Te crees que los niños son sólo míos, pues vale, lárgate, pero no vuelvas...

—Elena, anda...

Los lloros de los gemelos en el interior del chalet aumentaron el ataque de rabia de Elena. Volvió a coger una piedra y a lanzarla con precisión contra Raúl. Le rozó la oreja. Raúl corrió hacia la furgoneta mientras le llovían las piedras y los gritos de Elena. Arranqué todo lo aprisa que pude y Raúl saltó al interior de la furgoneta por la puerta trasera. Por el espejo retrovisor vi a Elena. Lloraba y maldecía. Raúl pegó el rostro a la ventanilla de atrás y levantó la mano en un último intento de calmarla. La piedra que lanzó Elena acertó en el cristal trasero y lo quebró en mil pedazos, a un dedo de la nariz de Raúl.

—Se ha vuelto loca.

—No se puede negar que ha nacido en este pueblo —afirmó Claudio.

Sonja dijo algo en checo que nadie entendió. Atravesamos el pueblo y aceleré cuando unos mozos se lanzaron a escupirnos y zarandear la furgoneta a nuestro paso. Claudio bajó la ventanilla y les gritaba.

—A ver si construyen esa autopista de una puta vez y os atropellan a todos, hijos de puta.

Me sorprendía que, con todo lo ocurrido a lo largo de la noche, Claudio aún recordara el pregón del alcalde. Le mandé callar. No quería que Pacote convirtiera la furgoneta en nuestro ataúd. Pero Claudio insistía, incluso dos pueblos más allá, se asomaba de tanto en tanto por la ventanilla y se desgañitaba.

—No os tengo miedo, recogehenos de mierda, catetos.

—Claudio, cállate de una puta vez, ¿vale? —le corté.

Raúl, que aún no se había repuesto de la despedida lapidaria de Elena, saltó al asiento trasero y se instaló junto a Sonja y Blas.

–No, si ahora va a resultar que la culpa la he tenido yo –proseguía Claudio.

–Hombre, antes de pegarse de hostias hay otros...

–Has tenido suerte de que aquí la gente es encantadora –terció Raúl–, en otro pueblo no salimos vivo ninguno.

–No exageres –dijo Blas.

–Tiene toda la razón –insistí–. Una cosa es cogerse un pedo y otra no enterarse de que nos hemos jugado la cabeza por una gilipollez.

–¿Una gilipollez? –se quejaba Claudio de nuestra actitud–. Si no le doy yo el hijoputa ese me parte la cara, y todo porque me iba a zumbar a alguna chica del pueblo... Y lo que más me jode es que me hayáis obligado a pedirle perdón.

–Mejor que nos lincharan a todos, ¿verdad?

–Querían quemarnos la furgoneta.

–Que la coca es muy mala para tu cabeza, que te pones tonto y pegón –terminé por decirle.

–Listo. ¿Tú qué habrías hecho?

–Pues te aseguro que pegar a un tío del pueblo en mitad de la verbena, no. Antes lo pienso un poquito.

–Ya habló el intelectual pacifistoide.

Nos quedamos en silencio. Era típico de Claudio, emborracharse e insultar a sus amigos, liberar su acumulado rencor contra nosotros. Claudio se sentía traicionado. En su código de amistad era incomprensible que el puñetazo de un amigo no fuera el puñetazo de todos y su pelea la pelea de todos. Eran fisuras imperdonables y yo, sin embargo, lo consideraba dudas razonables. Entre amigos no debíamos pensar. Éramos esa cosa fiera e irracional de la pandilla, al menos Claudio fantaseaba con ello.

Claudio guardó silencio y apoyó la cabeza en el cristal.

–Lo que es increíble –recordó Raúl–, es el tío ese que se plantó delante de Pacote y le ofreció la cara para que se desahogara con él.

Claudio irguió la cabeza con interés.

–¿De verdad? ¿Hizo eso?

–Decía que lo más importante era que los forasteros se llevaran una buena imagen del pueblo.

119

—Acojonante, todavía queda gente así. —A Claudio le resultaba un gesto mítico, a mí una forma de suicidio. Recordando al heroico tipo no pudo evitar lanzarme una mirada de recriminación—. Es la hostia, ¿verdad? Gente que no te conoce de nada y da la cara por ti, acojonante.

En el bajón de la coca y la adrenalina se puso a gimotear. Claudio, el hombre de mármol, se calzó las gafas negras para esconder los ojos al borde de las lágrimas. Le miré y balanceé la cabeza. Lo que me faltaba, verle llorar. Yo intuía que sus lágrimas también eran un reconocimiento de que quizá estábamos disparando los últimos perdigones de nuestra juventud. Reparó en su mano vendada de un modo torpe.

—Esto está muy feo, tío. Busca una casa de socorro, que me lo curen bien.

Claudio se retiró la venda y se asustó al encontrarse el dedo en carne viva.

—Esas dos viejas eran dos putas de mucho cuidado, vaya chapuza. Todo por ahorrar agua oxigenada.

Eché un vistazo a su dedo, me mordí un labio. Claudio levantó la mirada hacia mí.

—Vaya amigo que tienes, eh, dilo. Te avergüenzas.

—No me toques los cojones —le respondí.

—Venga, coño, que esto duele de la hostia, acelera.

—La mano, la mano, la mano, ¿y los demás qué? —se quejó Raúl—. ¿Y lo mío? ¿Cómo te crees que estoy yo después de la despedida de Elena? Me odia, se va a divorciar, me va a quitar la custodia de los niños, he arruinado mi vida...

—No, hombre, no. Mañana la llamas y se le ha pasado —intentó animarle Blas.

—Tú no la conoces. Ha despertado a su padre, en este momento deben de estar llamando a un notario para el divorcio. Es que no entiende que eran mis vacaciones, que ya lo habíamos hablado veinte veces. Y lo que pasa es que...

—Raúl —le llamó Claudio—. Haber cogido el dinero.

En el pueblo más cercano la caseta de la Cruz Roja presentaba un aspecto desolador. El letrero caído y la cruz reventada a pedradas. Sentado en el quicio, un enfermero en manga corta hinchaba preservativos a soplidos. Nos detuvimos frente a él. Le pregunté si estaba abierto el puesto. Borracho, alzó los ojos hacia mí, cegado por los faros de la furgoneta. Contestó que él mismo nos atendería y ensayó varias veces el movimiento para ponerse en pie. Claudio golpeó el volante.

–Tú estás loco, vámonos de aquí, a mí no me pone la mano encima ese tío.

Di marcha atrás y enfilamos hasta una ciudad algo más importante. A la entrada de Calatayud seguí las indicaciones hacia el ambulatorio. Estaba amaneciendo y para entonces me pesaban las pestañas como si fueran de plomo. Llegamos en pleno cambio de turno. Tardamos casi una hora en que alguien se decidiera a echarle un vistazo a Claudio. En la sala de espera había un borracho con la ceja abierta y dos mujeres que se habían caído por las escaleras accidentalmente en mitad de la noche. La enfermera sonriente encontró atractivo a Claudio y le sopló en la herida mientras procedía a la cura. Se empeñó en que se bajara los pantalones para pincharle la antitetánica en el trasero, cuando Claudio insistía que lo mismo daba en el brazo. La enfermera volvió a vendarle el dedo y le aconsejó que lo desinfectara a diario, «lo mejor es que lo haga tu amigo», y me señaló a mí, apoyado en el marco de la puerta.

–Ya no es mi amigo –replicó Claudio y me clavó los ojos.

En la sala de espera, Raúl se estaba peleando con una máquina para obtener una botella de agua. Perdió. Había conseguido una faja sintética para los riñones que aún acusaban el acarreo de la Virgen del Perpetuo Martirio y el Cristo empalmado. En la furgoneta, Sonja había apoyado la cabeza sobre el mullido Blas y dormía apaciblemente. Blas abrió los ojos cuando llegamos.

–¿Y con ésta qué coño vamos a hacer? –preguntó Claudio.

Salimos de allí con la idea de llegar al primer cámping interesante y colocar la tienda de campaña. Necesitábamos dormir tranquilos, reposar después de la verbena. Claudio, con su dedo vendado como si fuera un modelo de alta costura, tal había sido la dedicación de la enfermera, cayó dormido en cuanto abandonamos el parking. Raúl fue el único que se dignó darme conversación para que no se me cerraran los ojos. Estaba agobiado, como siempre, no lograba salir de ese estado, escindido entre ser una buena persona o disfrutar de su existencia, entre el ansia de libertad y su culpabilidad para con Elena. Era una versión exagerada y accidentada de cualquiera de nosotros. Me contaba que nadie es consciente del momento en que empieza a torcerse el camino trazado, hasta que se encuentra en un lugar en el que nunca quiso estar. Raúl me aseguraba que no existía la posibilidad de rectificación, que la vida era un tobogán que te arrastraba. Él se temía a sí mismo con más años, imaginaba que dentro de poco sería aún peor, que terminaría por reproducir la existencia tediosa de sus padres. Nos creemos únicos, me decía, pero somos iguales que los demás.

—Pero entonces con Elena... —le interrogué.

—Nada, todo ha cambiado. Ya no le gusta lo que antes le gustaba...

—¿Te refieres a...?

—Sí —asintió Raúl—. Ahora dice que eso es un vicio. Primero fue el embarazo, luego el nacimiento de los gemelos. Resulta que un día conseguimos dejarlos un rato con los padres y nos fuimos al parque ese de debajo de casa y no sé cómo, pues nos pusimos calientes, y yo ya tenía ganas y ella también...

—Ya, ya...

—Estaba anocheciendo y no había ni Dios, así que la desnudé y la até a un árbol y, bueno, iba a pegarle flojito con una rama porque estábamos supercachondos y entonces... va y aparece un coche de municipales.

—No me jodas...

—Menudo número. Nos pillaron de marrón. Yo tapándola y un hijoputa que nos quería denunciar. Elena que se echa a llorar, bueno, un desastre. Piensa en su padre. Me revienta a hostias. Nos salvó que Elena, a moco tendido, les enseñó la foto de los gemelos y los tíos se apiadaron. Claro, te puedes imaginar. Elena no ha vuelto a ser la misma. Me ha quemado todas las revistas y tiró a la basura los vídeos, los comprados y los que nos habíamos hecho nosotros. Ahí el que se echó a llorar fui yo...

—Hombre, es una etapa —traté de consolarlo.

—Qué va, se ha terminado. Un día que la encontré dándose un

baño se me ocurre mearle encima y, vamos, casi me abre la cabeza a hostias. Me tiró los botes de champú, todo. Dice que eran locuras de juventud. Y a lo mejor tiene razón. Poco a poco nos vamos convirtiendo en lo mismo que cualquier pareja. Nos pasa a todos.

En Raúl encontraba los mismos síntomas de insatisfacción que hallaba en mí mismo. En su caso con una ventaja, eran obvias las razones para sentirse mal: su egoísmo, su desatención de Elena y los gemelos, su profundo deseo de fugarse de sí mismo. En el mío, no existía razón aparente para el pesimismo, tenía mi espacio propio, era dueño de cada segundo de mi vida, ni siquiera debería preocuparme acabar como mi padre porque eso significaba llegar a lo más grande. Mi lista de desastres era larga:

vivir en casa de mis padres
odiar el trabajo en el periódico
considerar a mis amigos unos cretinos
¿si son tan cretinos por qué los necesito a todas horas?
la nostalgia de Bárbara
no escribir lo que quiero escribir
follar en cantidades ridículas
no haber asesinado, aún, a mi padre
incapacidad absoluta para cambiar todo esto.

Lo peor había sido descubrir después de un tiempo sin Bárbara esa cosa tan extraña que es echar de menos a alguien, esa incierta sensación, desconocida. Se producía en momentos señalados en que te encontrabas pensando «ojalá estuviera aquí», pero no estaba. Anhelaba que se apareciera en mis sueños, pero también se había evadido de ellos. La echaba de menos despierto, bien despierto. Ella y yo, que nunca habíamos sabido ni querido comprometernos a nada juntos, que habíamos disfrutado de nuestros diecinueve meses y veintitrés días sin mirar al futuro. Ahora me sorprendía descubrirla al borde del matrimonio, una institución que ella aborrecía. En una ocasión se me ocurrió decir:

—Casémonos, Bárbara. Casémonos mañana.

—¿Estás loco?

—Acéptalo ahora porque nunca volveré a pedírtelo.

—Casarse es para gente ordenada. Nosotros somos desordenados. No nos gusta tener la vida en archivadores.

–Sí, pero somos tan desordenados, especialmente tú. –Me vi en la necesidad de añadir esto porque el desorden de Bárbara era mayúsculo; un solo dato: debía rehacerse el DNI una media de siete veces al año y las llaves de casa entre quince y veinte–. Eres tan desordenada que temo que algún día me pierdas por ahí, te olvides de mí.

–Casarse es repugnante, es convertir el amor en un contrato. Casarse es para gente que desconfía de sí misma, que necesita algo que le recuerde «Ah, sí, quiero a este tío».

Y así me desmontó el sagrado principio del matrimonio, matrimonio en el que ahora se zambullía con aparente felicidad. ¿Por qué había cambiado tanto? Recordaba una frase suya en los días de separación definitiva: «No sé lo que estamos buscando, pero está claro que no lo vamos a encontrar juntos.» A lo mejor por separado sí. Todo apuntaba a que ella lo había conseguido. En los últimos meses pensaba que en la distancia había magnificado a Bárbara, como si fuera la solución a mis conflictos y quizá no lo fuera. Quizá si la volvía a ver la hubiera despreciado, pero una cosa era cierta, en ese instante, lejos de mí, me resultaba la mujer más maravillosa del mundo.

Sofoqué con Raúl mis pensamientos, para quitarles lastre a sus preocupaciones. Le dije que nadie estaba contento con lo que le tocaba y él intuyó de quién estaba hablando.

–Lo de Bárbara es diferente. Olvídala –me recomendó de nuevo con su claridad conservadora–. No metas la pata como yo. Tú tienes que enamorarte de ti mismo, de tus cosas. Eso que dicen que es tan malo, pues es lo que hay que hacer. Ser egoísta.

–No sé...

–La soledad es cojonuda. Hay que acabar con esa invención de la pareja, de la familia, que nuestros padres se equivocaran no significa que nosotros tengamos que hacer lo mismo...

–De acuerdo, pero imagínate –le sugerí– que hubieras abandonado a Elena y ahora ella se fuera a casar con otro. ¿No pensarías que a lo mejor estás perdiendo la oportunidad de tu vida?

–Sí, un ratito. Y luego me iría a su boda a brindar con champán y me compraría una casa frente a la suya y me descojonaría de ella asomándome a la ventana cada mañana abrazado a dos putas.

–Eso dices...

–Vale, lloraría por las esquinas, me tiraría de los pelos, pero en el fondo sería el tío más feliz del mundo. ¿Tú has visto a alguien más feliz que el desgraciado en amores? ¿Les has mirado la cara a las parejas? ¿Me has visto la cara que tengo? Y mira a Claudio o Blas cómo duermen los cabrones. Felices. No te engañes, Elena no es peor que Bárbara. Ella también era una secuestradora.

–Para nada.

–¿Ah, no? ¿Cuando estabas con ella nos veíamos tanto como cuando estabas sin ella?

–No.

–Mucho menos, me acuerdo perfectamente.

–Pero era porque yo quería.

–Ja, eso creías tú. –Raúl me hablaba con autoridad de experto–. Era ella, te marcaba, te apartaba de nosotros. ¿Te acuerdas que te lo dijo Claudio un día y hasta te cabreaste con él?

Raúl se refería a una noche en que Claudio, en mitad de nuestra diversión de adolescentes crecidos, se volvió hacia mí y me increpó, preguntándome si con Bárbara me reía tanto. Yo no me cabreé como recordaba Raúl, sino que contesté que «de otra manera, sí». Lo que me cabreó es que mis mejores amigos estuvieran celosos de mi mejor novia, de que para ellos mi felicidad particular se interpusiera en nuestra felicidad colectiva, de que sólo los desgraciados pudieran ser amigos de verdad.

–Mira, Solo, te lo digo con franqueza –terminaba Raúl–, Bárbara era como todas. Posesiva y celosa. Si ahora estuvieras con ella, olvídate de este viaje, olvídate del intento de violación que has practicado con la rubia esa, olvídate de pasarlo mal o de pasarlo bien, olvídate sencillamente de que te pase algo. La convivencia consiste en evitar que te pase nada extraordinario, en que todos los días acaben igual, los dos tortolitos en la camita, el despertador en la mesilla a su hora. Joder, Solo, tú puedes estar feliz por disfrutar de este viaje, yo estoy jodido, cada vez que empiezo a pasármelo bien se me aparece Elena. Y la quiero y quiero a mis hijos, así que estoy doblemente jodido.

Iba a decir algo, a contestar su visión simplista del mundo, de la amistad, de nuevo la mística mosqueteril de uno para todos y para nadie más, esa sospecha de que la boda de Robin Hood al final de la película acaba con la banda y devuelve la pobreza al pueblo, como si nadie tuviera derecho a buscar su propia felicidad y que le den mucho por el culo a los demás, le iba a hablar del cansancio que provoca prolongar la adolescencia más allá de donde resisten las convicciones adolescentes, le iba a decir que había crecido y tenía ganas de mandarlo todo a la mierda, pero que había descubierto que ya estaba en la mierda, le iba a contestar con estas cosas y muchas más, cuando la furgoneta comenzó a toser, a no obedecer las órdenes de mi pie cuando pisaba el acelerador, a avanzar a trompicones. Fui dejándola caer con la inercia de la carretera cuesta abajo. Apagué el motor y volví a ponerlo en marcha, pero los síntomas eran los mismos, la falta de aceleración. Raúl se asustó y Blas y Sonja se alarmaron con el golpeteo. Era como si otro coche nos impactara una y otra vez por detrás. Claudio se despertó y con un respingo protector se cubrió la cara:

—¡No, Pacote, no!

Se calmó al mirar alrededor. Advertí que iba a intentar llegar hasta alguna gasolinera cercana, dejándome caer en punto muerto. Gasolina teníamos de sobra, pero algo le fallaba a nuestro queso rodante. Avisté en un desvío de la carretera el perfil de un hotel que se erguía en mitad de aquella llanura desierta y rojiza. Avancé hasta él como si la furgoneta la condujera un tartamudo, arrastrándonos con golpes de riñón. Claudio se pasó la palma de la mano por la frente y diagnosticó: es el carburador.

* * *

Mis veintisiete años nada eufóricos, la vista cansada (quizá necesite gafas). Sin estudios superiores. Cuatro caries. Un abuelo prevegetal al que veo tres veces al año. Mi nariz torcida, los ojos hundidos, la barbilla terca, la incipiente barriga, los malos pensamientos, los complejos, los miedos, los ratos aburridos, las oportunidades perdidas, son mi modesta contribución a la fealdad del mundo.

(De *Escrito en servilletas*)

126

Segunda parte

Solo en ninguna parte

7

El hotel era un edificio panzudo de un amarillo apagado que se confundía con el desierto a su alrededor. Tenía la altura de cuatro pisos y ventanales generosos, con una terminación triangular sobre la cornisa. Guardaba su perfil una línea decó, tan fuera de lugar en aquel paraje que provocaba la sospecha de acaso tratarse sólo de una fachada falsa, el decorado de cartón piedra de un hotel deshabitado. Al acercarme, esperaba oír en cualquier instante una voz autoritaria que gritara a mi espalda: ¡Corten!

Un letrero pintado en azul sobre el muro principal anunciaba: Hotel Palacio. Resultaba asombroso que quienquiera que fuese hubiera elegido aquel lugar para levantar un hotel y más aún que alguien viniera a hospedarse. Nada salvo un accidente como el nuestro podría provocar que alguien se detuviera en un paraje tan perdido. Tampoco era un territorio de temporada, un vistazo a las proximidades te confirmaba que allí siempre era temporada, más que baja, inexistente. Debíamos de estar entre Zaragoza y Logroño, en un punto elegido por gente deseosa de dejar de existir. Quizá era la solución a todos nuestros problemas.

Detrás del mostrador de madera de la recepción no había nadie, a pesar de que una radio a todo volumen resonaba en el local. Nos miramos con la sospecha compartida de que aquel lugar estaba desierto. Sin embargo, en la alfombra roja podía verse el polvo de las pisadas recientes. Blas se atrevió a apagar la radio y dar voces: ¡Casa! Oímos unos zapatazos que descendían las escaleras una a una hasta que apareció un joven, algo menor que nosotros, el pelo cortísimo y la mirada mustia, que saludó con acento maño.

—Muy buenás, ¿qué pasá, pués?

Sus palabras eran como montañas que siempre acababan en cumbre. Le expliqué que la furgoneta nos había dejado tirados y buscábamos un mecánico, pero que en la espera queríamos una habitación para los cinco y darnos una ducha y descansar. Me respondió que para usar las duchas había que alquilar la habitación. Repetí que ésa era nuestra intención y entonces preguntó que cuántas habitaciones queríamos. Nos miramos entre nosotros. O era imbécil o tenía un peculiar sentido del humor aquel chaval. Volví a repetir que una para todos.

—¿Cuántos son todos?

Nos mostramos. Conté cinco.

—La más grande sólo tiene dos camas.

—Ésa está bien, ya nos arreglaremos.

Claudio le preguntó si había alguna habitación ocupada en el hotel y el chaval respondió que dos. Pese a todo, costó un buen rato que encontrara la llave de una habitación vacía para nosotros. Tuve que pagarle por adelantado. Fue el poco honroso final de nuestro fondo común. Le pedí la guía de teléfonos para buscar un mecánico de la zona que no se hubiera marchado a Benidorm de vacaciones. El recepcionista miraba de soslayo a Sonja, seguro de que era una puta que nos íbamos a follar todos a la vez y dejarle la habitación hecha unos zorros.

Mientras le seguíamos por las escaleras hasta el cuarto piso y último, Claudio nos advirtió: «Creo que hemos aterrizado en el sobaco sudado del mundo.» Blas la emprendió a preguntas con el recepcionista:

—No parece que haya mucha animación.

—No es temporada.

—¿Temporada de qué?

—Pues temporada, no sé, de venir al hotel.

—¿Y cuándo es temporada?

—No sé.

—¿Alguna vez viene alguien?

—Alguna vez.

Parecía entrenado en las mejores escuelas de espionaje para suministrar el grado cero de información. Abrió la puerta de la última habitación del edificio. Era grande, con un ventanal enorme por el que entraba un sol que hervía el cuarto. Dos camas espartanas cubiertas por una colcha verde colocadas en paralelo, un mueble de madera sobrio, con un tapete encima. Una puerta comunicaba con un baño alicatado en lila, ducha, bidé y lavabo a juego, un juego horrible por cierto. El joven recepcionista seguía plantado en el umbral mientras nosotros nos dejamos caer en las camas y esparcimos nuestras bolsas con desidia. Daba la impresión de que se le hubieran agotado las pilas o de que por su cabeza no pasara otra cosa que la nieve de un televisor sin emisión. Lo arrojamos al pasillo con una propina de cinco pesetas que aceptó sin pestañear. Claudio se precipitó a bajar la persiana para protegernos del sol. Yo anuncié que no teníamos ni teléfono, ni televisión, ni aire acondicionado, ni cortinas, ni hilo musical. Era difícil encontrar un hotel en el mundo con todas esas incomodidades. Había que agradecer, eso sí, que contara con cuatro paredes, aunque resultaba un exceso de barroquismo toparse con un cuadro colgando de una de ellas, la más afortunada pues no tenía que enfrentarse a esa mezcla de colorido desvaído y pésima técnica que provocaba la duda a la hora de considerarlo un figurativo demasiado abstracto o un abstracto demasiado figurativo.

Raúl se colocó boca abajo sobre la colcha, dispuesto a dormir, sin quitarse las gafas.

—A saber lo que hay encima de esa colcha.

El comentario de Claudio le hizo ponerse en pie de un salto. Blas explicaba las guarrerías que él solía hacer sobre las colchas de los hoteles y otras muchas cosas de las que había oído hablar, lo que provocó que Raúl apartara entre náuseas el cubrecama verde y se tumbara sobre las sábanas. Con la persiana bajada por la que apenas se filtraba un rayo de luz, y nuestro aire derrengado, parecíamos un grupo de gángsters acorralados más que cuatro veraneantes aburridos y una ex puta checa abandonados a su suerte por una furgoneta estropeada.

Blas y yo bajamos a recepción para telefonear a algún taller de la zona. El chaval seguía aplastado bajo el volumen de su radio y el calor. Costó explicarle que necesitábamos un teléfono. Nos tendió el suyo y marcamos el número de dos o tres talleres donde nadie contestaba. El recepcionista, cuando ya empezábamos a alarmarnos, dejó caer que su hermano era mecánico.

—¿Ah sí? ¿Y dónde está tu hermano? —le preguntó Blas.

—En su casa. —El chaval parecía contagiado de la planicie del paisaje.

—¿Y él podría venir a arreglarnos la furgoneta?

—No sé, está de vacaciones.

—¿Dónde?

—En su casa.

Y entonces sucedió algo inesperado. La puerta del hotel se abrió y del blanco fulgor de la calima surgió una mujer que atravesó el umbral y caminó hacia la recepción. Era una mujer mayor, envuelta en un vestido de tela gruesa, franela quizá, desmedido para el calor reinante, con un sombrero elegante pero demodé que coronaba su cabeza de pelo blanco y su piel fina y casi transparente. Se apoyaba en un bastón más por coquetería que por serle imprescindible. Ella estaba tan sorprendida como nosotros por el encuentro. Llegó hasta nuestra posición con el paso corto de sus zapatos de rejilla.

—¿Es suya esa furgoneta de ahí fuera? —Su voz era rotunda, aunque algo quebrada—. Averiada, claro.

Asentimos. La mujer se volvió con familiaridad hacia el recepcionista, que podría ser su nieto. Le habló con autoridad, señalándolo con la punta de su bastón.

—¿Has llamado a tu hermano? —Y a nosotros—: Su hermano es mecánico.

—Eso nos ha dicho, pero...

—Vamos, ¿a qué esperas? Llámale y que venga.

Le entregué el teléfono al chaval, que marcó un número de teléfono. La mujer no bajó la voz para informarnos:

—Es un chaval estupendo, pero le falta un hervor, qué le vamos a hacer. ¿De dónde venís?

—Estamos de vacaciones —dije.

La mujer alzó las finas cejas blancas, sonrió, como si no hiciera falta que le explicáramos con más detalle.

—Por cierto, ¿os dedicáis al negocio del queso?

–No, es que la furgoneta... se la compramos a un repartidor...

–Lástima. Me encanta el queso.

El recepcionista hablaba a voces con su hermano sin bajar el volumen de la radio. Colgó y se nos quedó mirando, sin decir nada.

–Baja esa radio, que no me oigo el corazón –le ordenó la mujer–. A ver si va a pararse y no me entero. ¿Qué ha dicho tu hermano?

–Que hasta la tarde no puede.

–De toda confianza, el hermano de éste. Bueno, tendréis que esperar. Oye, sácanos algo de aperitivo.

–No, no, por favor... –nos negamos.

–Nada, nada. Ponnos un Cinzano y unas olivas. Y es para hoy, que te conozco.

El chaval se perdió por una puerta lateral. Miré el reloj, aún no era la una. La mujer se encendió un Ducados que sacó de su bolso y pude ver sus uñas amarillas por la nicotina acumulada, sus manos surcadas por finas venas violeta.

–Jóvenes –nos dijo–, ¿venís de Madrid?

–Sí.

–Pues vaya sitio para pasar las vacaciones.

–En realidad estamos de paso.

–Todos estamos de paso, no hace falta que os diga hacia dónde. –Aspiró hondo antes de toser con estruendo pulmonar, sin por ello dejar de hablar–. Estrella. Me llamo Estrella.

–Yo me llamo Blas y éste es Solo.

–¿Solo? ¿Es un nombre?

–No... –Pero no me obligó a seguir.

–Un adjetivo, claro. En realidad casi todos los nombres acaban por ser adjetivos. El mío también. Al principio me parecía cursi, pero luego comprendí que uno no puede luchar contra su propio nombre. Por ejemplo, si te llamas Benigno parece que vas más tranquilo al hospital a que el doctor te dé los resultados sobre el tumor, por lo menos mucho más tranquilo que si te llamaras Maligno o Ataúd o Fiambre. En mi época a muchos niños les llamaban Perfecto, ahora sonaría demasiado pretencioso.

A Blas le venció la curiosidad sobre el hotel y se decidió a interrogar a la mujer.

133

—¿Y usted? ¿Viene mucho a este hotel?

—Vivo en él desde hace casi veinticinco años. Cumpliendo uno de mis sueños, no tener casa ni familia. —Dio una larga chupada a su cigarrillo. Sonrió y al hacerlo mostró varios dientes enfundados en oro.

—¿Vive en este hotel? —pregunté sin atemperar mi asombro.

—Sí, señor. En la habitación ciento once, la única del primer piso, que desde hoy es también vuestra casa.

—Es usted la dueña del hotel, claro.

—No, por favor. Soy alérgica a la propiedad, en cuanto posees algo pierdes todo el resto de cosas. No, no... —Negaba con la cabeza mientras sonreía. Se asomó por encima del mostrador de recepción para ver si regresaba el chaval con el aperitivo de encargo—. El dueño de esto es el abuelo del chico. Yo lo conocí en México, al abuelo, claro. Porque yo después de la guerra viví en México casi veinte años. Tenía el pelo negro entonces.

La imaginé como el retrato perfecto de una mujer bohemia que fumaba con boquilla larga, el pelo a lo Louise Brooks. Al menos conservaba la manera de moverse, en una especie de flotación, y de reírse, con una despreocupada y vaga mueca.

—¿Y no se siente sola aquí? —le preguntó Blas.

—¿Tú qué crees?

—Porque, ¿aquí viene alguien?

—Pues claro. Zaragoza y Logroño tienen el índice de infidelidad matrimonial más alto de España, ¿no ves que son ciudades tristes? Esto en temporada alta se llena de adúlteros.

—¿Ah, sí?

—Un lugar inencontrable, discreto, esto es el paraíso para quien busque la intimidad —prosiguió ella.

—¿Y vienen hasta aquí?

—Exacto. El complejo de culpa exige unos kilómetros de distancia. Tendríais que ver esto lleno de parejas, los señores con sus putillas, los amantes, hay veces que sientes que se menean los cimientos con tanta cópula. Aunque yo reconozco que siempre me ha gustado más el juego erótico; el acto en sí, no sé, termina por parecerme cosa de baturros.

Blas y yo sonreímos.

–Lo digo en serio. Yo he follado mucho y bien –insistió–, y al final te convences de que al hombre, una vez que se le ha agotado la pasión, las ganas de complacer, el sexo le produce fatiga y sueño, vamos, en el fondo está esperando que le ordeñen como si fuera una vaca y que lo dejemos en paz. En cambio nosotras perseguimos otra cosa, no sé... Ahora dicen que todo ha cambiado.

–La verdad es que nosotros tampoco somos muy expertos –confesó Blas y buscó mi complicidad que no encontró–. Cuando conseguimos hacerlo estamos tan contentos que no nos fijamos en detalles.

–¿Venís con chicas, o las vacaciones son para buscar?

–No, no, sin chicas. –Pero Blas rectificó–: Bueno, con una. Ahora somos cinco.

–El grupo, la pandilla, el ruido –nos describió con un indisimulado desprecio. Chasqueó la lengua–. Yo estoy en otra fase.

De tanto en tanto tosía para desatascar la garganta y una vez limpiado el circuito volvía a la carga con su cigarrillo y su voz rota, una voz femenina pero no blanda, cavernosa. Volvió a buscar con la mirada al recepcionista desaparecido.

–No, si éste se habrá perdido. Venga, que le den por el saco. Aperitivo en mi habitación. Todos a la uno uno uno.

Queríamos decir algo, impedirlo, alegar cualquier excusa, pero subíamos las escaleras tras ella. Se agarraba a la barandilla con ambas manos, para evitarles grandes esfuerzos a sus piernas. No sabía muy bien si habíamos ido a parar a la página ciento treinta y cinco de un cuento gótico o quizá habíamos tenido suerte de encontrar una manera de matar el tiempo de espera en tanto la furgoneta nos permitía abandonar aquel lugar.

La habitación ciento once ocupaba, como Estrella había anunciado, toda la planta. La puerta estaba frente a la escalera y se abría sin necesidad de llave. Unas cortinas translúcidas reducían en gran medida la hiriente entrada de sol. El cuarto no guardaba ninguna semejanza con nuestra habitación. Era una amplia sala, una sola estancia. Había al fondo una cama inmensa y alta, sobre esqueleto metálico. La separaba de nosotros un lavabo rústico y una gran bañera situadas allí en mitad de la habitación. En el primer metro y medio de pared se había desarrollado un meticuloso

135

alicatado de pequeñas piezas de colores, como un puzzle moder-
nista, algo gastado, pero que dotaba al espacio de un cierto sabor a
antiguo. El dibujo era azulado, reproducía las olas de un mar *naïf.*
El resto era un salón desordenado, con dos butacones de orejas
enfrentados y una barra con cocina de fogones. Era una casa llena
de vida. Se amontonaban la ropa de mujer, viejas esculturas azte-
cas en barro, y asomaban libros y papeles de debajo de la cama.

–Igualita que la nuestra. –Blas lanzó un silbido admirativo.

–Después de tanto tiempo, acaba por ser tu casa –dijo Estrella
como única explicación a este espacio que nadie podría haber
imaginado desde el exterior del hotel.

Nos ofreció de beber y después de un recorrido incierto por
un montón de latas de comida en conserva y un repaso somero de
la nevera, anunció que sólo podía ser whisky o ginebra sin más
acompañamiento que agua. La limitación no nos importó demasiado. Sobre la barra abrió una lata de berberechos y nos miramos
en mitad de aquel absurdo aperitivo.

–Tengo pasta, paella, cocido en lata. Llamad a vuestros amigos
y os preparo algo.

–No, no, no se moleste.

–No es molestia. No todos los días tengo compañía. Tendrá
que ser algo a lo pobre, pero...

Se giró hacia mí alzando los hombros y se colocó una mano
alrededor de la barbilla en un gesto que había repetido varias veces. Mostraba un anillo discreto pero trabajado, plateado con una
piedra central de color miel. Dejé a Blas en plena elección del
menú y volví hasta las escaleras. Mientras subía los escalones de
terrazo pensé en la vida oculta de tantas personas, los seres que no
trascienden, esa especie de topos que sobreviven sin necesidad del
resto del mundo, que consumen la comida en latas y que guardan
los libros debajo de la cama. Gente que se niega a pertenecer, eso
que tanto obsesiona a otros. Quizá todos unidos formaran un país
subterráneo, inexistente, pero no muerto.

Subí a nuestra habitación con pereza por los tres pisos que nos
separaban. No me crucé con ninguna señal de vida, excepto la radio de la recepción que volvía a tronar. Claudio roncaba sobre la
cama, estirado. Le toqué en un hombro.

—Claudio, hay una tía rarísima que nos invita a comer.

Se despertó a medias. Le repetí el mensaje y cerró los ojos seguro de que así me borraría. Fui hasta el baño al oír la voz de Raúl. Empujé la puerta y me lo encontré sentado sobre el filo de la bañera, los pantalones en los tobillos y la cabeza de Sonja incrustada entre sus piernas. Raúl, con una mirada enérgica bajo sus gafas, me ordenó cerrar la puerta. Obedecí.

Volví hasta la cama y forcé a Claudio a sentarse sobre el colchón. Sacudió la cabeza. No quise decirle lo que sucedía en el baño. Le expliqué nuestro encuentro en la recepción, el asunto del mecánico y la comida que nos esperaba en la ciento once.

—Me doy una duchita y bajo.

La puerta del baño se abrió y salió Sonja. Se estiró como si regresara de dormir la siesta, con la flexibilidad de un gato. Los brazos como aspas, dobló la cintura y posó las palmas de la mano en el suelo sin doblar las rodillas.

—Sonja, nos invitan a comer.

Del baño me llegaba el ruido del agua del grifo. Entré. Raúl terminaba de lavarse la polla en el lavabo y al verme entrar me dio la espalda.

—Esta mierda no tiene cerrojo.

Se desplazó hasta la taza y tardó en lograr la relajación para echar una meada.

—Tú estás gilipollas.

Raúl se encogió de hombros al escuchar mi susurro indignado.

—¿Qué tiene de grave? Joder, la chica es puta, ¿no?

—Claro. Supongo que le habrás pagado —ironicé.

—Mil pelas.

Raúl pasó por delante de mí y abandonó el baño. Yo estaba ligeramente perplejo. Habíamos ayudado a una chica a abandonar un burdel de carretera y ahora nos lo agradecía con una rebaja sustancial por sus servicios, seguramente por nuestro buen comportamiento o quizá por descuentos especiales a grupos. Aunque conociendo a Raúl no era descabellado que hubiera empleado sus dotes para el regateo. Me sentía asqueado, más por las conmovedoras buenas intenciones de Blas que por otra cosa. En parte mi enfado contra Raúl aumentaba cuando yo me consideraba capaz de haber hecho lo mismo que él.

Cuando regresé a la ciento once, Blas y Estrella habían vaciado tres latas de paella preparada en una sartén profunda. Aquello burbujeaba como el brebaje de un santero. La mujer espolvoreaba azafrán y lo removía con una paleta de madera. Le presentamos a los recién llegados.

–Una señorita con cuatro señores –le advirtió a Sonja– no es casi nunca una señorita. ¿De quién eres novia?

Me volví hacia Raúl, que eludió mis ojos. Sonja se encogió de hombros sin entender la pregunta y Blas la abrazó por los hombros y le besó en la mejilla.

–Mía –aseguró–. ¿No se nota?

Estrella no quiso contestar. Me señaló un armario y me invitó a que sacara platos para todos. Claudio recorría fascinado la habitación.

–Perdone pero esto parece, no sé, una casa de citas.

–Es lo que es.

Sentados ante la comida, para sorpresa de todos sabrosa, Estrella se mostró como una mujer plena de convicciones no negociables. Había sido cocinera, modelo, poetisa, actriz, marchante de arte, viajera, profesiones siempre que no implicaran esfuerzo porque eso era, según otra de sus opiniones contundentes, el campo de batalla de los no inteligentes. Yo no he andado por la vida, me he deslizado, confesaba. No he querido nunca hacer ruido y gracias a eso he conseguido sobrevivir a la estridencia. Fumaba encima de su plato con la comida que apenas tocaba cubierta de ceniza. Nos habló de la noche lejana en que vivió el mayor esplendor sexual, noche en la que terminó por abrir una ventana del dormitorio y gritarle al mundo que se sentía satisfecha, por una vez. Se refería a sí misma en el momento actual siempre con la frase: «Esta vieja que ahora tenéis delante.» Y aunque era una vieja, efectivamente, tenías la impresión de charlar con alguien joven, con alguien que aún conservaba intacta la capacidad de seducción tras las arrugas. Debía de rondar los setenta años pero se mantenía en forma, el cerebro en rápido funcionamiento. Aspiraba, decía, a que la matara el tabaco antes que cualquier otra cosa peor. He visto morirse a gente de todas las maneras, ya no me sorprende nada, nos contó.

Cuando se le cerraron los ojos y se echó hacia atrás en la butaca, nos deslizamos hacia la puerta. Había llegado su hora de la siesta. Claudio y yo nos instalamos en el banco de piedra de la entrada del hotel para disfrutar de la vista, pero aún buscábamos algo que avistar en aquella planicie. El recepcionista salió para anunciarnos que su hermano llegaba. Lo reconocía por la lejana ronquera de un automóvil que se dejó ver algo después. Llegaba hasta nosotros un Renault 5 sin silenciador, decorado como si acabara de desviarse de un día de rally. Su conductor era un joven vestido con un mono azul, pequeño, sus brazos aparentaban no alcanzar más allá de su nariz. Su hermano nos señaló con la cabeza.

—Éstos son los de la furgoneta.

Furgoneta que se calcinaba bajo el sol de las cinco. Claudio le explicó los últimos estertores antes de dejarnos tirados y concluyó con su diagnóstico.

—Creo que es el carburador.

—Puede —se limitó a ratificar el mecánico.

Abrió el capó de la furgoneta y le pidió a Claudio que intentara ponerla en marcha.

—Huele raro —observó.

—Es queso —advertí yo, a su espalda.

Se volvió hacia mí como si el extraterrestre fuera yo, cuando no cabía ninguna duda sobre su procedencia de otro planeta, lejano, el mismo de su hermano.

Fue por su caja de herramientas y se asomó a la boca de la furgoneta como un dentista. Claudio se reunió conmigo y nos delectamos en la contemplación de la lentitud del mecánico. El silencio era tal que de concentrarte podías llegar a escuchar a la Tierra rotar sobre su eje. El mecánico encaraba la faena con meticulosidad, cronometré mentalmente lo que le llevó desenroscar una tuerca y se acercaba a la media hora.

—Llama a tus padres —me dijo de pronto Claudio.

—Ahora no, prefiero estar con energía.

—¿Tanto les temes?

–No. Pensaba escribirles una carta, pero no les he escrito nunca, me resulta ridículo. ¿Cómo empezarías: «Queridos padres», «Estimados progenitores», «Admirados papá y mamá»? No sé...

–Lo que pasa es que no estás seguro de haber hecho bien dejando el periódico...

–Para nada, me siento liberado –aseguré.

–Porque el periódico para ti equivale a Bárbara.

Claudio me clavó sus enormes ojos color miel. Me producía pánico cuando lo hacía, las raras ocasiones en que amenazaba con ponerse serio.

–Me acuerdo cuando rompisteis...

–Cuando rompí con ella, querrás decir –le corregí.

–Lo que sea. Eras el tío más feliz del mundo y un segundo después el más desgraciado. Estabas de un humor cojonudo y de pronto te daba la vena esa...

–Destructiva.

Se refería a mi maniática costumbre de destrozar los servicios públicos, las cabinas de teléfono, los ascensores. Eran actos de desamor, mis pequeñas declaraciones de odio a la sociedad. El precio que había de cobrarme por dejarme engullir.

–¿Sueñas con ella?

Miré a Claudio sin responder. Siguió él.

–Yo sueño con chicas que hace años que no veo, es acojonante.

–No, una vez soñé que ella estaba tomando el sol al borde de una piscina y yo estaba dentro del agua sentado en un pupitre de esos del colegio, con su mesita.

–Absurdo.

–Sí. Intentaba que no se me mojaran los papeles. Pero de eso hace tiempo. Ahora no sueño casi nunca o al menos no me acuerdo al despertarme.

–Bárbara era una imbécil –dijo Claudio.

–¿Por qué dices eso?

–No sé, por probarte. Pensaba que no ibas a defenderla.

–Hombre, es que una imbécil no era.

–Ahora ya poco importa. Yo nunca le caí bien –recordó Claudio.

–Ella pensaba que no te caía bien a ti.

–A mí no me caía bien porque yo no le caía bien. De todas maneras cuando dejes de defenderla sabré que te has librado de ella.

–Eso es una gilipollez –objeté.

–Qué va. Marcan el territorio, les gusta pensar que siempre te tienen, que si te necesitan pueden disponer de ti. Lo importante es demostrarles que ni te acuerdas de ellas, vamos, que si te las cruzas por la calle ni las reconoces.

Claudio, desde siempre, aspiraba a carecer por completo de pasado, según él era la mejor receta para disfrutar del presente. Yo, en cambio, era alguien que se debatía entre el pasado y el futuro, en pleno descuido del presente.

–Bárbara no existe para mí –mentí sin demasiada convicción. En realidad dudaba de que yo existiera para Bárbara.

–Me alegro, aunque no me lo creo.

El primero en despertar de la siesta fue Blas. Se nos unió rezumando bajo el plumas, el pelo alborotado en un intento de ocultar la calva quemada que empezaba a despellejarse. Le pregunté por Raúl, alarmado de que a solas con Sonja fuera capaz de nuevas ofertas y a estas horas ya la hubiera atado de pies y manos a un extintor. Blas me dijo que andaba por los pasillos del hotel, pegado al móvil, encadenando frases cálidas para Elena. La culpabilidad, pensé.

–Bajada de pantalones –opinó Claudio.

–Qué remedio –sostuvo Blas.

Los tres alzamos la mirada hacia el mecánico que golpeaba los dientes de la furgoneta con una llave inglesa. Los espacios entre cada martillazo eran inmensos.

–Tiene encanto, tiene algo. –Nos volvimos hacia Blas, asustados porque pudiese referirse al mecánico, que lo único que tenía era un grano enorme en la punta de la nariz–. Sonja, digo. Es fea, ya lo sé, pero tiene algo.

–No sé.

–Yo tampoco diría.

–No, no, si ya lo sé, pero transpira ternura, desamparo. Desde luego no es puta, no tiene nada de puta. –Nuestra falta de entusiasmo no le arredró. Creí ver un destello en sus ojos, pero lo achaqué al solazo que comenzaba a descender–. En la siesta le he dicho que me costaba dormirme y me ha estado cantando nanas en checo.

–Con dos cojones.

–Ha sido un momento precioso. No me dormía ni a tiros, porque estaba encantado, así que al final he hecho como que dormía, para que se quedara tranquila. ¿Y sabéis qué ha hecho ella?

–Te ha comido la polla –bromeó Claudio. Yo me abstuve.

–No, joder. Me ha arropado y me ha dado un beso en la boca, de esos blanditos, casi sin rozar.

–Impresionante, gordo.

–¿Te ha arropado? –me interesé–. ¿Con este calor? No estaría intentando asesinarte, ¿verdad?

–He pensado que a lo mejor se ha enamorado de mí, como le salvé la vida. –Aunque ni el mismo Blas acababa de verse en el papel de héroe romántico–. Sería normal, ¿no?

–Hombre...

–Quién sabe...

–Yo no me he enamorado de ella, pero me da ternura.

–Es gimnasta.

El comentario de Claudio no permitía interpretaciones clarificadoras, se trataba tan sólo de un diagnóstico objetivo, pero supuse que era lo mejor que había encontrado para zanjar la conversación.

El mecánico se acercó a nosotros con una pieza en sus manos sucias de grasa que recordaba un acordeón de forma circular. Pensé que iba a interpretarnos una canción, pero en voz muy baja explicó que era necesario sustituir esa pieza. Lo cual significaba, según dedujimos cuarenta o cincuenta preguntas después, que al día siguiente había de ir a comprarla, venir e instalar el recambio. El día siguiente significaba una vida entera para nosotros, permanecer en aquel lugar un minuto más era una eternidad en el purgatorio. Estábamos a punto de coronar las peores vacaciones jamás soñadas. Ni los mejores amigos podrían resistir no comerse unos a otros si se veían obligados a pasar una noche en aquel erial. Íbamos a comenzar a maldecir, cuando la puerta del hotel se abrió y emergió una renovada Estrella, con un traje color ocre y falda por debajo de las rodillas, radiante tras la siesta y un baño. Enjoyada y maquillada con gusto.

–Fijaos. –Nos señaló el horizonte–. ¿No es el atardecer más horrible que habéis visto en vuestra vida? Me encanta, en este sitio es imposible la poesía. Es un lugar escogido por la naturaleza para mostrar su peor cara.

–Sí, pero me temo que nos vamos a quedar aquí a vivir –anunció Blas.

–Imaginación, amigos, imaginación –declamó Estrella–. Ya os daréis cuenta de que, en general, la vida no ofrece más que chascos, rutina y aburrimiento. Por suerte tenemos imaginación y un inagotable optimismo. Y un coche, claro. Alguien tiene que llevarnos a Logroño esta noche.

El mecánico había empujado todas las piezas desmontadas debajo de la furgoneta y anunció que tenía que marcharse, que mañana volvería con el recambio.

–¿Vas a Logroño? –le preguntó Estrella.

El chico asintió.

–Nos apañamos en tu coche. –Estrella se volvió hacia nosotros–. Eso o quedarnos aquí a pudrirnos esta noche.

Estrella se instaló en el asiento delantero, junto al piloto de rallies. Se había colocado un pañuelo en el pelo, para no despeinarse con el aire de la ventanilla, el mismo que nos permitía a los demás respirar embutidos en la parte trasera, con Sonja sobre nuestras rodillas en ejercicio de contorsionismo imposible. Cuando en algún bache o alguna frenada ajustada del automóvil, que era guiado por nuestro chófer de alta competición como si se tratara de una tanqueta, Sonja se precipitaba contra el mullido Blas bajo el plumas, éste la recibía con un abrazo glotón. Por encima de ella nos lanzaba algún guiño procaz empapado en sudor. Supe que para Blas Sonja empezaba a convertirse en un proyecto de polvo, pero el cansancio me impedía sacar ninguna conclusión sobre el asunto. Ella, por su parte, sonreía con una especie de alegría abortada, que no acababa de estallar, mientras se dislocaba el cuello y el resto de las articulaciones para lograr espacio en nuestro mundo diminuto.

Logroño es una de esas ciudades que uno imagina vacías, porque siempre ha conocido a gente de allí en otros lugares, lo que te lleva a pensar que nadie se queda. Lo primero que sorprendía, pues, era tropezarse con habitantes en apariencia felices de pasar el verano allí. Los jóvenes, supongo que en espera de largarse algún día, se arracimaban a la puerta de los bares. El mecánico nos depositó en una plazoleta que estudié un instante sin ningún afán turístico, más bien para olvidarla con mayor precisión en el futuro. Estrella nos dirigía sin asomo de marcialidad, pero confiada en que seguiríamos tras ella, sin dudar. Mostraba un entusiasmo gigantesco por las cosas, por la gente, señalaba pequeños detalles, destellos de interés sólo para quien le atrae ese accidente llamado existencia humana. Bebimos unas cervezas en un bar cualquiera y luego pensamos en cenar. Había una bodega en la que daban carne a la brasa con pimientos y esperamos en la barra a que se abriera algún espacio en el interior. Finalmente el dueño nos instaló junto a los servicios y cada vez que algún cliente los visitaba golpeaba con la puerta contra las costillas de Raúl. Estrella acarreó la botella de vino desde la barra y nos rellenaba los vasos.

—La semana pasada hubo fiestas, os habría encantado el ambiente.

—No, no, mejor que no haya fiestas.

—A Claudio se le cruzan los cables.

Claudio mostró su dedo vendado.

—Pendenciero –diagnosticó Estrella. Él se encogió de hombros.

Estrella nos contaba que entendía de vino, de toros, de flamenco, sin saber nada en absoluto, pero que su vida de española exiliada le había forzado a especializarse en españolismo. Era una cuestión de supervivencia.

—En México viví de gorra durante meses porque aseguré que había sido amante de Bienvenida. Era un grupo de aficionados, tarados, tuve que improvisar anécdotas de todo tipo. Uno de ellos se enamoró y quería casarse conmigo vestido de luces, en Triana, claro.

Volvió a encender un cigarrillo con la colilla de otro.

–Pero no todo ha sido tan fácil siempre. Para sobrevivir he hecho de todo.

–Menos trabajar –me atreví a decir.

–A veces cosas peores. Más de una polla me he comido no precisamente por gusto.

Se quedó en silencio y respetamos su estruendosa sinceridad. Nos concentramos en la carne, deliciosa.

–¿No se ha enamorado nunca?

–Siempre. He estado enamorada casi toda mi vida... Pero el amor te arrastra siempre hacia otra cosa y yo hay algo con lo que no puedo: la familia. A mí la familia me parece el templo de la humillación, la vida de rodillas, la mierda...

–Estoy de acuerdo. –Raúl lo dijo casi para sí.

–Sólo hay una razón por la que existen las familias –nos explicó Estrella–. Por la soledad. La gente tiene miedo a volver a una casa vacía. Recuerdo una noche de farra en Guanajuato, nos despedíamos los grupos, borrachos, agotados de la juerga y uno, un tipo al que no conocíamos que se nos había pegado en el último bar del que nos desalojaban, empezó a gritar que no quería ir a casa, que siguiéramos con la parranda, pero todos entraban en los coches y se iban despidiendo. Nos quedamos mi amante y yo con él, aún le acompañamos a otro bar y nos decía que todos tenían a alguien en casa, esperando, menos él. Cuando llegó la hora de marcharnos y nos despedíamos porque ya amanecía, sacó un revólver y se pegó un tiro en la boca, allí, delante de nuestras narices.

Balanceó la cabeza con asombro.

–A usted no parece asustarle la soledad –le dije.

–No lo parece, ¿verdad? Es que finjo muy bien.

De vez en cuando, al sentir que alguna palabra necesitaba una mirada huidiza por nuestra parte, escapábamos del ronco encanto de Estrella.

–Yo, que he hecho lo que he querido casi toda mi vida y soy una completa desgraciada..., imagínate los demás.

Ella fijaba su mirada en algunos de nosotros y nos interrogaba. Nos obligó a ponerle al corriente de nuestras vidas. Contadas en voz alta sonaban aún peor. Nuestras historias estaban escritas con mala letra. No había triunfadores en el grupo. Esa cosa que llaman éxito nos era esquiva a los cuatro, me temo. Nada cercano al triunfito ese juvenil tan perseguido.

–Es jodido no tener a nadie a quien matar –dijo–. Nosotros teníamos a Franco y a un montón de gente. El odio es una energía cojonuda. A vosotros os ha tocado vivir en un mundo satisfecho y, claro, está prohibido quejarse. Pero eso se acaba. Ya os ocuparéis vosotros de vivir mal, porque vivir bien es algo insoportable para el hombre. No es normal lo que sucede hoy día, ahora los ancianos tienen diecisiete años.

–Me he perdido. –Claudio bostezó.

Estrella soltó una carcajada y volvió a mostrar el oro de su boca.

–Vieja soltando doctrina, sabía que terminaría así.

–No, mujer –Blas se sintió obligado a terciar con simpatía.

–Si me suicido esta noche quiero que me hagáis un favor –anunció.

–No joda.

–No, si no tengo valor. Lo digo por acojonaros.

–¿Cuál es el favor?

–Que se lo contéis a alguien.

–¿El qué?

–Que me conocisteis. Que una vez había una vieja loca en un hotel perdido. ¿Habéis pensado que a lo mejor nadie piensa nunca en vosotros?

El silencio se prolongó. Claudio había decidido apearse de la conversación, le irritaba. Sonja había permanecido ajena desde el principio. Estrella se empeñó en pagar la cuenta y arrastrarnos hacia otro sitio porque quería enseñarnos un salón de baile y demostrarnos sus dotes en la pista.

Entramos en un local oscuro iluminado por velas de plástico que escondían bombillas en su interior, con suelo de madera gastado donde bailaban parejas mayores. Para llegar se descendían unas escaleras empinadas que transmitían la sensación de túnel del tiempo. Un tenue olor a incienso. A Estrella la saludaban con una sonrisa los pocos empleados de chaqueta apolillada, también los clientes fijos. Nos instalaron en la mejor mesa, que resultó ser tan

146

mala como las demás, y Estrella nos obligó a continuar con el vino.

Anunciaba los bailes con autoridad. Esto es un fox o una rumba o un chachachá o una cumbia. Nos señaló a un hombre elegante que se secaba el sudor con un pañuelo impoluto después de abandonar a su pareja de baile.

–¿Veis aquel cadáver? Se mueve que da gloria.

Estrella fue en su busca y se enlazaron. Bailaron un ritmo demodé con la rigidez del clasicismo. Los dos rejuvenecían en sus giros.

–Esto es un cementerio de elefantes –aseguró Claudio.

–Da miedo. –Raúl buscaba a alguien menor de cincuenta años.

–¿Nos largamos? –sugirió Claudio.

Yo dije que no. Blas se desentendía de nosotros. Llevaba tiempo volcado sobre el oído de Sonja y de tanto en tanto los dos rompían en carcajadas. Ella le dijo algo con seriedad y Blas se dirigió hacia nosotros.

–Tiene que llamar por teléfono.

Todos nos volvimos hacia Raúl.

–Sí, hombre. A su casa, no te jode.

–Hombre, tío, no puedes negarte.

–No seas rata.

–He dicho que no, joder, que está bajo de batería y puede llamar Elena. Y otra vez lío, no, que bastante...

–Yo te lo pago. –Blas se llevó la mano al bolsillo.

Clavó sus ojos en Raúl y éste sacó el teléfono y se lo tendió a Sonja. Le explicó la tecla que debía pulsar después de marcar el número. Sonja sonrió y corrió a refugiarse junto a las escaleras de salida. Un instante después hablaba en su propio idioma con una fluidez que nunca habíamos sospechado en ella. De vez en cuando lanzaba una carcajada. Nuestra atención había abandonado el baile de Estrella para fijarse en Sonja.

–¿Hablará con su novio? –dudó Raúl.

–No, hombre, no, sus padres –aseguró Blas.

–Sí, ¿quién se ríe así con sus padres? Es una amiga –dije yo.

–Su chulo, es su chulo. Se vuelve al curro que le compensa más que estar con nostros –sugirió Claudio.

—No seas cabrón –le cortó Blas.

—Como la llamada sea a Checoslovaquia me arruina.

—Joder, qué raca eres, Raúl.

—Claro, como no es tu teléfono.

—Ya te he dicho que te lo pago.

—Si no es por eso, es que si llama Elena.

—¿Habéis hecho las paces?

—Casi. Dice que es culpa vuestra. Que cuando estoy con vosotros me convierto en un monstruo.

—En eso tiene razón –dije–. Lo que yo no sabía es que cuando estás con ella no lo eres.

—Muy gracioso.

—Por algo se enamoraría de él –replicó Blas.

—Lo que pasa es que está histérica. Vete a saber si le da por llamarme de madrugada. Se despiertan los gemelos o algo, no sé. A veces les pone el teléfono en el moisés y me tiene hablando media hora, dice que así al menos reconocerán la voz de su padre...

Estrella regresó de su baile molesta por nuestra falta de curiosidad. Nos volcamos en elogios.

—Has estado cojonuda –terminó Blas.

—Qué sabrás tú de baile. Si mueves mal hasta las pestañas.

No se rió después de decirlo, sino que llenó su copa de vino.

Sonja regresó con una sonrisa primaveral. Le entregó el teléfono a Raúl, que comprobó de inmediato que aún quedara batería disponible. Blas no le permitió sentarse y tomó de la mano a Sonja.

—Conque yo no sé de baile, eh, ahora va a ver –retó Blas a Estrella.

Blas arrastró a Sonja hasta mitad de la pista con dulzura pero con agresividad.

—Un tango –anunció Estrella al oír los primeros compases.

Sonja seguía los pasos de Blas tratando de eludir su torpeza. Cuando éste se giraba, ella doblaba su espalda hasta límites imposibles. La exhibición de elasticidad de ella era lo único que alegraba el tango peor bailado de la historia.

—La chica es de goma –opinó Estrella–. Claro que él... horrible. Y con ese abrigo.

—Es para adelgazar.

Blas no se limitó a demostrar su impericia con el tango, sino que también trastabilleó sobre una gran variedad de ritmos. A medida que crecían las horas, la pista se iba vaciando y Blas ampliaba la onda expansiva de su anárquico baile, lanzando gotas de sudor alrededor. En el instante que crucé hacia el baño, aprovechó para inclinarse sobre mí y anunciar:

–Creo que me he enamorado, Solo.

Estrella había recuperado sus ganas de conversación. Cada minuto nos regalaba una historia nueva. Sonja consiguió separarse de Blas para refugiarse en el baño y no me pasó desapercibido que Claudio aprovechara el momento para seguirla. Me temí lo peor. Aunque mantenía un fingido interés por la conversación no dejaba de controlar el tiempo que transcurría con Claudio y Sonja a solas en el baño. Cualquier amigo con desmedidas ganas de follar era siempre un enemigo. Cuando él salió, vino a sentarse a mi lado. Me guiñó un ojo y yo le miré con asco. Sonja reapareció algo después y se descalzó en la pista. Blas la enlazó de nuevo y posó la mano sobre su trasero, de donde no aparentaba tener intención de desplazarla.

–Vuestro amigo se está dando un calentón de narices –observó Estrella.

Todos asentimos.

–Eso os demuestra el poder del baile. Es prácticamente follar. Un tipo con el que bailé cientos de veces se corría encima y a mí eso me hacía sentir de maravilla.

–Blas es capaz –sostuvo Claudio.

–Tenéis que convencerle para que no adelgace, se les agria el carácter. Conocí a un tipo que había salido de la cárcel después de cumplir una condena por asesinato. Nos hicimos amigos y un día le comenté que me resultaba imposible imaginarle capaz de matar a una mosca. Y él me dijo: «Hubo una época en que me empeñé en adelgazar.» Imagínate.

Nos volvimos para intentar desenmascarar al asesino que se escondía detrás de la posible delgadez de Blas y nos topamos con que le estaba comiendo la boca a Sonja, con un apetito que negaba cualquier tentativa de régimen. Estaban solos en la pista y nosotros éramos sus únicos testigos.

–Lo mejor es que los llevemos al hotel a follar. ¿Qué hora es? –preguntó Estrella.

–Las cinco.

Anunciamos la marcha y Blas tomó la mano de Sonja y nos siguieron por las escaleras.

–Aún tenemos que esperar una hora para volver al hotel –advirtió Estrella–. Por el autobús.

La calle estaba fría y caminamos por la vieja ciudad sin cruzarnos apenas un alma. Claudio encontró un garito del que llegaba el estruendo de la música maquinera. Aún albergaba esperanzas de toparse con alguna forma de diversión. Nos refugiamos para matar el tiempo de espera entre la gente que bailaba. Estrella se acodó junto a la barra, incapaz de decir una palabra por encima del ruido. Era una imagen absurda la de una mujer como ella en un lugar como aquél y sin embargo lo observaba todo con el eterno destello de curiosidad en sus ojos. Le gustaba mirar, resultaba obvio. Nos habíamos distanciado de ella. Blas y Sonja proseguían con sus lengüetazos en una esquina del local. Yo observaba a Estrella en la distancia, entre la gente. Nuestras miradas coincidieron durante un segundo.

La vuelta al hotel tuvo el regusto patético de los amaneceres tras noches de alcohol. A Claudio había estado a punto de partirle la cara un grupo de mozos cuando, no escarmentado, se puso a preguntar a gritos si no había guarras en Logroño, duda que parecía ofender a la gente del lugar.

El mecanismo de regreso consistía en alcanzar la salida del minibús de una fábrica de medicinas que partía del centro de la ciudad. Estrella conocía al conductor y era habitual que le abrieran un hueco para llegar hasta el tétrico hotel. Nos repartimos en los asientos libres, entre los empleados que bostezaban y tosían el primer cigarrillo, con gestos serios, supongo que humillados por compartir su espacio con jóvenes desocupados que veníamos de una juerga. Fui incapaz de dormir, pese a que me vencía el agotamiento. Amanecía fuera, Blas había sentado en sus rodillas a Sonja y ahora le devoraba el cuello, bajo la mirada del proletariado. Estrella le daba conversación al conductor, que de tanto en tanto nos ubicaba a los extraños por el espejo retrovisor.

Caminamos desde el desvío de la carretera hasta el hotel. Con un gesto de cabeza nos despedían los trabajadores por las ventanillas cuando se alejaban. Estrella tenía llave de entrada al hotel. Atravesamos la recepción desierta. Nos precipitamos hacia nuestras habitaciones. Estrella se despidió de nosotros en el primer piso con los ojos enrojecidos, el gesto de agotamiento. Los demás nos arrastramos escaleras arriba. Blas corrió por delante con Sonja cogida de la mano hasta nuestra habitación del cuarto piso y cuando llegamos nos solicitó un ratito de intimidad.

—¿Por qué no volvéis en media hora?

—Tío, que me estoy cayendo de sueño. —Raúl lo apartó hacia un lado y se introdujo en la habitación.

—¿No querrás que nos quedemos en el pasillo? —le pregunté.

—No seáis cabrones, joder —se quejaba Blas.

Claudio tuvo una última iniciativa, que consistió en lanzar una de sus patadas heredadas de las clases de kárate de la infancia contra la puerta de la habitación de enfrente. Ésta cedió.

—Una suite en vuestro honor —le señaló a Blas.

Blas se precipitó en la habitación vacía y volvió a salir para invitar a Sonja a entrar. Ésta ya se estaba quitando la camiseta prestada, con ojos de cansada, seguramente deseando acabar cuanto antes. Cerraron la puerta.

Cuando me tumbé sobre el colchón, no pude evitar encararme con Raúl y Claudio.

—Vosotros dos sois unos hijos de puta.

—¿Por qué? —se extrañó Claudio.

—Raúl por lo de esta mañana, él ya lo sabe. Y tú por lo de esta noche. ¿Cómo te has podido meter en el servicio con Sonja, joder?

—No jodas. —Raúl se reclinó interesado—. Te habrá cobrado, ¿no?

—Pero qué dices, tío —corrigió Claudio—. No te has enterado de nada. La tía es una hija de puta de cojones. Como me he dado cuenta del calentón que se estaba pegando Blas y me lo conozco, he ido a asegurarme de si la tía iba a acostarse con él.

—Venga ya —negué incrédulo.

—Ella me ha dicho que Blas no le gusta, que está gordo. Ya ves tú...

151

—Joder.

—Así que le he ofrecido dinero.

—¿Le has pagado para que se acueste con Blas?

—Cuatro mil pelas —confirmó Claudio.

Raúl se echó a reír. Un jadeo de Blas seguido de un fuerte estruendo llegó hasta nuestros oídos. Dinero bien empleado.

—Es una cabronada —alegué.

—Si no se entera Blas, no —sostuvo Claudio.

—Peor era que se quedara sin meter, así por lo menos se le sube la autoestima después del fracaso de Anabel —razonó Raúl.

—Claro, ¿y mañana quién paga? —pregunté yo.

—No, si se pasan un año de novios nos va a salir por un pico —bromeó Claudio—. Tendremos que pedir un crédito.

—¿Te imaginas? Ir a un banco y decirle al tío: «No, bueno, es que tenemos un amigo que está follando casi a diario y claro.» —Raúl se había embalado—. ¿No hay créditos para follar? Es más importante que comprar una casa o un coche.

—Nada —zanjó Claudio—, ya conocéis a Blas. Mañana se le habrá pasado, lo que tiene es ganas de meter.

—Y yo ganas de dormir —les di la espalda sobre el colchón.

Nos fuimos durmiendo de manera escalonada. Raúl se lanzó a roncar con el entusiasmo de quien encara un sueño larguísimo. Claudio aún habló en un susurro.

—¿Y la Estrella esta?

—¿Qué?

—Una vieja de cojones. No sé si me deprime o me cae bien.

—Yo tampoco.

—¿Te imaginas nosotros con su edad?

—No —reconocí tras un estéril esfuerzo.

—Yo tampoco.

—Vamos a ser unos viejos horribles —intuí.

—Si llegamos.

—Pero si llegamos va a ser horrible. Me da la sensación de que sólo sabemos ser jóvenes.

—¿Seguiremos siendo amigos? —preguntó Claudio, y por un segundo pensé que él seguía convencido de que teníamos cinco años y acabábamos de terminar una cabañita entre los árboles.

—Tengo sueño –respondí.

—Yo creo que sí...

Yo no estaba tan seguro como él y eso me hizo sentir mal. El rato suficiente para escucharle caer dormido con un suspiro lento. Los ojos me ardían de sueño, pero no podía conciliarlo. El estómago gritaba, jodido por el alcohol, la panza repleta de vino. Estuve largo rato sintiendo cómo se filtraban los primeros rayos de luz por la persiana. Concentrado en el vuelo discontinuo de una mosca. En su viaje incansable por nuestras caras rendidas y alrededores.

* * *

A veces pienso que el cerebro tiene envidia del corazón. Y lo maltrata y lo ridiculiza y le niega lo que anhela y lo trata como si fuera un pie o el hígado. Y en ese enfrentamiento, en esa batalla, siempre pierde el dueño de ambos.

(De *Escrito en servilletas*)

8

Cuando desperté supe que no había transcurrido demasiado tiempo, tenía la lengua seca y unas ganas enormes de seguir durmiendo. Raúl, la boca abierta, dejaba escapar un mundo en cada respiración. Sobre el pecho, sostenido entre la manos, reposaba su teléfono móvil, conectado al enchufe del suelo por un finísimo cable. Daba la idea de que recargaba baterías él mismo. Claudio, bocabajo, con la almohada encima de la cabeza, empeñado en la autoasfixia con tal de seguir durmiendo. Luché largo rato contra la certeza de que me había despertado, pero perdí de nuevo. Después me arrastré hasta el reloj y comprobé que apenas pasaba de la una. Me sumergí en una ducha eterna, con el agua helada, pero sin lograr deshacerme del sudor, tal era el calor que nos envolvía. Canturreaba más por despertar a los otros que por ninguna sombra de alegría. Me vestí con la ropa del día anterior que apestaba a tabaco y vino y salí del cuarto envuelto en una nube, el pelo empapado. La puerta de la suite amorosa de Blas estaba abierta. No pude por menos que asomarme al interior y descubrir a Blas desmoronado sobre el colchón con su culo peludo al aire. Ni rastro de Sonja. Supuse que me la encontraría en recepción, pero allí estaba a solas el encargado, leyendo un tebeo en voz alta, imitando de modo lastimoso las voces de los distintos personajes.

—¿Se puede desayunar aquí? —le pregunté.

—Claro.

Esperé su oferta que no llegó nunca.

–¿Dónde hay desayuno?

–No, no hay.

–¿No acabas de decir...?

–Que se puede desayunar, pero aquí no damos...

Le robé un botellín de agua y di un trago.

–¿Has visto a la chica?

–Sí.

–¿Dónde está?

–No sé.

–¿Ha salido?

–Sí.

Siempre había sospechado que la gente de fuera de las grandes ciudades tenía un ritmo de vida más lento, pero aquello era excesivo. Su pereza neuronal producía ansiedad.

–¿Se ha ido? –insistí.

–Bueno..., sí.

–¿Cómo? ¿Se ha ido andando? –El mero reflejo del sol desechaba tal opción.

–No.

Aspiré hondo.

–¿Cómo se ha ido, joder?

–En coche.

Miré al exterior, nuestra furgoneta permanecía en el mismo maldito lugar.

–Han venido a buscarla.

–¿Qué?

–Unos hombres, en un coche. Hablaban su idioma.

–Ya.

Me volví y le di la espalda. Me llevé el botellín de agua conmigo. Era estúpido pensar que Sonja nos considerara sus ángeles guardianes, salvadores en su fuga, cuando éramos cuatro tipos acabados, dispuestos a regatear por sus favores en cada apretón del hambre. Así que se había largado. A lo mejor no estaba tan sola como creíamos. Quizá podía reiniciar su vida. En alguna medida me consolaba.

Al final de las escaleras anduve con sigilo hacia nuestra habitación. Empujé la puerta y llegué hasta Raúl, que seguía dormido profundo. Le tomé prestado de entre las manos el teléfono con la prudencia de un ladrón de joyas. Salí de nuevo al pasillo y me senté en los primeros escalones. Marqué un número y al otro lado de la línea tardaron en contestar.

—¿Papá? Soy yo.

—Hombre, ¿dónde estáis? —Su voz jovial. Lo imaginé en pantalón corto, sobre la tumbona, leyendo un tomazo en francés.

—En Logroño.

Escuché su risa sincera, despreciativa, claro. Era la que mejor le salía. Me di cuenta de que el sentido del humor de mi padre era siempre altivo. Se reía de algo, de alguien, desde el Himalaya de su inteligencia.

—Desde luego sois cojonudos. Os vais a pasar las vacaciones a Logroño, eso es lo que yo llamo llevar la contra. La modernidad total.

Era probable que no me permitiera abrir la boca en largo rato, así que opté por interrumpirle.

—Oye, quería...

—¿Quieres hablar con tu madre? Estaba deseando tener noticias tuyas.

—Sí, luego, quería decirte una cosa.

—Cuenta, cuenta.

—No es nada del otro mundo.

—Eso crees tú, cualquier cosa que pase en Logroño es del otro mundo, suéltalo.

Encantado con sus hallazgos como siempre. Los chistes propios le producían un verdadero placer. Recordé ese gesto suyo tan característico, cuando le estás hablando y su mirada se suspende, se traslada a kilómetros de ti y te responde con una mueca vacía y comprendes, es así de sencillo, que no te estaba escuchando. En cambio, cuando él hablaba lo hacía con la muy concentrada parsimonia de quien disfruta escuchándose a sí mismo.

—He dejado el periódico.

—Por vacaciones...

—No, me he despedido.

Hubo un silencio.

—Bueno..., tú sabrás lo que haces.

–Sí.

–¿Ha pasado algo?

–No.

–Mira, ya eres mayorcito.

Mayorcito. Matar al padre. Comprendía perfectamente el significado de la expresión. Consiste en acercarte por su espalda y golpearle con su pesado ego hasta desangrarlo. Tomar la afilada y espléndida opinión de sí mismo y clavársela en el corazón. Levantar con una grúa su autoestima y dejársela caer encima. Ahogarlo en el océano de su petulancia. Papá. El país era demasiado grande para los dos.

–Oye, nos tenemos que ir corriendo, que hemos quedado a comer en un restaurante del lado francés cojonudo... –No quería hablar del asunto, ya encontraría el momento para agredirme con su comentario.

–Papá –me despedí–, los hombres enormes no deberíais tener hijos. No caben.

Me había oído. Sabía que me había oído, por más que llamara a gritos a mi madre fingiendo haber desconectado ya de mi conversación. El sueño de cualquier hijo debe consistir en poder sacar de quicio a su padre, amargarle la existencia. O al menos saber que sería capaz de hacerlo. No lograrlo supone una de las grandes frustraciones de la vida. Los cabreos de un padre, sus recriminaciones, incluso sus amenazas de violencia, son formas primarias de cariño, preocupación, interés. La indiferencia es una cuchilla afilada.

Mi madre llegó al galope desde la otra punta de su veraneo. Soltaba una retahíla de anécdotas sin interés y consejos bobos. Preferí no repetirle lo del periódico. Ya se despacharía a gusto mi padre: ¿Qué hemos hecho? ¿En qué misterio de la genética reside que alguien como yo haya tenido un hijo como éste?

No me lo esperaba, estaba adormecido por el parloteo de mi madre cuando la mano de Raúl se aferró desde mi espalda al teléfono.

–Menudo hijo de puta, te he dicho cien veces que el teléfono...

–Suelta, coño –le exigí.

La voz de mi madre se oía lejana, mientras forcejeábamos.

–Lo dije bien claro, bien clarito –repetía Raúl.

Le arrebaté con un tirón el móvil, sonreí. Raúl no podía sospechar que había elegido el peor momento del mundo para discutir conmigo. Me asomé al hueco de la escalera y dejé caer el teléfono, que voló inerte cuatro pisos hasta golpear contra el suelo de la recepción y quebrarse en mil pedacitos. Un segundo después la cabeza del recepcionista asomaba con pánico. Levanté los ojos hacia Raúl. Me habría pegado de hostias, pero no lograba superar su asombro. Corrió escaleras abajo y yo volví a sentarme en el escalón. Lo escuché recoger los pedazos de plástico, los microchips. Era capaz de intentar pegarlos, tal era su pánico a que llamara Elena y no lo encontrara. Cuando volvió a subir pasó a mi lado y yo aparté las rodillas para dejarle espacio. Ni tan siquiera me miró. Amontonaba en sus manos los trozos. Bajé hasta el banco de la entrada y me senté al sol. Ojalá ardiera todo.

El mecánico llegó con la pieza de repuesto y se inclinó sobre el motor de la furgoneta. Comenzó su lento proceso de recomposición de lo desmontado el día anterior. Se asemejaba a un niño enfrentado a un puzzle complicadísimo. Mi puzzle estaba resultando imposible, no hallaba el lugar de muchas de las piezas, a otras las daba por irremisiblemente perdidas.

Poco después, Raúl ya se había encargado de despertar y poner al corriente a Claudio y Blas de mi rapto de locura. Sin teléfono era un hombre desarmado y se agitaba por los pasillos del hotel como una fiera enjaulada. Vinieron en mi busca, aunque en la cara de Claudio asomaba una sonrisa ladeada. A él le parecía estupendo haber dejado a Raúl destelefonado. Raúl, en cambio, prefirió insistir sobre mis estallidos destructivos, neurosis que me acompañaba desde que me conocía. Me recordó todas las papeleras rotas a golpes, los espejos retrovisores de los coches, las siete farolas, dos paradas de autobuses, el día que nos cargamos el váter en la facultad y, por supuesto, cuando destrocé un parque infantil a patadas porque Bárbara me había dejado, según dijo él, satisfecho de recordar con precisión el inventario de mi salvajismo. Estuve a punto de recordarle que eran meros posos de mi carrera de deportista colegial, cuando en los vestuarios de los contrincantes nos ensañábamos con el mobiliario. Nos colgábamos de las perchas hasta arrancarlas, desatornillábamos los grifos de las duchas, dejábamos escapar la adrenalina de la manera más bestia.

Raúl, como yo no lo interrumpía, pasó a enumerar las miles de funciones de urgencia que podía desarrollar el teléfono móvil, su utilidad en este viaje, inédita hasta ahora, los cientos de apuros de los cuales podía sacarnos, cuando todos sabíamos que el puto teléfono no era más que la cadena del perro de Elena, que así creía controlar a su marido, cuando lo que propiciaba era la coartada perfecta para que Raúl cometiera todo tipo de tropelías, se aclarara la garganta y pusiera voz de San Juan Bosco. El discurso de Raúl me resbalaba como una ducha y sólo lo toleraba porque le reconocía el derecho a sustituir un par de hostias por todas las palabras del mundo. Éramos amigos bastante civilizados. Entre nosotros habíamos llegado a las manos en contadas ocasiones. La más memorable aquella en que Raúl se empeñó en calcular cuál de los cuatro invitaba más veces a los demás y para ello durante dos semanas sumaba cada consumición en una libretita. Claudio terminó por ponerle un ojo negro de un puñetazo y suerte que lo sujetamos entre los demás, porque estaba decidido a obligar a Raúl a masticar y tragar el conjunto de sus anotaciones.

Cuando el chorro de recriminaciones de Raúl se fue transformando en autoinmolación, en su depresión habitual, en su miedo a Elena, en sus frustraciones cotidianas, Blas se sentó junto a mí y le frenó:

–Haber cogido el dinero.

Blas con cara de trasnoche, no podía evitar la indiferencia que le provocaba el asunto del teléfono. Tan sólo buscaba a Sonja. Nos relataba la noche junto a ella, la formidable experiencia. Por lo visto la chica había dado rienda suelta a sus habilidades gimnásticas y poco menos que recorrieron la habitación con saltos mortales y penetraciones acompañadas del pino puente. En una ocasión, la flexible Sonja había coronado una voltereta lateral sobre el bajo vientre de Blas.

–Casi me parte el nabo.

–Suerte que no intentaste tú el salto del ángel sobre ella –imaginó Claudio.

—Los gordos sólo follan debajo —zanjó Raúl.

—La tía estaba en el equipo nacional de gimnasia rítmica —proseguía Blas—, pero con la crisis de su país... y luego también que creció demasiado, un drama...

—Se ha ido —le interrumpí.

—¿Adónde?

—Se ha largado, yo qué sé.

—Pero qué dices.

—Lo que oyes. Han venido a buscarla, según parece. Los llamaría anoche.

—¿Para qué?

Me encogí de hombros. Claudio intervino para palmotear la espalda fornida de Blas.

—Ya ves, a lo mejor no podía soportar la idea de pasar otra noche contigo.

—Imposible. ¿Te ha dicho algo? ¿Cuándo vuelve?

—Si yo no la he visto —me evadí.

—Pero habrá dejado una nota para mí...

Negué con la cabeza. Blas permanecía incrédulo.

—Es que no puede haberse ido así sin más. Si teníamos una química...

—Acojonante.

—Pues sí. Eso sólo lo puedo decir yo...

Claudio eludió cualquier comentario.

—Me subo a dar una ducha a ver si cuando bajo éste ha arreglado la furgoneta.

Claudio entró en la recepción. Raúl caminaba de un lado a otro, sin su cordón umbilical. La libertad le atenazaba.

—¿Aquí tendrán teléfono? Tengo que llamar a Elena, a ver qué le digo.

—Si quieres hablo yo con ella y le digo la verdad —propuse.

—No, no, la verdad nunca. No se lo creería. Seguro que piensa que lo he roto yo para perderla de vista, bueno, de oído, yo qué sé, para librarme de ella, porque sin teléfono...

—Vete a tomar por culo con el teléfono de los cojones —estalló Blas—. Sonja se ha ido y tú sólo te preocupas por tu teléfono de mierda.

Raúl entró en la recepción del hotel. Blas seguía desplomado ante mí. Me fastidiaba su imagen de juguete roto, su empeño, pese a la desgracia, en la bondad humana, su insistencia testaruda en el optimismo.

–¿Y por qué se habrá ido? Si estaba feliz.

–Vete a saber –traté de consolarlo.

–Seguro que vuelve, claro, va a volver.

–¿Para qué va a volver?

–Para estar conmigo. Yo creo que se ha enamorado. Anoche es que estuve bien, eh... Cinco polvos, tío, nivelón.

–Bueno...

–Estaba colgadita de mí, me lo dijo.

–En checo, claro.

–No, en inglés.

–Hablar es gratis.

–Vete a la mierda –me replicó.

–¿No te dijo que se acostaba contigo porque eras el hombre más atractivo que había visto en su vida?

–No, eso no, pero yo le notaba...

–Tú eres tonto.

–Todos visteis cómo anoche...

–Y tanto...

–Joder, Solo. Tú eres cojonudo. Cuando se trata de hablar de tus amores, las tías son maravillosas y tú eres la hostia, pero las historias de los demás... ¿Qué soy yo? ¿La última mierda del mundo?

–No.

–Le gusté y punto, no le des más vueltas –insistió Blas.

–Pues vale.

–La saqué de puta, la respeté, la enamoré...

–Que sí, que vale.

–Pudo irse con cualquiera de vosotros y se vino conmigo.

–Ya está –me puse de pie–. Eres feliz, pues deja de darme el coñazo.

–No la habrán secuestrado los de la mafia, que en los países del Este...

–Mira, Blas, Sonja se acostó contigo porque Claudio le dio dinero para que lo hiciera, ¿vale? Así que si te lo pasaste bien vas a tu amigo Claudio, le das un beso en la boca y las gracias por la nochecita y si quieres le devuelves las cuatro mil pelas que le costó el regalito, pero a mí déjame en paz, joder, estoy hasta los huevos.

Hubo un silencio podrido que intenté disipar con dos suspiros, girándome nervioso hacia la solanera del secarral que nos contemplaba. Blas se puso de pie, enmudecido, me abandonó allí para entrar en el hotel. Otro estropicio a mis espaldas. Para esto están los amigos, pensé, para golpearlos a ellos y desahogar la ira. Ahora sólo quedaba esperar a que Claudio, recién duchado, se precipitara escaleras abajo y viniera a mi encuentro después de que Blas le tirara el dinero a la cara sin mediar palabra.

—Eres un hijo de puta, Solo.

—Ya lo sé.

—Anoche prometimos no decirle nada...

—¿Sabes el coñazo que me estaba dando?

Ésa no era una razón para Claudio, amante de las mentiras piadosas tanto como de las verdades como puños, dependía de su estado de ánimo, él siempre lo hacía por nuestro bien, yo siempre por el mal.

—Te has levantado cabrón. —Se metió las manos en los bolsillos.

—Puede ser.

—¿Lo van a pagar ellos? Hay cosas que con amigos...

—Sólo he dicho la verdad...

—Lo del teléfono de Raúl pase, aunque es una putada, pero lo de Blas, joder, el tío está hecho polvo. Se ha vuelto a poner el plumas y a sudar...

—¿Es mejor mentirle? —Me irritaba su moralina de buen amigo, de nuevo su mítica de mosquetero.

—No, pero...

—Yo creo que hay que decir la verdad. Por ejemplo, que Sánchez está muerto. Que se le murió al padre de Blas en el segundo paseo y que te ha comprado otro perro para consolarte. Pero que al tuyo le dio un infarto y lo tiró por una alcantarilla. Así es la verdad.

Claudio se sentó en el banco de piedra. Tenía los ojos dilatados por el sol clavados en mí, pero no decía nada. Le di la espalda.

—No me jodas, Sánchez... —Se echó las manos a la cara.

—Es este puto sitio, si nos quedamos aquí un minuto más me voy a morir.

—Tenía que haberlo traído, pobre perro, joder, con ese nazi...

El mecánico se rascaba la cabeza hasta dejarse el pelo negro de grasa. Llegué hasta él. Me sonrió con el orgullo del niño que ha terminado su puzzle.

—Pruebe a arrancar.

Me subí a la furgoneta con renovada ilusión. A través del cristal vi a Claudio velando a su perro muerto, jodido, a punto de llorar. Arranqué, pero el motor estornudó. Lo intenté de nuevo. Dos veces más. Tres. Pisé el acelerador. Nada. El mecánico se rascaba la cabeza y me bajé. Fui contra él.

—Me voy a cagar en todo...

—Habrá que revisarlo —reculaba ante mi presencia.

—Vete a tomar por culo.

—Solo, joder. —Claudio se levantó y llegó hasta nosotros.

—Yo me largo, en autoestop si hace falta —advertí.

—Bueno, la pieza hay que pagarla y la mano de obra...

—Cuando lo arregles —le respondió Claudio al mecánico.

—Es que yo no sé si tiene arreglo.

—No me jodas, míralo bien...

—Yo lo mato —insistí.

Claudio me apartó de un empujón. Me miró con dureza, me invitó a alejarme de allí y acepté gustoso. Él se volvió hacia el mecánico y se enzarzaron en una discusión técnica.

—Nos quedamos a vivir aquí, unas vacaciones cojonudas, en Logroño —le grité.

Pensaba en mi padre, sus carcajadas con los amigos durante la comida. Tengo al chaval de veraneo en Logroño. Y venga a reír. Mi madre le haría un gesto para que contuviera su sarcasmo.

—Yo me largo —me despedí.

—Hay que pagar la pieza, la pieza por lo menos —repetía el mecánico.

—Hay que pagar la pieza —me informó Claudio.

—Toma, págale.

Le lancé mi cartera y Claudio la atrapó en el aire. Di media vuelta. Raúl hablaba con Elena por el teléfono de la recepción, en voz muy baja.

–Chica, no sé lo que le pasa, de repente ha dejado de funcionar... No, no, la batería no es.

Subí las escaleras con decisión. Me daba cuenta de mi ridícula postura. Entré en la habitación y me zambullí sobre el colchón. Blas salió de la ducha y sin dirigirme la palabra se vistió y se fue. Escuchaba los intentos de arrancar la furgoneta hasta que terminaron por agotar la batería. Estuve a punto de echarme a reír a carcajadas. De la bolsa de Claudio asomaba una botella de whisky mediada. Estiré el brazo y la atrapé. Estaba sudando. El primer trago se posó como una bola de fuego sobre mi estómago vacío. Me sentó tan mal que lo agradecí. Se trataba de cargar contra mí mismo, era mi turno. Bienvenido al malditismo.

Claudio entró para interrumpir mis primeros pasos hacia ningún sitio. Me complacía el dolor, me sentaba bien el sol, el sudor. Me lanzó la cartera encima del vientre. La cogí con una mano para guardármela.

–¿Has pagado la pieza? –bromeé–. Ahora habrá que pagar la batería.

–Di las cosas, joder. Habla –me respondió enigmático–. ¿Cómo quieres que lo sepamos si no cuentas nada?

Abrí los ojos sorprendido por el tono paternal, esperaba con ansia que me pateara la cabeza. En las manos sostenía una alargada cartulina blanca.

–Bárbara te ha invitado a su boda.

Eso era lo que sostenía entre las manos, lo había encontrado en mi cartera y había atado cabos, como si aquello explicara mi comportamiento. Pues vale, eso me liberaba de más explicaciones. Lo que ahora no quería era su solidaridad, me sentía bien en mi maldad, me producía más placer.

–Ahora te entiendo.

–¿Ah, sí?

–Es mañana. ¿Y quieres ir a la boda?

–Mira Claudio, no me vengas en plan papá comprensivo, ¿vale? Si me puedes evitar la charla...

—¿Quieres ir?

—Mañana seguiremos encerrados en este puto hotel, con ese descerebrado cambiándole otra pieza a nuestro queso móvil.

—Ahora es la batería.

—Me alegro.

—Mírate...

—Frasecitas no, por favor.

—No, no, eso tú. Tú tienes el patrimonio de las frases geniales, Solo.

—Exacto.

—¿Quieres hablar o no?

—No.

—Que te den.

Y Claudio, disfrazado de monjita buena, psicóloga comprensiva, lanzó la invitación de boda al colchón y se esfumó. Escuché alejarse sus pasos, lentos, la suela de sus zapatillas gastadas. Visualicé su forma de caminar, siempre con una ligera inclinación hacia delante, como un toro antes de embestir. Definía su carácter. Yo, en cambio, camino con los pies demasiado abiertos, con pasos desiguales, es la manera de andar de quien no quiere llegar a los sitios adonde se dirige. Di un trago a la botella para quebrar el espeso silencio soleado. Estaba empapado. La mano que cogió la invitación a la boda de Bárbara dejó una huella húmeda sobre el cartón blanco. La letra de Bárbara con su apunte en la esquina superior, ese precioso descuido en el trazo. «Estás invitado, de verdad», subrayado el «de verdad». Quizá estaba, pensé, en mitad de mi última novela de amor, escrita con la letra de Bárbara y yo no pasaba de ser un personaje que se desvanecía lentamente en el recuerdo. Bebí. Bárbara caminaba con la espalda erguida, las piernas rectas, era un andar majestuoso, la ropa caía sobre su cuerpo sin una arruga, era el andar de alguien que conocía su anatomía del pelo a los pies, que no tenía nada que esconder. Era un andar magnífico. Tuve ganas de volver a verla andar, de que recorriera una pasarela imaginaria que la trajera hasta mí, como cuando se compraba una camisa nueva o ropa interior o una falda y me las presentaba sobre su cuerpo con gestos graciosos. Cuando hacía las cosas para mí.

*   *   *

Tus labios de carmín marcados sobre una servilleta. El perfil que dejas al abandonar las sábanas. La huella de tus pies sobre la arena. Las ondas de tu cuerpo al entrar en el agua. La forma que conserva el vestido que te quitas. El eco de tu voz. Tu olor en la flor que acabas de oler. La estela que permanece apenas un segundo cuando te retiras de frente al espejo.

Mi enorme museo de recuerdos tuyos que visito a menudo con la imaginación.

(De *Escrito en servilletas*)

9

No sé si había dormido algo o sólo había consumido el rato en combate nulo contra mi cerebro. La botella se había deslizado por mi cuerpo hasta el borde del colchón. Todo era húmedo a mi alrededor, como una piscina de sudor. Fui hasta la ventana y subí la persiana. La furgoneta seguía abandonada a la entrada del hotel. Levanté la vista y el horizonte era una planicie quemada por el sol. Dudé si no me encontraba ante una fotografía de mi estado de ánimo.

Bajé las escaleras mientras escuchaba las voces de Blas, Claudio y Raúl en animada charla con Estrella. Resonaban en el silencio del hotel. Me acerqué a la puerta de la habitación de Estrella y tuve la tentación de pasar de largo, de ganar el exterior y escapar como un tuareg por el secarral. Estaba tan débil que no me creía capaz de atravesar la recepción sin desmayarme. Llamé a la puerta y me abrió Estrella. Se había vestido de domingo, o quizá era una mujer que siempre vestía de domingo, con elevada elegancia pasada de moda, pero eficaz.

—Llegas a tiempo para comer con nosotros. Fabada.

—Creo que prefiero vomitar.

—¿No te encuentras bien?

—No me encuentro...

—La autoindulgencia es un falso amigo —me reprochó, y terminó de abrir la puerta.

—Al menos es un amigo.

Dentro estaban sentados a la mesa Blas, Raúl y Claudio. Me miraron sin demasiada atención.

–¿Quién escribió –pugnó por recordar Estrella– aquello de que la amistad es un barco en el que caben dos cuando hay buen tiempo y sólo uno cuando hay tempestad? Qué memoria la mía...

En el puchero crepitaban las judías salteadas con chorizo. Los vasos repletos de vino. Me senté al fondo de la mesa. Nos envolvía el humo de los cigarrillos, el sol que se filtraba a través de las cortinas.

–Estábamos hablando de esa estupidez que dice la gente a menudo, lo de ojalá pudiera vivir otra vez –me explicó Estrella–. Gilipolleces. Como esos que se congelan para ser resucitados en el futuro. ¿Existe algo más pretencioso? Si lo maravilloso de la vida es saber que tienes un final marcado. Yo si acaso hubiera preferido que me congelaran en un instante concreto de mi vida, permanecer siempre en él, pero eso de la vida eterna me parece una estupidez. Si nadie se muriera el mundo sería invivible. La gente es cargante.

–No estoy en un buen momento para la metafísica –alegué.

Estaba flotando en una rara ingravidez, la que precede a la vomitona. La pared de enfrente tomó carrerilla antes de disponerse a embestir con todas sus fuerzas contra mí. Cerré los ojos. Me vi dentro de un cubo de cristal que giraba y giraba. Abrí los ojos a tiempo de frenar mi caída de la silla. Acepté el vino que me ofrecía Claudio.

–Envidio a los amigos, a los grupos como vosotros –siguió Estrella.

–Ya ve... No hay mucho que envidiar –objetó Raúl.

–Nada –añadí yo.

–Os envidio porque ahora la juventud dura mucho más que antes. En mi época –se remontó Estrella–, a vuestra edad uno ya no era joven. Ahora se prolonga, se vive en un perpetuo estado de infantilismo. Se os ha liberado de responsabilidades. Todas las guerras ya se han ganado...

–O se han perdido –dijo Claudio.

–Las grandes ideas se han demostrado nulas, inservibles o geniales. Se ha decidido que lo mejor es que nos quedemos como estamos. Es un momento interesantísimo del mundo, lástima que yo me vaya a morir sin saber adónde coño se va todo esto...

–No diga eso –terció Blas.

—Ahora los estómagos dominan el mundo, el cerebro ya no es el órgano privilegiado, ni los órganos sexuales, que también tuvieron su época, ahora son los estómagos y los estómagos son iguales en todas partes del mundo.

—¿De qué estamos hablando? —pregunté.

—¿Estás borracho? —Estrella suavizó el tono—. Conocí a un tipo en Sonora, ancianísimo, que me aseguraba que su sueño era ser el último en morirse. Aspiraba a eso, a ser el que apaga la luz cuando todos han salido. Eso le conservaba las ganas de vivir.

Blas se incorporó y apagó el fuego.

—Venga esos platos.

Fue sirviéndonos a cada uno. Estrella aún me miraba con determinación.

—Los pequeños problemas parecen enormes y los enormes no parece que vayan con nosotros.

No me sentaba demasiado bien su tono profesoral a esas alturas del mal cuerpo. Blas me dejó el plato frente a los ojos y entonces reparé en el contenido. La salsa densa y el olor intenso. Tuve el tiempo justo para empujar la fabada hacia el centro de la mesa y correr hasta el lavabo. Abrí el grifo del agua y empecé a vomitar. Me abrazó un frío polar y temblé goteando sudor. Las arcadas me arrancaban un fuerte dolor de garganta y pecho, como si fueran a romperse. No vomitaba demasiado, pero era una convulsión detrás de otra. Odiaba vomitar. Durante años lo único que me hacía vomitar era ver a alguien vomitar. A Claudio, por ejemplo, le encantaba. Metía los dedos en la boca de todo el mundo, que vomite, que lo eche todo, es lo mejor, él mismo con su vomitona fácil que acompañaba de una sonrisa saciada. Poco menos que si no vomitabas se enfadaba, para él resultaba una coronación estupenda del pedo. A Blas se pasó una larga noche metiéndole los dedos hasta la faringe para que echara el alcohol por culpa del que se había desmayado. Sólo al día siguiente nos enteramos que se debió a una bajada de tensión. Claudio tenía dos dedos que eran su espada para vencer a cualquier dragón de borrachera. Yo no. Yo incluso detestaba el motivo pseudoexistencialista que obligaba a la vomitona intelectual, esas películas, que son legión, donde el protagonista en un momento echa la pava porque el mundo se le ha atragantado. Cualquiera pensaría que mis motivos existenciales también me hacían vomitar, pero yo no tenía duda de que era culpa de la fabada y el whisky, combinación espiritual imposible.

Blas y Claudio me habían recogido del suelo, separado de mi dulce abrazo al frío lavabo. Ahora me encontraba peor, ni tan siquiera podía andar. Veía entre nubes a Estrella y le pedía perdón, perdón por ensuciarle la casa, perdón, lo siento, repetía. Era mi obsesión. Odio vomitar porque ensucia. Me tumbaron en la cama, me dejaron caer y el cerebro bailó en mi cabeza como deben bailar los niños en la placenta. Perdón, lo siento, siento haber nacido. Raúl repetía: los zapatos, los zapatos, ha perdido los zapatos, y yo tenía ganas de gritarle que había bajado sin zapatos, joder. Agradecí la colcha por encima porque estaba helado. Miré el cabecero metálico, sus formas se entrelazaban, bailaban. El sueño atrasado se apoderó de mí.

Luego me contaron que la fabada estaba estupenda. Que Estrella aparcó la metafísica. Que Blas venció en el concurso de pedos, tanto con el de larga duración como en el rítmico. De hecho, Raúl asegura que entonó los compases del chotis «Madrid» con tan sólo ventosidades. Casi agradecí estar dormido y ahorrarme ese ambiente de camaradería cuartelaria. Estrella les explicó las ciento veintisiete formas diferentes que puede adoptar el pezón femenino contra las más limitadas variedades, setenta y seis, que pueden encontrarse de prepucio masculino. Me llevó a pensar que quizá reservaba para mí las reflexiones profundas, probablemente por mi cara de muermo, mi gesto, me lo han dicho otras veces, que transmite la impresión de que yo no he venido al mundo a pasármelo bien, que incluso en los buenos ratos me angustia la cercana llegada del brusco final.

Desperté y la habitación estaba oscura. No podía moverme ni sentir mi cuerpo, sólo un dolor intenso, la única pista que me llevaba a pensar que no estaba muerto. Permanecí inmóvil. Sentí la respiración ronca y cadenciosa de Estrella. Una respiración que se agotaba en cada esfuerzo. Me llegó el ruido tenue del agua. Me retrepé en la cama hasta apoyar la cabeza sobre la almohada, así alcancé a descubrir lo que sucedía frente a mí. Me acompañó un gruñido metálico del somier. Desde la bañera Estrella giró el cuello hacia mí. En la oscuridad destellaban sus ojos grises y los reflejos del agua. Estaba sumergida en la bañera llena de agua humeante. Con una esponja se dejó caer un denso chorro de agua sobre su cabellera blanca.

—¿Cómo te encuentras?

—Mal —respondí a su susurro intentando ser positivo.

Ella sacó sus finos brazos transparentes y los posó en los bordes de la bañera. Tenía un cuello inacabable cubierto de piel muerta.

—Espero que no te moleste que me haya... Soy un animal de costumbres y mi baño de todas las noches es sagrado —se excusó Estrella.

—No, al revés. Soy yo el que ha vomitado en su habitación... —intenté levantarme.

—No te muevas, no te muevas.

Permanecí tumbado, la cabeza inclinada hacia ella.

—¿Qué hora es?

—Las diez. Tus amigos se fueron a la ciudad. De marcha, como decís. Yo me he quedado de enfermera.

—Vaya.

Algo después ella se volvió de nuevo hacia mí.

—Te advierto que voy a salir del agua. Si quieres puedes apartar la vista, no quiero herir tu sensibilidad.

Sonreí. Aparté los ojos. La escuché tender la mano hacia una toalla. Se envolvió en ella. Miré en su dirección. Se secaba el pelo, los brazos.

—Supongo que ahora soy eso que se define con la frase: debió de ser hermosa cuando era joven —ironizó Estrella—. Y es cierto.

—Lo creo. Ahora también lo es.

—De otra manera, ¿verdad?

—Lo digo en serio.

—¿Me estás haciendo la corte?

Probé a encogerme de hombros.

—No es necesario —me advirtió.

Se volvió de espaldas a mí. Con la toalla terminó de secarse y pude ver su espalda, también su culo caído, con carne fláccida que no producía ningún espanto. Nunca había visto desnuda a una vieja, me producía curiosidad. Ves esas señoras en las playas y tu cerebro ni siquiera las procesa, rodeado de sensaciones habitualmente más sobrecogedoras.

—Te doy la espalda porque es quizá lo único que puede conservar algún esplendor en una vieja. —Me habló Estrella sin girar la cabeza hacia mí—. Te confieso que el hecho de que mires hace más interesante este momento.

—Me gusta mirar.

—Haces bien.

Había salido de la bañera con una cierta agilidad. Sus muslos se balanceaban con el mismo ritmo que los antebrazos. Alcanzó una especie de camisón blanco de gasa que transparentaba su cuerpo. Se lo introdujo por la cabeza, luego los brazos, cayó con la lentitud de una pluma sobre el resto del cuerpo. Se giró hacia mí. Podía ver a la perfección el contorno de sus pechos ahora caídos, abandonados por el esplendor de otras edades, los pezones eran dos pequeños garbanzos alegres. No quedaba rastro de sus caderas, sólo un vientre abultado y flojo. Se aproximó con lentitud. Le divertía el instante creo que tanto como a mí. No me sentía turbado, ella se pasó las manos por su pelo mojado, se lo llevó todo hacia atrás y vi su frente despejada con alguna mancha de sol. Se tumbó sobre la cama y su cara estaba cerca de la mía. Nuestros cuerpos no se tocaban pero el colchón hundido nos transmitía la cercanía.

—Supongo que soy una vieja descarada. Te podrás reír de mí a gusto cuando estés a solas con tus amigos.

No respondí. Su mano encontró la cintura de mi pantalón, suelta. Bajó la cremallera con un movimiento reposado que duró una eternidad. Posó la palma de su mano húmeda sobre mi sexo cubierto.

—Debería sentirme halagada —dijo ella.

—Absolutamente.

—Cuando os hablé de este hotel os mentí. Apenas viene nadie. Algún vinatero que tiene que pasar la noche y va a las fábricas cercanas. En realidad fue construido para mí.

—¿Para usted?

–Sí. El abuelo del chaval que conoces, el de abajo. Fuimos amantes toda la vida. En México, él hizo fortuna allí con el petróleo. Pero tenía a su mujer en Logroño. Volvimos juntos y construyó este sitio para mí. En realidad reproduce el Hotel Palacio de Ciudad de México y ésta es una copia idéntica de la habitación que compartimos durante casi veinte años.

–Así que ha estado enamorada.

–Todos cometemos errores. Claro que cuando me convertí en esta especie de cadáver que soy ahora, las visitas de mi amante se fueron espaciando. Viaja a Lausana para que le cambien la sangre todos los inviernos. Ahora prefiere que se la chupen jovencitas. Tiene dinero suficiente, hace bien. Yo he terminado por ser una segunda vieja esposa abandonada.

–¿Y por qué se ha quedado aquí?

–Me gusta la soledad. Reconozco que cuando llega la noche me dan ganas de llorar, a esta hora, durante el baño. A veces me pongo una bolsa de plástico en la cabeza y pruebo a agotar el oxígeno, a morirme de asfixia. No tengo el valor suficiente. Tampoco tengo demasiada prisa por morirme. Veo la tele, leo, me convierto en una aparición para los que paran por aquí...

–Eso es cierto –le dije.

Suspiró. Movía de manera casi imperceptible la palma de su mano contra mi vientre. Estaba excitado.

–Es curioso, yo he fracasado en todo lo que he intentado –siguió Estrella–. Miro mi vida en perspectiva y no he cumplido ninguna de esas metas tontas que te marcas de niña. Quería hacer cosas que nunca he sabido hacer, no dejo amigos, ni familia, ni casa, nada de lo que pensé. Ni siquiera como suicida he tenido éxito. He pasado por la vida sin ninguna importancia para el mundo, y sin embargo te diré una cosa: me encanta la vida, me gusta, sé que no la he sabido manejar pero me gusta. Sé que he fracasado en todo, pero no me importa. Me satisface el hecho de haber existido, de que me hayan pasado cosas. Mi éxito consiste en dejarles lo menos posible a los gusanos. ¿No dices nada?

–No tengo nada que decir.

–Cuando tenía quince años estaba esperando a una amiga en una calle y un tipo se acercó a mí. Tenía buen aspecto. Me dijo que quería hacer el amor conmigo, que me había observado de lejos y me encontraba preciosa. Me dijo: «No soy nadie, no esperes de mí nada, soy uno más, ni siquiera puedo asegurarte un rato de placer maravilloso, porque hago el amor regular, me corro pronto, pero eso sí, me gusta muchísimo, es lo que más me gusta. Es lo único que puedo decirte, no soy maravilloso, pero estoy aquí y ahora.» Le rechacé, yo era una niña, huí de él, y él se quedó quieto en aquel sitio. No se movió.

—Buena historia. ¿Sucedió de verdad?

—Te lo juro. He pensado en él muchas veces. No me transmitió ninguna violencia. Se quedó allí mirándome marchar.

—Es una forma de intentar follar brillante, seguro que alguna vez le funcionó.

—Ojalá. Tus amigos me han contado que mañana se casa una chica de la que sigues enamorado.

—No es tan fácil. Se casa, eso sí es verdad. —Me detuve ahí. No quería hablar del tema y ella lo intuyó.

—¿Tienes trabajo? —me preguntó.

—Trabajaba en un periódico, pero lo he dejado. Voy a escribir.

—¿Escribir?

—Una novela. Son pequeños fragmentos, recuerdos, diminutas historias, algo así como esas ideas que te asaltan de pronto y las apuntas en una servilleta. —A nadie se lo había confesado hasta entonces.

—Suena bonito. —Supe que mentía.

—No, en realidad es una gilipollez cursi y posmoderna. Una imbecilidad. Pero es lo que me sale.

—Pues claro —me animó Estrella.

—Mi padre siempre dice que ya escribe demasiada gente en el mundo, así que o se escribe algo que supere *Rojo y negro* o lo mejor es dedicarse a otra cosa. Se lo he oído cientos de veces.

Estrella se revolvió en la cama. Se acercó aún más a mí. Tenía en su mano mi erección.

—Tu padre ignora uno de los mayores placeres de esta vida. Hacer las cosas sin preocuparse de qué lugar ocupan en la historia de la humanidad. Desconoce el maravilloso placer de fracasar cuando lo que se persigue es un imposible. La vida es riesgo. Hay que atreverse. Hay que tirarse siempre donde el curso del río lleva más agua...

Dejé escapar un suspiro profundo.

—¿Te puedo hacer una pregunta, Solo? ¿Prefieres que te llame así?

—Sí.

—¿Quieres hacer el amor conmigo?

Tragué saliva. A medida que Estrella se desplazaba sobre el colchón, que maniobraba su cuerpo para incorporarlo sobre el mío, seguía hablando con su dulce ronquera.

—Estoy caliente. Por las noches me emborracho con botellines de ginebra y luego me masturbo, con las manos, con las botellas. Dentro del baño. No hace falta que me beses. Dímelo si quieres que me aleje.

Busqué su boca y dejé que mordiera mi labio inferior. Cerré los ojos. Toqué su piel por encima de la gasa. Pensé en Claudio cuando me gritara «follaviejas» con dos copas de más, cuando Blas y Raúl cambiaran mi nombre, ahora sería Follaviejas, para siempre. Y sin embargo, no lo estaba pasando mal. Me gustaba cuando hablaba, comprendí que era su voz lo que me erizaba la piel. Le dejé hacer. Me besaba en el pecho y me sentía estúpidamente como una especie de cuerpo inerme. Ella me hacía el amor en silencio.

—Puedes correrte dentro, claro —me susurró.

Me despertó con brusquedad el zarandeo de Claudio. Estaba vestido, duchado, radiante. Su pelo dorado brillaba a la luz del día. La habitación de Estrella resplandecía bajo el primer sol. A ella no la vi.

—Hijoputa, ¿cuántas horas has empalmado durmiendo?

—No sé.

¿Y Estrella? Yo había guardado un silencio culpable después de elevar en cierta medida el salvajismo de nuestra pasión. Si no recordaba mal había llegado a rasgarle la gasa del camisón, a marcar su piel blanquísima con mis deseos de hacer daño. Soy una puta vieja, repitió ella tantas veces que me vi obligado a recordarle que yo era un puto joven. Luego ella, en mitad de la noche, había abandonado la cama y dormitaba en el butacón, vestida. He de reconocer que el gesto me había tranquilizado. Temía el momento de levantarme y apartarme de ella, sus lágrimas, el drama típico de una situación anormal como aquélla. Así que había seguido durmiendo hasta que el rostro de Claudio se había inclinado sobre mí. Me mostraba dos dedos.

—Si quieres terminar de potar, lo mejor es...

—Déjame en paz.

—Nos vamos, Solo. Te estamos esperando abajo.

Claudio se levantó de la cama y abandonó el cuarto de Estrella. Me quedé a solas con mi pechera que olía a whisky y vómito. Me desperecé y subí las escaleras con los pies desnudos. El terrazo aún estaba frío. Nuestra habitación estaba vacía. Los demás habían recogido sus cosas y sólo quedaba mi bolsa abandonada en mitad del suelo, rebosando camisas sucias, calcetines renegridos. Me sumergí bajo el grifo de la ducha. Las toallas estaban húmedas. Me vestí con otra camiseta y los mismos pantalones frescos de cáñamo. Busqué algún calcetín limpio y opté por ponerme los que olían menos desde un metro de distancia de mi nariz. Cerré la bolsa y corrí hacia la salida del hotel. Nos íbamos, parecía increíble, pero Claudio lo había dicho. Me esperaban para irnos. Eso significaba que habían encontrado la manera de escapar de ese infierno.

Tras el mostrador de la recepción no había nadie. Miré hacia fuera y sólo vi la furgoneta en el mismo lugar de siempre. Caminé hasta la puerta y bajo el sol vi una limusina blanca que avanzaba hacia mí. No había nadie alrededor. La limusina Chrysler con los cristales opacos y de faros enormes rectangulares se detuvo a mi lado. Tardé un rato en recorrerla completa con la mirada. De la puerta del conductor descendió un chófer vestido con chaqueta y corbata.

—Me llamo Venancio. ¿Quiere subir?

Esperé a que alguien se decidiera a desvelarme el sentido de la broma. El chófer me abrió la puerta y en el interior, repartidos entre los enormes asientos enfrentados, me esperaban con una sonrisa enorme Claudio, Raúl y Blas. Me hacían gestos para que entrara. Sospeché que en algún momento el mismo chófer patearía sus tres culos y los mandaría de vuelta al lodazal al que pertenecían. Sin embargo entré, obedeciendo el tirón de Blas a mi brazo y lancé la bolsa a nuestros pies, junto a las demás.

—¿Qué? ¿Te gusta?

—Tíos... —alcancé a decir.

—Nos vamos. Venancio, en ruta.

El chófer obedeció la orden de Claudio y nos pusimos en marcha. El aire acondicionado soplaba con fuerza en el cubículo de los magnates donde estábamos instalados. Rebasamos la furgoneta.

—Adiós olor a queso —gritó Raúl bajando la ventanilla.

—¿Sabes lo que le pasaba al final? —me informó Claudio—. Esos hijos de puta recogeheno del pueblo de Elena nos han echado azúcar en el depósito de gasolina. Menudos cabrones...

Volví la vista hacia el hotel que dejábamos atrás. Ni el chico de los ojos de asombro que atendía la recepción ni Estrella eran testigos de nuestra marcha. No había podido despedirme de ella. Supuse que ella no había querido despedirse de mí. Sólo esperaba que no se sintiera mal, que no pensara que yo me arrepentía de algo. Tenía ganas de darle las gracias y no estaba. Nos escapábamos de aquel lugar al que, si nada lo remediaba, nunca más volveríamos. Aquel sitio del que siempre he dudado si realmente existió.

—¿Qué te parece, como reyes?

—Os habéis vuelto locos.

—¿No querías salir de ahí? Pues mira, en carroza.

—Sí, pero ¿cuánto falta para que se convierta otra vez en una calabaza y vosotros en ratas?

—Doce horitas. Es el plazo. Pago por adelantado

Claudio abrió el mueble bar y con su dedo hizo tintinear todas las botellas.

—Las bebidas ni catarlas, que las cobra aparte —advirtió Raúl.

Salimos a la carretera y Venancio tomó una dirección con absoluta seguridad.

—¿Adónde vamos? —pregunté.

Giré la cabeza hacia Claudio, que se echó hacia atrás en el

asiento negro tapizado en cuero y mimó el gesto de fumarse un puro.

—Chaval, nos vamos de boda.

* * *

¿Qué te gustaría realmente hacer en la vida?, me preguntaron en una entrevista de trabajo.

Yo respondí: Me gustaría vivir en una habitación con una ventana que diera al ras de la calle. Desde esa ventana me contentaría con mirar a la gente que pasa, observar el fragmento de su vida que discurre ante mis ojos y luego verlos desaparecer.

Por sus caras supe que no era el empleado que estaban buscando.

(De *Escrito en servilletas*)

Tercera parte

Es tan duro vivir sin ti o Milonga triste

10

Ni tan siquiera sabía que pudieran alquilarse limusinas en España, menos aún en Logroño. Estaba convencido de que estos coches fúnebres para vivos pudientes eran un lujo reservado para los norteamericanos con sus anchas calles y su falsa creencia de que la riqueza puede comprarse con dinero. Claudio me había presentado al chófer.

–Venancio, éste es Solo. El que faltaba.

–Encantado.

Me dedicó una sonrisa por el espejo retrovisor y mis ojos se posaron en su calva incipiente, como la tonsura de un fraile. Se colocó unas gafas de sol y sentí una suave aceleración. Claudio me tendió una tarjeta: «Logroñauto. Transportes especiales.»

Nos detuvimos a desayunar y los pocos clientes del lugar nos miraban con curiosidad. Éramos algo así como un grupo de rock de esos a los que se toleran los lujos más elevados pese a su pinta de muertos de hambre. Como los exitosos Sunset que significaron el ocaso de mi historia periodística. En el reloj torcido tras la barra miré la hora. Apenas las nueve de la mañana. Claudio me tendió un botellín de cerveza tibia.

–Lo mejor para la resaca. Tienes que estar en forma.

–Y tanto... Porque tú a la boda quieres ir, ¿verdad? –Blas se atrevió a preguntar por fin.

–No sé.

–Nosotros sí –zanjó Claudio las dudas–. Está decidido.

–Nos dejarán entrar, ¿no? –me interrogó Raúl–. No sea que

luego el único que pueda quedarse al banquete seas tú. ¿Lo ves?, si tuviéramos teléfono ahora podrías llamar y anunciar que vamos...

–Joder, Raúl, si lo vital es llegar por sorpresa –le hizo ver Claudio.

–Ya... Yo debería llamar a Elena, que luego vete a saber...

–No le digas lo de la limusina.

–No jodas. No, no, si se entera me la lía. Vamos, esto siempre suena a cosas de putas, drogas...

Venancio señaló su reloj de pulsera tras apurar el café con leche de un trago.

–Tenemos un viaje largo por delante y el tiempo...

–Vamos, vamos –ordenó Claudio.

Se colgó de mi hombro y salimos detrás del chófer.

–Es nuestro esclavo, por doce horas.

–Pero la pasta...

–Aceptan tarjetas...

–Ya, joder –me mostré culpable.

–No pienses en eso, coño, piensa en la cara de Bárbara cuando te vea bajar de este palacio con ruedas. O mejor aún, en la cara de su novio, a lo mejor se caga en los pantalones.

–Podría ser.

–Va a ser un golpe.

Un golpe, pensé. Me alarmó la expresión mientras entraba en el vientre del lujo absurdo. Un golpe contra el destino, en el que a lo mejor me dejaba parte de la dentadura.

Algunos kilómetros más tarde nuestro supercoche tuvo un percance inesperado. Un pinchazo que nos obligó a detenernos en el arcén de la autopista. Venancio, ofuscado, se negó a que le ayudáramos a cambiar la rueda. Allí permanecimos, dando cuenta de las bebidas que habíamos comprado para el camino con un último pellizco de dinero reunido. Blas insistía en colaborar con el chófer y como resultado de su entorpecedora ayuda se ennegreció las manos de grasa y suciedad. Optó por sentarse en el mojón de piedra. Los coches nos rebasaban y la gente en su interior, al descubrirnos, nos gritaban con burla y eran respondidos con obscenidades y el dedo índice levantado. Los cuatro alineados tras la limusina que levantaba su pata trasera como un perro a punto de orinar. Observé de reojo a mis amigos que reían y pensé que quizá ése sería un buen momento para congelar, como había dicho Estrella, un buen instante en el que perpetuarse durante toda la eternidad.

Cuando atravesamos Torrelavega, interrumpido nuestro ritmo rápido del viaje por los semáforos de la ciudad, las botellas vacías se agolpaban a nuestros pies. Claudio cambiaba con constancia de emisora de radio, recorría el dial de atrás hacia delante hasta encontrar una canción que fuera de su agrado, y cuando ésta terminaba, vuelta a empezar la búsqueda, incapaz de detenerse en una emisora. Blas nos había obligado a apagar el aire acondicionado y nadaba en el sudor condensado dentro de su plumas.

Me sorprendía mi buen humor. Conservaba la calma, aunque se iba adueñando de mí la inquietud por ver a Bárbara, de irrumpir en un momento tan señalado. Consultaba el reloj de vez en cuando y vigilaba los kilómetros que advertían las señales, presa de un nerviosismo propio del novio en su boda, sin recordar que no era mi boda a la que me dirigía sino todo lo contrario. Tampoco tenía un plan preciso, ni estaban claras mis intenciones. Acaso iba a tomarla del brazo y arrastrarla a la carrera fuera de la iglesia, o contestaría al cura cuando preguntara si existía algún impedimento para celebrar esa unión. Existe uno: la amo. ¿Es suficiente?

—Joder —interrumpió Claudio mis pensamientos—, sólo pensar en una boda y ya me pongo cachondo. Lo de las novias vestiditas de blanco. Estoy deseando que llegue la de Lorena.

—Menos en la tuya propia —objetó Raúl, el único con experiencia—. Es el momento menos erótico de tu vida.

—Hay que montarla —advirtió Claudio.

—¿A quién? —Blas acababa de aterrizar en la conversación.

—En la boda, digo. Hay que armarla.

—No jodas, Claudio.

—Bueno, porque hay que aclarar en qué plan vamos —intervino Raúl—. ¿Eh, Solo? ¿Qué somos? ¿Padrinos? ¿O vamos a robar a la novia?

Nadie rió.

—En cuanto éste la vea de blanco, con todo el paripé, se dará cuenta de la que se ha librado —predijo Claudio.

—Con la capa esa de maquillaje que les pone su íntima peor amiga, el puto traje. Elena iba hecha un adefesio —rememoró Raúl.

—Pues anda que tú...

—Las bodas son el acto hortera por excelencia.

—Eso es lo que yo me pregunto: ¿cómo una tía como Bárbara puede casarse? —dije.

—Porque es igual que todas, joder. Cuando tienen diez años quieren hacer la comunión y luego, pues la boda, y luego tener hijos y luego nietos. Es una cosa biológica. —Claudio impartía teoría—. Y Bárbara es como las demás, todas son como las demás, por mucho que a ti te parezca especial. Nadie es especial.

—Dejadle que sea romántico, coño —se quejó Blas en mi nombre.

—Sí, y que se corte las venas —terció Raúl.

—Por eso, hay que pasárselo bien —ordenó Claudio.

—Cuidado con éste, que lo que quiere es follarse a las novias —le señaló Raúl.

—Oye, si esto es un coñazo para vosotros mejor no vamos —les ofrecí.

—Vamos porque tenemos que ir, ¿verdad? —sentenció Blas.

Tenía razón. Lo importante no era lo que pudiera ocurrir, lo que hacer, lo importante era estar allí. La historia de siempre. Hay que estar en los sitios para que sucedan las cosas. Claudio espoleaba al chófer cada rato.

—Venancio, aprieta que no llegamos.

Como la excitación de mis amigos no era equiparable a la mía, fueron cayendo todos en una modorra espesa. Claudio fruto del alcohol, Blas del sudor y la barriga llena de bolsas de comida sintética. Panchitos, ganchitos, gusanitos. Raúl estaba sentado frente a mí, la vista clavada en la carretera mientras atravesábamos Asturias, con el gesto serio, con las gafas que resbalaban sobre su nariz.

—Algún día tendré que ir a la boda de mis hijos —reflexionó—. ¿Te das cuenta?

—A lo mejor en esa época ya no se casa la gente.

—Hay cosas que nunca cambian, tío.

184

—Tus hijos serán cojonudos, no se parecen nunca al padre —probé a ironizar.

—Soy un padre horrible, no lo había pensado nunca pero soy un padre penoso. Cuando Elena estaba embarazada no me leí ni un puto libro de ésos, me quedaba dormido en la primera línea y siempre me inventaba que tenía mucho lío en el trabajo para no ir a los cursillos, y un día que le acompañé con los niños al pediatra noté la mirada que le lanzó a Elena, como de pena, como de «ya te entiendo», ahí ya me di cuenta que yo...

—Es que nadie puede ser un buen padre —aseguré.

—Ya. —No se mostraba convencido—. En cambio, Elena. Ella se desvive, lo disfruta. Tendría que estar con ellos, ahora. Lo de las vacaciones..., pensé que con el teléfono era como estar al lado, pero...

—Es culpa mía, perdona por haberlo tirado...

—No, no. No es eso. Tendría que estar con ellos.

—No lo pienses más. Nunca estamos donde deberíamos.

—No, Solo, lo mío es diferente. Vosotros no tenéis responsabilidades, podéis vivir tranquilos, pero yo... Yo ya no puedo estar aquí haciendo el soplapollas.

—Gracias.

—No, lo digo en el buen sentido. A mí se me ha acabado toda esta vida.

—¿Por qué?

—Ya lo entenderás.

—O sea que preferirías seguir siendo un soplapollas como nosotros.

—Pues sí.

Añoraba, supuse, la inocencia, la inopia vital, la falta de ataduras. Raúl ladeó su mirada hacia la ventanilla. En cierto modo avergonzado. Era su carácter. Antes de ser padre también solía perseguirlo un sentido insatisfecho de la vida, la sensación de estar perdiendo el tiempo. Raúl era alguien incapaz de disfrutar un solo momento, siempre pensaba que ese instante le hacía perder otro mejor. Le conocía lo suficiente para saber que morirse, por ejemplo, iba a significarle todo un trauma, por contraste a esa otra parte del mundo, gente como Claudio, que consideran que morirse es algo natural, algo aceptable. Era mi amigo porque nos parecíamos mucho en ese sentido. Amargura vital. Me gusta la gente así, cuando se divierten es una fiesta.

—Venancio, ¿falta mucho? —pregunté.

—Un par de horas.

Si acelerábamos, con suerte aún llegábamos a la misa en la ermita marcada en el mapa que acompañaba la invitación de boda. No contábamos con que la carretera en las cercanías de Lugo terminaría por estrecharse y por intrincarse hasta devenir una curva inacabable. Venancio hacía sonar el claxon para anunciarse, de tanto en tanto habíamos de apartarnos para dejar paso a un camión en dirección contraria. Paramos para consultar a un aldeano que caminaba por el borde de la carretera ajeno al calor. Nos indicó el camino hacia la ermita. Revolvía la bolsa en busca de ropa presentable, algo imposible de hallar en el amasijo que era mi maleta. Levanté la cabeza hacia Raúl.

—¿En tu maletón no tendrás un esmoquin?

—Eso no, pero hay un par de corbatas.

—No, no, nada de corbatas.

Jamás en mi vida me había puesto una. Quizá sería éste un buen momento para renunciar a mis principios.

No a la corbata

no a las sopas de sobre

no hacer cola por nada

no leer jamás las páginas de economía de los diarios

no tener teléfono móvil.

Principios a los que me mantenía fiel y que estaba convencido me apartaban de la vulgar vida del neoliberal.

Rebusqué en el interior de la bolsa enorme de Raúl a la caza de alguna camisa presentable y para regocijo general extraje unas esposas, dos muñequeras de pinchos y unas cintas de seda. Raúl se encogió de hombros con un nunca se sabe y devolvió sus utensilios al maletón.

Blas me extendió su maquinilla de afeitar a pilas y pude adecentar en cierta medida el aspecto de mi cara. Claudio me prestó una camisa de lino tan arrugada como el pañuelo de un griposo. Discutimos algún rato sobre si era mejor llevarla por fuera o por dentro, la eterna duda que quedó una vez más sin resolver, es decir mitad delantera por dentro y falda de la camisa por el exterior.

Entramos en Castrobaleas y a ambos lados del angosto sendero comenzaban a verse coches aparcados que dejaban el espacio imprescindible para que nuestra limusina se deslizara entre ellos. Al final del embudo me esperaba Bárbara, ya no había escapatoria.

—Lo mejor sería aparcar aquí y que subáis andando —comunicó el chófer.

—Ni hablar —se negó Claudio—. Hasta la puerta, esto lo tienen que ver.

—Se van a cagar.

Miré el reloj, más de una hora de retraso. Sin embargo, cuando llegamos a la plazoleta frente a la ermita solitaria, afuera tan sólo aguardaban el final de la misa unos cuantos invitados y varios niños que jugaban al fútbol con una lata. Nos detuvimos frente a las escaleras. Bajamos uno tras otro de la limusina que había atraído todas las miradas. Me dirigí hacia una mujer al final de sus cuarenta, repintada, que fumaba un cigarrillo manchado de carmín. Daba una idea de lo que nos encontraríamos. Ricos emperifollados de provincia. Ese exceso de elegancia que provocaba otra forma de inelegancia, diferente a la nuestra, casi peor.

—¿Queda mucho de misa?

—Chico, espero que no —me respondió la mujer—. Pero claro, estos curas, como durante el año no tienen a nadie, pillan una boda y menuda paliza.

—Exhibicionistas —añadió Claudio—. Por algo se hacen curas.

De pronto, la mujer reparó en nuestro aspecto, casi por accidente, no tenía previsto ni tan siquiera mirarnos.

—¿Y vosotros? ¿No vendréis a la boda?

—Pues sí —replicó Blas.

—¿Con esa pinta? ¿Qué sois del novio o de la novia?

—De la novia —dijo uno de mis amigos, y los tres se volvieron hacia mí con complicidad. Acaso esperaban oírme anunciar: soy el novio de la novia.

—Esta Bárbara, menudos amigos —comentó para sí la mujer, no sin asegurarse de compartir con nosotros su opinión—. ¿Y el coche?

—Ya ve —le desafió Claudio.

Me aventuré a echar un vistazo al interior de la iglesia. La gente que se agolpaba en el pequeño espacio apenas me permitía ver el altar. Las mujeres jóvenes vestían de crema, las mayores se inclinaban hacia motivos florales. Los hombres lucían sus mejores chaquetas. Me apoyé en el portón. De puntillas, alcancé a ver el blanco roto radiante de la novia, en un estilo años veinte divertido y atrevido, con falda larga y flecos, junto al negro pingüino del novio. El cura los invitaba a besarse en este preciso instante, como si me hubiera visto aparecer. Me dejé caer sobre los talones para evitar ver el perfil de Bárbara girarse hacia el novio. Volví a la limusina frente a la iglesia donde se habían resguardado del sol mis amigos. En el interior flotaba el humo del cigarrillo de Claudio.

—Ya está. Ya se han casado —les informé.

—¿Y él quién es?

—Un tal Carlos. Debe de ser de aquí.

Los invitados salieron en tromba de la ermita. Yo estaba sudando. Blas se quitó el plumas y la camiseta empapada que sustituyó por otra. Se palpó los michelines con orgullo.

—¿He bajado, eh? Lo menos un par de kilos.

Nadie le contestó. Los invitados organizaban su tumulto a ambos lados de las escaleras de la iglesia. Los novios surgieron del interior y les recibió una fina lluvia de arroz que les obligó a acelerar el paso. Salí de nuevo y vi venir en mi dirección a Bárbara, con la falda recogida para no tropezar. Su mano libre se aferraba al brazo de un tipo fornido con esmoquin, el pelo muy corto y extendido hacia la frente. El arroz se les incrustaba en el pelo. Huían de los lanzadores de arroz pero yo sentía que se precipitaban hacia mí, era posible que me aplastaran en su carrera hacia la felicidad, que me pisotearan. Al menos me sentía como si fuera a ocurrir, como si estuviera ocurriendo.

Bárbara levantó sus ojos en la carrera y me vio. Su sonrisa dejó a la vista la fila de dientes superiores. Se separó levemente de su recién marido y me abrazó.

—¿Has venido?

En realidad yo la sostenía, porque se había lanzado sobre mis brazos. La acogí y mientras permanecíamos enlazados proseguía la

188

lluvia de arroz ahora sobre nosotros. Ella y yo. Se habían intercambiado los papeles. Saboreé mi boda, el dulce aterrizar del arroz sobre mis hombros. Me devolvió a la realidad el impacto de un puñado de garbanzos, duros como pedrisco. Claudio empujó la puerta de la limusina.

—Entrad aquí.

—¿Aquí?

Bárbara dudó un instante y luego alargó la mano hacia su marido. Los escolté hasta el interior. Claudio cerró la puerta. La gente se agolpaba contra nuestros cristales ciegos.

—Venancio, sácanos de aquí —le urgió Claudio al chófer.

—¿Adónde vamos?

—Yo le guío.

El novio saltó con agilidad de nuestra jaula de ricos al asiento del copiloto. La limusina rodeó la plaza.

—¿Y esto? ¿Habéis venido en esto? —se preguntaba Bárbara divertida por la situación.

—Ya lo ves, algo a nuestra altura. —Blas se abalanzó sobre ella y le estampó dos besos—. Enhorabuena.

—Blas, Raúl, Claudio, qué honor, habéis venido. —Bárbara los saludó uno por uno.

—Nos gusta ir a donde no estamos invitados —anunció Raúl.

—No os invité porque pensé que no vendríais.

—Por eso hemos venido.

—Me cago en la leche, en la puta leche —maldecía el chófer—, a ver cómo saco yo ahora el arroz del coche, trabajo de chinos.

—Y garbanzos, tiraban garbanzos —me atreví a decir.

—Esos cabrones —sonrió el recién casado—. Son los de mi equipo de rugby.

¿Equipo de rugby? Eso eliminaba la posibilidad de darle una paliza y robarle a la esposa. ¿Acaso era una amenaza? ¿Pensaba que iba a rendirme ante la mera desigualdad física? La radiante esposa sentada a mi lado, la falda por encima de las rodillas, la sonrisa y ese gesto de llevarse la media melena tras la oreja. Tenía una diadema trenzada con pequeñas flores naturales que se hundían en su pelo y una gargantilla finísima de plata abrazada a su cuello.

—Estás guapísima —se me adelantó Blas.

–Y no se nota el maquillaje –dijo Raúl.

Incrédulo le pasó un dedo por la mejilla.

–En todas las bodas a la novia la ponen...

–No, yo estaba igual, pero antes de salir me dio una ventolera y me lavé la cara.

La cara lavada de Bárbara, qué decir.

–Por eso has llegado tarde... –se quejó el novio.

–Entre tu madre y tu hermana me habían puesto como una puerta.

Bárbara debía de ser la puerta más hermosa del planeta, una de esas puertas ante cuyo umbral uno es capaz de esperar el tiempo que sea preciso. Lo más doloroso es verla cerrarse en tus propias narices. A menudo volver a ver a las personas que has amado te causa una decepción. Con Bárbara sucedía lo contrario, estaba allí, la misma imagen idílica que llevaba días persiguiéndome. Sus ojos negrísimos recorrieron el interior de la limusina.

–Estáis locos, venir en limusina...

–Ya conoces a Solo, tiene estas cosas –explicó Claudio, sin dejar de hacer notar lo falso de su comentario, deslizando la certeza de que la idea era suya. Amigos.

–¿Tú eres Solo?

El novio se había vuelto hacia mí antes de formular la pregunta y tuve un primer impulso de recular para recibir el puñetazo con más distancia, pero luego descubrí que no escondía rencor.

–Claro, perdona, no os he presentado –interrumpió Bárbara–. Éste es Carlos, mi novio, bueno, ya mi marido.

–Hola.

Un hola simpático, con cierta pereza en la *a* final. Estaba claro que el chico ahorraba energías para la gran batalla. Bárbara nos presentó y tuvo la deferencia de colocarme en último lugar, recitando mi nombre real con esa manera única de pronunciarlo.

–Te llevas una joya –confraternizó Blas, en sus primeros pasos como invitado de boda perfecto.

Claudio se mostraba más tenso. A Bárbara la flanqueábamos Blas y yo. Me hubiera gustado viajar enfrente de ella para observarla mejor, pero tampoco quería renunciar al leve contacto de nuestros cuerpos. La duda de siempre en nuestra relación. Pegarme a ella o mirarla. Mi indecisión eterna al sentarnos en cualquier lugar, empleaba horas en decidir mi posición idónea. Su perfil lavado mostraba un moreno intenso, color caramelo. Creo que nunca la había visto tan bronceada. Quizá fuera el vestido blanco, que resaltaba su piel, pero no había rastro de su palidez habitual.

—Estás muy morena.

No me miró. Dijo sólo «¿Ah, sí?» y luego añadió a modo de explicación que se habían visto obligados a tomarse la luna de miel antes de la boda.

—Me encanta que hayáis venido, de verdad —dijo, después de un silencio.

—Bárbara me ha hablado mucho de vosotros, pero me aseguraba que no vendríais.

El moreno del novio tenía un sospechoso tono similar al de Bárbara. La playa, los dos juntos, luna de miel antes de la boda. Un pinchazo de celos. He cambiado, Bárbara, yo también he estado en la playa, mira mi nariz roja y mis brazos pelados. Carlos le había complacido. Él también tenía un color saludable bajo su barba de dos días cuidadísima. Pese a que se lanzaba el pelo hacia delante, se perfilaban las entradas de su calvicie prematura. El resto de su cuerpo sí anunciaba un pelaje profuso, las cejas pobladas, incluso el dorso de las manos. Abrazarlo debía de ser como abrazar un felpudo. Cinco o seis años mayor que nosotros, distancia que se me antojaba un abismo. Definitivamente un treintañero viril, atractivo, deportista. Un hombre. Le sentaba bien el traje, incluso la limusina parecía de él de toda la vida y nosotros sus invitados. El chófer atendía sus órdenes con respeto, como un caniche había detectado el olor del amo, esa leve brisa a dinero que destilaba el recién casado, nada que ver con la clase desinteresada, el encanto imposible de comprar de Bárbara.

—Supuse que en vacaciones tendríais cosas mejor que hacer —insistía Bárbara para demostrarnos que nuestra ausencia habría estado de lo más disculpada, tanto que me sentí culpable por haber acudido.

—Pues ya ves —respondí.

También yo había pretendido que mis vacaciones, mi viaje entre amigos, me alejara definitivamente de ella y su boda, y sin embargo me había transportado a sus pies rendido. Claro que el recuerdo de su gesto al verme, su sonrisa, nuestro abrazo al pie de las escaleras, al lado de la limusina era ya un segundo que nadie podría robarme, un instante que justificaba nuestras veinte mil leguas, nuestra gran ruta.

—¿Y tus gemelos? —le preguntó a Raúl.

—Bien, muy bien.

—¿Cuánto tienen ya?

—Siete meses.

—¿Y Elena?

—Bien. Como siempre.

—O sea que tú eres el único casado. El único que comprende mi situación. —Carlos no desperdiciaba ocasión de regalarnos su campechanía, su saber estar. Rezumaba un encanto tal que amenazaba con atragantárseme como la espina de un pescado. La mujer de mis sueños acaba de casarse con un seductor embotellado en metro ochenta.

Una larga fila de coches nos seguía por la carretera. Un montón de gente, señalé yo alzando las cejas, como si me impresionara una boda tan masiva cuando yo a lo que habría aspirado es a un acto íntimo y secreto. Nunca me había gustado compartir a Bárbara con el mundo, odiaba las fiestas con ella, la compañía en general, tenía la urgencia de sentirme a solas con ella. Otros tiempos. Bárbara se inclinó sobre mi oreja y posó los labios como una mariposa.

—Todo familia de él. Por eso me alegra tanto que hayáis venido.

Y mastiqué su confesión con sumo gusto. Me estaba derrotando la hipersentimentalidad, un desbordado afluir de los recuerdos, de mis diecinueve meses y veintitrés días con Bárbara. Mi cuerpo, cada centímetro, se empeñaba en engañarme, en hacerme creer que acudía a mi propia boda. Debía controlarme para no abalanzarme sobre ella y besarla y preguntarle por sus muslos, como cuando vivíamos juntos y ella llegaba tarde a casa y yo le decía: «¿Cómo están tus muslos? ¿Aún se llevan tan bien?» Porque nunca había conocido dos cosas que formaran tan afinada pareja como sus muslos. Creé un mundo de sus muslos, mundo en el que yo me entrometía, entablaba conversaciones con ellos, una vida entera me habría pasado allí, y Bárbara se reía, le divertía. Tantas cosas que creí que le gustaban de mí, ¿adónde habrían ido a parar ahora? ¿Eran todas recuerdos de una época lejana e infeliz? ¿Estaban olvidadas por culpa de la rendición a los encantos de un hombre de plástico, de ese galán para abuelas, de ese proyecto de señor que señalaba la ruta al chófer con autoridad, de frente, de frente, ahora a la derecha, tantas cosas perdidas?

El viaje, en su lentitud, aumentaba mi placer y mi ansiedad. Me concentré en la franja de mi cuerpo en contacto accidental con el cuerpo de Bárbara. Ahora ya sólo nos estaba permitido compartir los roces ocasionales, pero yo sabía que no existían los roces inocentes, que cuando los cuerpos se tocan los cuerpos se hablan. Supe, años atrás, que Bárbara y yo llegaríamos a algo cuando nuestras rodillas se rozaron bajo una mesa nada sospechosa y ninguno de los dos interrumpimos el contacto. Su brazo desnudo, su cabello, que en algún vaivén del coche abanicaba mi cara, nuestras rodillas, aquellas que mantuvieron su primera conversación de amor y ahora se sondeaban de nuevo, se preguntaban por la boda, por la vida, por la felicidad. ¿Eres feliz?, le preguntó mi rodilla a la suya bajo la media, y la rodilla de ella eludió dar una respuesta o se limitó a excusarse: tan sólo soy una rodilla. Se rozaban con leve campanilleo. Te echaba de menos, se dijeron.

Sentí los ojos de Claudio clavados sobre mí. Si existía una persona en el mundo que supiera lo que cruzaba por mi cabeza, ése era él, ejercía ese dominio sobre mí, la silenciosa comunicación que propicia la costumbre. Sin embargo, dudaba que alcanzara a desentrañar la apasionada conversación de mi rodilla con la rodilla de Bárbara. No, allí estábamos solos, no llegaba nadie. Claudio extraía sus conclusiones sobre mi estado febril. Notaba mi cara arder, pero me concentraba para que mi sudor no rozara a Bárbara, trasvasaba mi transpiración al otro costado. Insistía en mi terca locura, es mi boda, es mi boda, lo que dure este viaje es mi boda. Yo que nunca quise casarme ahora estaba en mitad de mi boda, en mi limusina, con mis amigos de padrinos, mi amada vestida de blanco, recién llegados los dos de la playa porque a ella le gustaba y yo había encontrado el sentido de mi existencia en darle gusto. Mi boda. Mi boda. Están tocando la marcha nupcial para mí.

Y alguien se encargaba, otro, de que la conversación no se apagara, porque yo ignoraba lo que sucedía fuera de mí y mi frontera con Bárbara. Era fácil mantener el tono con la pulposa conversación de Carlos. Blas, como era habitual, fue el que sonsacó información de utilidad. Nos dirigíamos al pazo de los padres de Carlos. Riqueza de familia, supe, dinero que venía del cemento, cemento que seguirá enriqueciendo a tantos mientras la gente se empeñe en vivir entre paredes. Blas le preguntó a Carlos si él también se dedicaba al negocio familiar. Él lo negó y le faltó enseñar unas manos finas que no han tocado pala, ni siquiera se han manchado con esa cosa tan vulgar de dirigir fábricas, flagelar obreros.

—Me dedico a la política.

He de reconocer que escuchar aquello me liberó de mi angustia sentimental. Bastaba con imaginar su cara en un cartel electoral. Cachorro de la derecha, liberal, como mucho socialdemócrata descafeinado. Imposible distinguirlos. Otra razón más para no votar. Yo que siempre voto en contra.

—Soy concejal de Educación del Ayuntamiento de Lugo.

—Hostias. —Creo que fui yo el que sinceramente expresó el pavor común ante el enunciado.

Bárbara no eludió mi mirada, ni la de nadie. Poseía esa capacidad maravillante de que todos los presentes en una reunión se sintieran mirados por ella. Los mil ojos de Bárbara que podían ser tan generosos como gélidos. Me dolió que se tornaran cálidos para salir en defensa de su recién esposo.

—¿Qué os parece? Soy la mujer de un concejal.

—Chica, no sé...

—¿De qué partido? —Blas siempre práctico. Policía bueno en los interrogatorios.

—Soy independiente. Yo soy más bien gestor.

Gestor. Con eso solventaba el escollo, con su saltito higiénico sobre las ideologías. Saltador con pértiga, embaucador de princesas, sólo le faltaba pedirnos el voto y regalarnos pegatinas y globos en la euforia de un mitin. Basta, me dije. Me estaba empezando a indignar y olvidaba el momento que vivía. Has perdido, pensé. Odiar es de débiles o como dice el fascista padre de Blas, filósofo castrense, odiar es sólo para quienes no tienen la fuerza de aplastar. Es decir, yo.

Bárbara de blanco era la esposa de un concejal. No podía imaginarla departiendo con la mujer del alcalde bajo su peinado de cinco horas y su cutis remozado. Ahora me volvía a la memoria su empeño para que fuera a votar, yo que siempre despertaba los días de elección con una oportuna resaca que me impedía moverme hasta que cerraban los colegios. Bárbara, que tenía sus cinco minutos de conciencia política, elecciones, alguna manifestación, firmas de solidaridad, y luego vuelta al bostezo sobre el asunto. Pero definitivamente no era la ideología que casaba con ella, nada casaba con ella y menos casarse. Cómo podía ser presa de un lavado de cerebro tan brutal. El amor no era tan ciego. A lo mejor mi amor era el que me cegaba para ver el amor ciego de los demás. Sucede a menudo. A lo peor aquel Carlos merecía que mi pálida Bárbara se tostara bajo el sol junto a él. Y querer a Bárbara obligaba, por desgracia, a dar un voto de confianza al enemigo. Toma mi voto, pero devuélveme la vida.

–Nunca te habría imaginado casada con un político. –Claudio fue frío.

–Yo tampoco imaginé que sería político. –Carlos mostró su dentadura. Creí ver dos caries hacia el fondo.

–Carlos es el político menos político que he conocido en mi vida –exculpó Bárbara al piorreico.

–Espero que no opinen lo mismo los votantes –bromeó él.

Tuve la impresión de que Blas reía en exceso. Amigos para esto. La frase de Bárbara me obligó reflexionar. Quizá Carlos también fuera el marido menos marido que había conocido en su vida. O el guapo encantador menos guapo y encantador. A mí me resultaba sencillamente el hijo de puta más hijo de puta que me había echado a la cara en años. Ese intruso en mi boda.

La limusina transitaba por un sendero plagado de piedras. El chófer conducía en tensión, casi levitando en su asiento como si aquello ayudara a evitar que rozaran los bajos del supercoche. Claudio sacó un cigarrillo del paquete que guardaba en la manga de la camiseta. Bárbara se interesó por la herida de su mano: ¿te ha mordido algún novio celoso? Y Claudio se limitó a contestar con un vago algo así.

—Bueno, peces gordos —nos anunció Bárbara algo más tarde—, estamos a punto de llegar.

Por la ventanilla vimos el tejado de una mansión de piedra, enorme. En el erial inmenso que precedía a la llegada a la casa descansaba una avioneta.

—¿Y eso? —la señaló Blas.

—Es de Carlos. —Y al borde de la fascinación Bárbara añadió—: Vuela en avioneta.

—Un pasatiempo —dijo él.

Me asomé sobre el regazo de Bárbara para lanzar una ojeada a la intrepidez aparcada de nuestro héroe. Hasta Claudio se mordió un labio con discreta envidia. Ahora comprendía de dónde salía esa mirada por encima del hombro que coronaba a Carlos. Los aviadores no pueden evitar un cierto desprecio hacia los que nos limitamos a arrastrarnos por el suelo. Vi a Bárbara volar con él, su pelo negro al aire, y supuse que era difícil no enamorarse con cosas así. Mi mérito residía en haberla seducido sin otro medio de transporte que el metro, mirando al resto de la gente desde el fondo del vagón donde viajábamos abrazados, desde nuestra misma altura, no desde los cielos. Raúl me traicionó al entablar una conversación sobre las maravillosas sensaciones que produce el volar. Me cayó una gota de sudor sobre la pestaña y bajé la ventanilla. El pazo aparecía ante nuestros ojos, no era un castillo pero tampoco una casita en el campo. Carlos había desplegado sus riquezas sobre la hierba y me recordaba que yo sólo era un invitado en aquella fiesta. Que peleaba en campo enemigo. Llegamos al portalón y los coches se fueron esparciendo por la explanada de entrada.

Salté afuera y Bárbara me mostró un tobillo y me requirió para ayudarla a bajar de la limusina. El padre del novio, cincuentón que cubría su calvicie por el método persiana, vino directo hacia nosotros con cara de pocos amigos tras bajar de su Volvo engalanado con lazos blancos.

—Se suponía que veníais en mi coche.

—Son amigos míos —nos presentó Bárbara.

Pero el hombre rechazó el saludo y nos esquivó con una mirada de desprecio.

—Y para eso me paso la mañana poniendo lacitos y lavándolo, para luego llevar a tu madre.

La madre, dos pasos por detrás, resultó ser la señora con la que habíamos hablado a la entrada de la ermita. Una de esas mujeres maduras cuya única duda existencial se limita a decidir si se estiran o no las arrugas de la cara.

—No te ofusques, Agustín. Si es que mira la diferencia de coches. No hay color.

—Pues si querían limusina que lo hubieran dicho y la alquilaba yo, pero que no me dejen ahí plantado a la puerta de la iglesia...

—Venga, déjalo ya, papá. Vamos para adentro que la gente está muerta de hambre.

El novio nos dejó atrás y fue recibiendo a los que llegaban y guiándolos hacia el interior de la mansión. Gente y más gente que acudía con gesto alegre a mi velatorio.

—Hola, no sabíamos si vendrías...

Una mano se había posado en mi hombro. Me giré. Era la madre de Bárbara. Tenía los ojos de su hija. Me sonrojé porque es sabido que las madres comprenden mejor que nadie. Hablaba despacio, con ternura.

—¿Cómo está?

—Ya ves, haciendo de madrina.

—Bueno, claro, enhorabuena.

—¿Conocías a Carlos?

—No, no, pero parece encantador.

—Lo es —confirmó ella mi mentira.

Supuse que se dejaba llevar por la buena educación. Confiaba en que siguiera siéndome fiel, al menos ella. Siempre le había envidiado a Bárbara la madre. El padre había muerto de una veloz enfermedad cuando Bárbara tenía tres años. Ese drama, que teñía algunos rasgos del carácter de Bárbara, había unido a la madre y a la hija a lo largo de la vida. Me fascinaba el tono con que se hablaban, en voz muy baja, casi inaudible. Hacerlas reír te producía un placer inigualable. Cuando lo conseguía, en otro tiempo lejano. La madre de Bárbara había sabido sostenerse con calma en la vida y a cambio la vida la trataba bien.

—Bárbara está muy contenta —añadió.

–Sí. Se le nota.

–Ya veremos. –Ahí quería verla, con el escepticismo a flor de piel. Me contuve para no abrazarla–. Me voy con el padrino.

–Ah, claro, ¿quién es?

–El padre de Carlos. –Y alzó las cejas hasta el cielo–. Un cafre.

Me abandonó para unirse a los que entraban. Sopesé la idea de proponerle que fabricara otra hija y yo me sacaría el carnet de aviador, el de concejal, el de niño rico y podría de un modo tan sencillo construirme la felicidad.

–Esto huele a pasta –dictaminó Claudio al llegar a mi altura.

–Apesta –confirmé.

–¿A qué? –se incorporó Blas.

–A pasta.

–¿Ah, sí? Pero habrá más cosas en el menú, esto tiene pinta de boda por todo lo alto.

Claudio y yo nos miramos. Raúl se unió. Fuimos hacia la puerta después de insistirle a Venancio para que nos acompañara. Pretendía quedarse en el coche y que le trajéramos las sobras. Éramos casi los últimos en la cola de entrada y seguíamos la estela de las pamelas de las mujeres como si fueran ovnis. El padre del novio presidía la entrada en su hogar y no era del todo descabellado que nos alejara de allí a patadas. Sus ojos hundidos bajo la ensaimada de su pelo repararon en nuestros atuendos fuera de lugar y hubo de ser su mujer quien nos rescatara.

–Son amigos de Bárbara. Pasad, pasad, ya os busco yo sitio.

–Y usted, ¿también es amigo? –detuvo el padre al chófer con un dedo acusador.

–Bueno, yo soy...

–El chófer, verdad. Espere aquí que ahora le llevarán al comedor del servicio.

–Es amigo nuestro –Claudio desafió la autoridad del padrino–. Viene con nosotros.

–Mira, chaval, hay que aprender a separar las cosas...

–Ay, Agustín, no te pongas cabestro.

–A mí no me viene con humos nadie y menos de Madrid. Que pase, aunque esto va a parecer un circo.

La madre del novio tomó del brazo a Claudio y nos fuimos

introduciendo en la casa. Atravesamos el salón, desnuda la piedra con cuidadas vigas de madera al través, y desembocamos en un porche forrado de madera y lujo.

—La verdad es que venís hechos un poema —le decía la madre del novio a Claudio mientras le palmeaba el brazo—. Aunque eso sí, cómodos, ¿verdad? Con este calor.

—No sabíamos que sería tan elegante la cosa —se excusó Blas.

—Nada, nada. Chico, qué brazo más fuerte tienes. —Y palpó los músculos de Claudio con mano amable—. ¿Haces pesas?

—Eso es de repartir cajas de bebida —se adelantó a aclarar Raúl.

—Y de pegar hostias a bocazas —se le encaró Claudio.

La cristalera del porche desembocaba en un inmenso patio interior, sembrado de parasoles. Las mesas cubiertas de blancos manteles formaban una U en el jardín. Los camareros aguardaban a que la gente se dispusiera en sus sillas para comenzar a servir. En el espacio más apartado se había levantado un escenario coqueto donde reposaban los instrumentos de una banda de música con leve inclinación celta. La madre del novio nos condujo hasta la mesa contigua a uno de los altavoces gigantes, a kilómetros de Bárbara y su felicidad. Había una franca mayoría de amigos de la parte del novio, como delataba el uniforme aspecto de ricos de provincia. Estaban los compañeros de equipo de rugby del concejal aviador, todos de corbata, pero con ese aire de sport tan cargante, casi una amenaza de tuna con cuerpos fornidos. La mayoría de las mujeres atractivas, como bien señalaron Claudio y Raúl después de una prospección nada discreta, estaban acompañadas. Creí escuchar que entre los asistentes se encontraba el alcalde, superior de Carlos, que por ser el de mayor graduación tendría que responsabilizarse de mis cenizas. Qué hacer con ellas. Poca cosa. Mi padre las recibiría con un gesto de fastidio, antes de volcarlas en el cubo de la basura como el cenicero rebosante al final de una fiesta; mi madre las colocaría sobre la mesa del café, bien al filo para que cayeran al suelo en un despiste cuando se le fuera la mano con los gin-tónics. Y mis amigos, bueno, mis amigos quizá encontraran un momento y un lugar para deshacerse de mí con todos los honores.

Los entrantes se prolongaron durante horas. Regado con vino

de ribeiro que provoca uno de los pedos más plácidos del mundo, llegaron andanadas de marisco. Blas se abalanzó sobre la bandeja del camarero y a punto estuvieron de ficharlo para el equipo de rugby, aunque al final se conformaron con dedicarle un aplauso cuando levantó una cigala como quien levanta un trofeo. Claudio golpeaba con su maza a un buey de mar y regalaba una sonrisa de disculpa y el vuelo de su flequillo a los que salpicaba a su alrededor. Raúl, más comedido, succionaba las cabezas de los langostinos con un ruido estridente. Yo miraba a Bárbara.

La primera vez que la vi en mi vida estaba demasiado ofuscado como para degustar su belleza serena, como ahora hacía. Fue en el Hotel Palace de Madrid, al que llegué con retraso para entrevistar a una celebridad de Hollywood, de la que ignoraba todo, como me sucedía casi siempre. Por ignorar ignoraba hasta la identidad de quien debía entrevistar, en la redacción sólo me supieron decir hora y lugar cuando llamaron a mi casa de buena mañana con el encargo precipitado. Sería otra prueba de fuego para mi periodismo de improvisación. La sorpresa llegó cuando la relaciones públicas me informó de que mi periódico ya había enviado a otra persona para cubrir la entrevista. Bueno, no exactamente así, alguien había asegurado a la chica de la distribuidora que yo me encontraba enfermo y que venía en mi sustitución. Pude haberme ido a la cama y eludir al destino, pero la curiosidad venció a mi desidia laboral. Le pedí a la chica que cuando saliera el turno de periodistas en el que se encontraba mi sustituto me lo señalara con el dedo.

Veinte minutos después, a la salida del obediente rebaño de periodistas modosos, la encargada de prensa me señaló a Bárbara y me dijo: «Es ella.» Esperé a que ganara el pasillo del hotel y bajé las escaleras a su espalda. Bárbara tenía cuatro años y tres meses menos que el día de su boda y si me hubieran dicho que asistiría a ella con el corazón roto no lo habría creído, porque en ese momento tenía ganas de estrangularla.

–Hola –me presenté–. Creo que debería estar enfermo.

–¿Ah, eres tú? –dijo Bárbara.

–¿Nos conocemos?

–No, perdona, eh, perdona...

–¿Trabajas para el periódico?

—Sí, estoy de prácticas.

Ladeé la cabeza. Yo, que ocupaba el penúltimo lugar del escalafón, podía permitirme cierta autoridad sobre quien ocupaba el último.

—Yo te lo explicaré. Me enteré de que la entrevista era hoy y, bueno, no sé. Te he estado esperando para ver si podía entrar contigo, pero como no llegabas.

—Como no llegaba te has inventado que estaba enfermo.

—A lo mejor era verdad.

—Pues no.

Bárbara no dejaba de descender escaleras y yo a su lado.

—Es que quería conocerle.

—¿A quién?

—A él.

—¿Quién es él?

Él era River Phoenix, un actor jovencito de Hollywood que venía a presentar una película en España. Así que me encontraba ante una especie de *groupie* que se había jugado su futuro en el periodismo español para colarse a ver a uno de sus ídolos durante una entrevista en grupo.

—Sé que suena estúpido...

—Pues sí. Y ahora yo tengo que escribir el artículo...

—Toma.

Bárbara, con las manos temblorosas, sacó de su bolso una grabadora, extrajo la cinta y me la entregó.

—¿Me la devolverás?

—¿Tan importante es?

—Es un recuerdo.

—¿Y no prefieres escribir tú la entrevista?

—Imposible.

—¿Por qué? Ya sólo te falta robarme el trabajo.

—Si no he hecho ninguna pregunta.

—¿Ah, no? —me sorprendí.

—Es que no hablo inglés.

Había estado sentada ante un adolescente de pelo rapado y ojos azules sin entender una palabra, pero se mostraba suficientemente satisfecha del encuentro.

—¿Y no le has invitado a follar? Ya puestos...

Bárbara levantó los ojos hacia mí por primera vez. Le sorprendió mi tono borde. No pude contenerme.

—Porque vamos, seguro que eso te hubiera gustado más que quedarte ahí oyéndole sin entender nada. O le haces una mamada. Estos chicos están dispuestos a todo. Te quedas con un poquito de semen en un frasco y eso sí que es un recuerdo mucho mejor que un casete.

—Que te folle un pez.

Y se dio media vuelta dejándome plantado en el hall del hotel. La observé mientras se alejaba. El pelo negro, los vaqueros gastados y la cazadora ladeada de ante marrón. Era preciosa y, como de costumbre, no lo había percibido hasta el instante en que me mandó a la mierda.

Supongo que la conquista de Bárbara amaneció dos días después, cuando el artículo que escribí cayó en sus manos. Comenzaba así: «Una de las chicas más hermosas que he visto en toda mi vida se adentró en el hall del Hotel Palace con la única intención de conocer al joven actor River Phoenix. Tras hablar con ella y mirar el fondo de sus ojos negrísimos y soñar con su boca perfecta como vengo haciendo desde el día en que la vi, empecé a sospechar que cualquier persona admirada por una mujer así tendría por necesidad que ser alguien interesante. Así que me zambullí en el río.» Era una carta de amor en la sección de espectáculos, una rendición sin condiciones con mi estilo ñoñolisto de la época.

Días después ella pagó desde la distancia mi cerveza en la cafetería, me volví para buscarla y cuando ubiqué su piel pálida, su media melena y sus ojos profundos, levanté mi copa y le dije: «Por River Phoenix.» Desde el otro lado de la cafetería ella me correspondió. A medida que pasaron los días instauramos la costumbre de tomar un té a media mañana. Poco después éramos los enamorados más deslumbrantes del periódico. Hasta mi padre bromeaba con las altas esferas sobre mis dotes de conquistador, por supuesto herencia de alguien que caminaba con una estela a la espalda de corazones de mujer rotos.

Fueron, como ya he contado, nuestras rodillas quienes dieron el primer paso y después de muchas palabras cedieron la iniciativa a nuestros labios. Bárbara hacía el amor con un calor insospechado. Sabía acariciarme el cuerpo con el filo de sus pestañas. Lo recorría así. Había instantes en los que nuestras miradas se encontraban al través de la redacción repleta de gente y debíamos huir hasta los baños del piso inferior y nos encerrábamos en cualquier cubículo y después en el lavabo yo le ayudaba a limpiar una mancha de semen del vestido, de las medias negras. Elegíamos el servicio de mujeres y me convertí en una presencia habitual. Incluso a veces que acudía a solas prefería entrar en él, me resultaba familiar, nadie protestó nunca, aquél era el váter de señoras y el mío.

Y ahora recuerdo, mientras interpreto el papel de invitado lánguido en su boda, una noche en que estábamos separados, en una de esas rupturas intermitentes que precedieron al definitivo final. Nos evitábamos, nos esforzábamos para vencer en la lucha por no ser el primero en llamar, lograr que fuera el otro quien rompiera el hielo que nosotros mismos creábamos. Jugábamos a la infelicidad, asustados quizá de ser tan felices. Esa noche sonó el teléfono y era ella. Lloraba. Pensé que era por mí y me invadió el orgullo al sentirla desmoronada y un instante después la vergüenza al ser consciente de que ella quería mejor que yo. Ven a buscarme, me dijo. Estaba en el periódico, de cierre, y yo corrí, volé a su encuentro. Cuando entré, estaba sentada en mitad de la redacción medio vacía. Nos abrazamos y vi sus ojos enrojecidos, húmedos, levantarse hacia los míos antes de decir:

—Se ha muerto River Phoenix.

Y en la boda un amigo del novio gritó con voz desmesurada:

—Vivan los novios.

Le respondió la aclamación generalizada. Empapado de ribeiro y marisco, me incorporé y alcé la copa. Busqué la mirada de Bárbara, tan lejos de mí el día de su boda, y grité algo que pocos podían entender:

—¡Por River Phoenix!

Los ojos de Bárbara se tumbaron bajo las cejas y se redujeron a un filo brillante. Ella me repitió la consigna en voz muy baja, viajó conmigo en el tiempo atrás. La gente, que se empeñaba en ignorar que aquella boda era mi boda, rió de buena gana mi ocurrencia y fui catalogado como el amigo chalado de la camisa arrugada. Poco me importaba.

Volví a sentarme. Claudio se ordenó el flequillo en mi dirección. Blas me quitó la copa de las manos.

—Te vas a emborrachar.

—Déjale, joder —me defendió Raúl.

—No te preocupes, ya estoy borracho —anuncié.

Llegaron los chuletones de carne roja segados en rodajas, con pedruscos de sal gorda que se deshacían en la boca. Yo creo que mi intensa relación con la carne acabó por empujar mis recuerdos hacia los muslos de Bárbara. La primera vez que los desnudé mis manos se aferraron a ellos con una independencia que me asustó. De hecho tardaron en abandonar el territorio. Como las manos entrenadas de un pianista caen sobre un teclado, en las mías se adivinaban años de aprendizaje para moverse en ese recién descubierto territorio. Bárbara estaba tan sorprendida como yo. «Es que no vas a pasar de ahí», me replicó, celosa de sus propios muslos. Consideraba sus piernas horribles. Hacía poco que había zanjado una relación anterior con un tipo al que yo me referí siempre como «el vegetariano» por su nula capacidad para apreciar la carne de Bárbara. Se trataba de uno de esos individuos dedicados a sanear sus propios complejos por el método de acomplejar a los demás. Tardé meses en lograr que Bárbara rescatara sus faldas, que se liberara de los pantalones vaqueros con los que entablé inacabables luchas en plena urgencia sexual. Sus piernas, sus muslos, se convirtieron en objeto preferente de mi afecto. Yo saludaba a sus muslos cada tarde, hola, ¿cómo estáis?, por las mañanas, buenos días, incluso les dejaba notas cuando me ausentaba, llamaba por teléfono y preguntaba por sus muslos, le rogaba a Bárbara que posara el auricular entre ellos y me dejara escuchar el tono íntimo de su voz. Eran pálidos, en ellos nunca se posaba el sol. Ahora se escondían bajo la falda de la novia, ¿se habrían olvidado también de mí?

Nuestro amor no tenía local fijo. Estaba la habitación en casa de su madre, independiente, lugar que yo rehuía para no tener que, al marcharme, pasar delante de ella, que veía la tele o leía, y despedirme a distancia temeroso de que percibiera mi penetrante olor a sexo. Gastamos el ascensor y el portal de su casa con nuestra pasión incómoda, era un amor de los quince años, interpretado por gente siete años mayor, pero un amor adolescente. Quizá es el único amor posible. Tantas veces corrí, con la entrepierna pegajosa, para atrapar el último metro, y entraba en casa de mis padres y los encontraba en plena tertulia, porque mis padres no hablan, a partir de tres frases encadenadas es tertulia. Hasta el día en que hice el amor con Bárbara, mis relaciones sexuales se caracterizaban por el ansia irrefrenable de ser lanzado por una catapulta, nada más correrme, lo más lejos posible de aquella novieta, aquel ligue, aquella puta. Esas veces en que por educación, por discreción, por respeto, prolongas el poscoito con gran esfuerzo hasta qué sé yo, treinta segundos. La sorpresa era el inédito deseo de resguardarme entre sus muslos, buscar un pliegue donde acomodarme mejor, aguardar para volver a hacerlo.

Los invitados proseguían en su derroche de vitalidad, de entusiasmo. Yo lo reservaba para mis recuerdos. No me daba cuenta de que la euforia por el pasado no tenía mucho sentido cuando Bárbara se estaba casando con otro, se alejaba de mí. Pero el pasado me ocultaba el mañana que amenazaba con ser unas eternas y tristes vacaciones sin ella.

Hubo un tiempo en el que alejarme de Bárbara significaba recuperar la libertad. Abandonaba el apartamento que compartíamos como quien se cobra un permiso carcelario. Me recibían los amigos como se recibe al preso que vuelve al bar. Cuando cerré definitivamente la puerta a mi espalda, con mi maleta, respiré por fin. La puta maleta con la que regresé a casa de mis padres como si volviera de la mili, eso dijo mi padre. Tardé tiempo en comprender que la libertad nunca está donde uno cree, que los barrotes de mi cárcel podían ser los muslos adorados, pero qué dulce cárcel.

Bárbara sonreía. Le oí decir que no podía más y apartar el plato de carne. La gente pedía a gritos que se besaran los novios y tuve que golpear con el codo los riñones de Blas para que no se sumara a la petición. Aparentaba ser el invitado más feliz de la boda, lo que no consideré un gesto contra mí, sino resultado de su instinto de hombre agradecido. Que se besen. Estuve a punto de gritar que no lo hicieran, pero Carlos se levantó y la tomó de la mano y se besaron para regocijo de todos. Besé el vino en venganza. Estaba borracho. Claudio me miraba con seriedad y tuve ganas de contestarle que no se equivocara, puede que fuera un romántico, pero jamás un sentimental. Un sentimental es el que espera algo que puede llegar a suceder. Un romántico espera contra toda probabilidad.

Cuando Bárbara y yo rompimos, fui recibido por mis amigos con tal entusiasmo que me sentí obligado a recordarles que cuando salía con ella también nos veíamos a menudo. Que jamás había despreciado la euforia de estar con ellos, que, de hecho, aún me lo pasaba mejor sencillamente porque sabía que llegado el amanecer Bárbara me esperaba en casa. No es lo mismo, me dijeron, con la misma variedad de chantaje con que le ofrecíamos a Raúl dinero para el aborto de Elena. No es posible la felicidad lejos de nuestro grupo. Agradecí los abrazos renovados de Blas, las borracheras con Raúl, las noches canallas con Claudio. Me descubrieron que follándome a Bárbara estaba renunciando a follar con el resto del mundo, algo incomprensible. Debía de estar feliz por disfrutar de nuevo de la posibilidad de follarme al mundo entero aunque en realidad tampoco el mundo entero se mostrara demasiado dispuesto a follar conmigo. Ignoraba que el día en que me fui a vivir con Bárbara, mis tres amigos se reunieron para beber, seguros de que me habían perdido. No más Solo, traidor a sus propias ideas de soledad y amistad. No más noches infinitas, desayunos con churros, ya siempre tendría, cuando las cosas se pusieran duras, el abrigo de un coño conocido en el que refugiarme, y la frase era de Raúl. Se olvidaban de que el coño conocido era el coño amado.

Ellos no sabían que esa misma noche, exhaustos por la mudanza, en la que colaboraron remolones, Bárbara y yo nos metimos en la cama helada. Descubrí que entre sus muslos existía un microclima y en aquel caribe guardé mis pies como estalactitas. Bárbara gritaba de la impresión. Ellos se limitaban a informarme de que habían pasado la noche en vela, con tres noruegas de paso a las que estuvieron a punto de follarse de no ser por el empeño de Blas en abrazarse a una de ellas por la calle, lo cual les hizo trastabillar y la chica se abrió la cabeza contra un bordillo. Siete puntos en la ceja suponen un anticlímax absoluto. Pero ¿y las risas?, me decían. También yo, intentaba explicarles, me había reído cuando después de siete horas encerrada en la cocina, Bárbara surgió con un pastel de espinacas ignorante de que detesto las espinacas o cuando Bárbara me descubrió regando con amoniaco el bonsai que conservaba como recuerdo de su anterior novio y comprendió por qué día tras día presentaba peor aspecto o cuando hube de confesar que, efectivamente, era yo el culpable de haber borrado con típex todos los números de teléfono de su agenda que pertenecían a hombres. Claro que nos reíamos. Incluso con las goteras. Bárbara me encontró tan agobiado un día recogiendo en palanganas los innumerables hilos de agua que caían del techo, que insistió para que nos empapáramos debajo y abriéramos el paraguas y bailáramos. No era lo mismo, afirmaba Claudio. Nada que ver con la risa gamberra, histérica, sin sentido. Sabe mejor. Sabe a otra cosa. Incompatible.

Así que mis amigos guardaban luto por mí mientras yo reía con Bárbara porque nuestra risa era la risa tonta y privada de los enamorados. Como yo mismo había guardado luto por Raúl en su boda, en el parto de sus gemelos. La felicidad no podía estar lejos de los amigos. Yo creía seguir conservándolos mientras estaba enamorado de Bárbara y no pude por más que sorprenderme cuando nuestra ruptura fue recibida con una mal disimulada alegría, era la feliz liberación del amigo preso.

–Estás jodido, pero ya verás mañana –me señaló Claudio–. Volverás a respirar.

Respirar. Hoy es mañana y en la boda de Bárbara me asfixiaba, navegaba en alcohol. Eso sí, libre como un pájaro, como a Claudio le gustaba, con tanta libertad que necesitábamos ser cuatro para transportarla a hombros. Nuestras veinte mil leguas, nuestra gran ruta, nuestro viaje era una forma de sacar a pasear nuestra libertad, de restregársela por la cara al mundo. Somos libres. A Raúl le abrasaba la culpa y la responsabilidad. Blas eludía todos sus problemas con la creación de un problema enorme: estoy gordo. Claudio aparcaba la certeza de que en una semana estaría de nuevo empalmando noches con días para repartir cajas de bebida, libre, eso sí, para que la dueña de un garito de Malasaña, después de entregar el reparto, le comiera la polla y le firmara el albarán, ¿o era al revés? Acarreábamos nuestra bien conservada libertad, ante la supuesta envidia del resto del mundo.

El pastel llegó enorme, coronado el chocolate por la figurita en plástico de los novios. Sirvieron el cava en copas bajas y anchas que Raúl dijo que le recordaban a Blas, y el padre del novio, en función de padrino, se empeñó en perpetrar un brindis en el que explicó a la concurrencia lo mucho que le había costado llevar a su hijo hasta el altar, que detrás había muchas horas de ahínco, años de trabajo, para que ahora su hijo abrazara la felicidad. Siguió hablando de sí mismo, del cemento como forma de vida y de lo duro que era hacerse a uno mismo, cosa en la que estoy de acuerdo, pues cuando menos te obliga a un coito en postura disparatada. Dijo que el dinero, su dinero no daba la felicidad, pero asfaltaba el camino. Como el discurso no terminaba, los compañeros de rugby del novio empezaron a roncar entre bromas, y el padre de Carlos, en lugar de darse por enterado y abreviar, se enfrentó a ellos y hubo un instante de tensión que el novio-marido perfecto solventó con su política de buena escuela al anunciar que había llegado el turno de que hablara la madrina. Ella se negó, pero la insistencia de todos, más que nada porque así finalizaba el discurso del padrino, obligaron a la madre de Bárbara a ponerse de pie y dirigirnos unas palabras: «Yo no he hecho nada por Bárbara. Cada uno se labra su propia felicidad.» Y se echó a llorar y su hija la abrazó y estuve a punto de abrazarme a las dos y romper a llorar, como ellas, y decir que cada uno se labra, también, su propia infelicidad, pero nos separaban tantos kilómetros de distancia y mi estado era tan lamentable que dudaba que fuera capaz de andar. El padrino insistía en que no quería decir lo que los demás habían entendido y pretendía dar una explicación que nadie quería escuchar y yo pensé que a los hombres que se han hecho a sí mismos les gustaría que el resto del mundo también estuviera hecho por ellos y todo, así, sucediera a su antojo. Pero eso no pasa, ¿verdad, papá?

Trajeron un cuchillo largo y Carlos y Bárbara unieron sus manos sobre la empuñadura para cortar la tarta. Los camareros repartieron los pedazos de mi corazón por las mesas y la gente, sin ningún escrúpulo, devoraba la ración que les correspondía. Las bodas son una reunión cruel. Blas convenció a tres ancianas que se dejaban su porción casi completa, y en un momento tenía cuatro platos frente a sí y comía con dos cucharillas al tiempo. Debajo del plumas había sitio para todo.

Los amigos rugbistas, ese conjunto de saludables mocetones con camisas de marca bordeadas por la banderita española, convinieron en cortar la corbata del novio y subastar los pedazos. Recordé la noticia del periódico en que en una situación idéntica unos bromistas habían intentado hacerlo con una sierra mecánica y en un descuido le habían cercenado la cabeza al recién casado.

—¿Alguien tiene una sierra mecánica? —pregunté a voces, pero sólo recibí un par de miradas incómodas.

Cargué con mi copa y me puse lentamente en pie, como si el patio donde nos encontráramos fuera la cubierta de un barco en zozobra. En otro lugar había leído que la costumbre de arrojar al recién casado al pilón del pueblo había provocado que lo dejaran tetrapléjico al golpearle accidentalmente la cabeza contra el borde. Me recosté sobre la espalda de un invitado y le pregunté:

—¿En este pueblo hay pilón?

—Chico, si vas a vomitar, lo mejor es que vayas al baño.

—¿Tengo cara de ir a vomitar? ¿Eh?

—Francamente, sí.

Le palmeé la espalda.

—Tranquilo. Ya vomité ayer.

El hombre no rió. Avancé hacia el lugar donde se sentaba Bárbara. B.

Recordé la época estúpida en que quise llamarle B y le llamaba B y le decía B y B por aquí y B por allá y recorría el abecedario de su cuerpo. Y Bárbara me insistía, me repetía que no le llamara B, y yo B. Y el tercer día de mi monotema se puso seria y me llamó por mi nombre real y me dijo:

—Nunca vuelvas a llamarme así, ¿vale?

Supe después que su primer amante le llamaba así: B. El mismo hombre con quien inauguró el sexo una noche en una tienda de campaña, su monitor de fotografía de la naturaleza. Un primer polvo árido, incómodo, visitados sus muslos por un extraño casi veinte años mayor que luego prolongó la relación con culpabilidad y daño. Un amor secreto en el que Bárbara fue B y por culpa del cual nunca quiso volver a ser B. Así que para mí Bárbara siempre fue Bárbara, nombre esdrújulo y nórdico que quiere decir orgasmo y hielo, dos sensaciones que Bárbara hermanaba en un solo cuerpo.

La fila de invitados que hube de atravesar se me antojaba eterna, no encontraba fuerzas para llegar hasta Bárbara, que apenas había probado bocado de su tarta. Sopesé mi primera frase cuando me encontrara frente a ella: «No has probado el pastel.» Con esa frase, grandilocuente hallazgo, querría decirle tantas cosas. Ella comprendería. Me paré a llenar la copa derramada en mi andar errante y me adueñé de una botella abandonada. Avanzaba hacia la parte más noble de los invitados, cuando en el escenario alguien pellizcó una guitarra eléctrica y quebró el ruido de las voces. Se iniciaba el primer tema de baile y la gente aplaudió. Si me apresuraba podía secuestrar a la novia y adueñarme del placer del primer baile, eso que debía de equivaler al primer beso, la primera noche. Pero Carlos tomó de la mano a su esposa. Sin embargo entregó esa mano y el resto de la preciosa figura a su alcalde y permitió a éste que abriera el baile con la novia. Estuve a punto de lanzarle la copa a la cabeza a ese novio lameculos. Detenido, caí en la cuenta de lo cerca que estaba de ellos. La madre de Bárbara se giró hacia mí y se puso en pie y yo la invité a bailar y ella aceptó con gesto divertido, pero el padrino me apartó de ella con un empellón y me ladró que lo exigía el protocolo. La madre de Bárbara aceptó su condena y me lanzó un beso invisible. Posé mi copa sobre el mantel sucio y me dejé caer en una de las sillas presidenciales vacías. La del novio. Mi silla natural. Qué cómodo estaba. Delante de mí bailaban y clavé mis ojos en los tobillos de Bárbara.

—Entre donde tú estás ahora mismo y el ridículo total hay sólo un paso —me anunció Claudio cuando llegó a mi lado.

—Hombre, Claudio, ¿bailas conmigo?

Negó con la cabeza. Miró alrededor sin sentarse.

—Creo que ha sido una mala idea venir.

—¿Por qué?

—Por ti.

—¿Por mí?

—Blas tiene razón. Lo estás pasando mal.

—Es verdad. Aquí lo estoy pasando mal, pero en cualquier otro sitio estaría peor.

—Joder Solo. Yo creía que todo esto estaba superado.

—Si lo estoy pasando muy bien. ¿Tú no?

—Bueno...

—Venga, vamos a cantar tú y yo.

A Claudio le ganaba por ahí. Sus ganas de cantar. Y tantas veces habíamos cantado juntos. Él cogía esa guitarra de la que sabía sacar los sonidos adecuados para ablandar a las chicas más duras. Yo entraba en la parte final, decadente, con mi voz negada para el ritmo, para la afinación. Caminamos juntos hasta la parte lateral del escenario. Le hablé al batería.

—Oye, quería cantar una canción con mi amigo.

Señalé a Claudio, que se mordió el labio.

—Ahora no —me respondió el batería, funcionario de un instrumento tan poco domesticable.

—Soy amigo del novio —dije para imponerme.

—Luego.

—No, tiene que ser ahora.

—Ahora no.

Redobló con pobreza de recursos y me ignoró durante el resto de mis súplicas. Claudio me sujetó cuando iba a subirme al tablado sin permiso. Les iba a mostrar a esos aficionados la raíz de donde surge el *blues*.

—Pero ¿qué coño vas a cantar? —me reprochó Claudio.

—La canción favorita de Bárbara. Ya verás qué sorpresa.

—Cantada por ti no creo ni que la reconozca. ¿Cuál es?

Me quedé pensativo. Nuestra lista de canciones favoritas era enorme. En tantas ocasiones habíamos disfrutado, tantas veces le había dicho: «Ésta es nuestra canción», que hasta ella solía sonrojarse cuando le echaba en cara que no reconociera un tema y ella preguntaba: «¿Ésta también?» Yo le explicaba que éramos la pareja con más canciones porque éramos la pareja con más registros, que eso de tener sólo una canción es una reducción sentimentaloide de pareja de grandes almacenes. Pero cuál era nuestra canción para hoy, no podía ser ni la de los días alegres ni tan siquiera la de los días tristes. Tendría que ser una nueva canción para los días separados, la canción en que la chica que quieres baila con otro, la canción que supiera explicar lo duro que es vivir sin ti.

El batería puso fin al tema como quien le pone el sello a una instancia. El novio aprovechó el inicio del siguiente baile para atenazar a Bárbara. Ella echó la cabeza atrás sorprendida. Me alejé del escenario, para taparme los oídos y recordar cómo le ponía a Bárbara en el salón de casa a Tony Bennet cantando «You showed me the way», que eso era música, y lo bailábamos muy despacio y muy juntos, aprendiendo el camino, la manera. No, nada que ver con eso que bailaban. Que toquen mi «Milonga triste», por favor.

Bárbara había posado la cabeza sobre el hombro de su rana convertida en concejal y la pista improvisada de baile se había inundado de parejas bobas y proyectos de parejas bobas y estertores de parejas bobas. Yo nunca bailé en público con Bárbara. Ya he dicho que no me gustaba compartirla con nadie. Ella quería bailar siempre, en cualquier lugar. Yo le decía que bailar es follar y que a nadie le puede gustar hacerlo rodeado de gente y vestido, y aunque mi explicación era obvia, ella siempre quería bailar. Bailar e ir a la playa.

La ejecución de la canción duró lo que dos eternidades, permitiendo el arrullo de las parejas. Suerte que todo lo pésimo tiene un final y el grupo de pachanga se deslizó hacia otras variaciones de su repertorio. La madre de Bárbara enganchó mi brazo. Recuperaba el resuello después de ser pisoteada, estrujada y rociada por el aliento apestoso del padrino, que debía de haberse hecho a sí mismo también como bailarín.

—¿Bailas ahora conmigo?

—Ahora no, guapo, esto es muy moderno para mí.

El rechazo me sorprendió casi en mitad de la pista, abandonado por dos generaciones de fascinantes mujeres que un día posaron su amor sobre mí, pero que al día de hoy me ignoraban de la peor de las maneras, esa que consiste en aún regalarte un cierto cariño. Cariño es una palabra opuesta a amor, le corregí un día a Bárbara, tiempo después de nuestra ruptura, en uno de mis dos intentos de volver con ella, cuando me aseguró que siempre me guardaría cariño. El cariño te lo puedes meter por el culo, le grité. Fue el primer intento. En el segundo estuve más comedido. Incluso el cariño me pareció mejor que nada. Aquel último intento de reconciliación tenía un amargo sabor a despedida, a beso en la mejilla. Cuando recibes un beso en la mejilla de una mujer a la que has besado tantas veces en los labios, debes saber que has perdido tu lugar en su corazón.

Alguien me empujó. El ritmo más animado había forzado a las parejas a desatornillarse y bailar uno contra uno, lo que disimulaba en alguna medida mi desamparo en mitad del baile. Bárbara me descubrió con la mirada por encima del hombro de su marido. Me dejé envolver. Le señalé mi pareja imaginaria y ella me envió una sonrisa cargada de cariño, otra vez el cariño. Me aferré a su mirada para no derrumbarme. Tenía ganas de llorar, no de bailar. De dormir, quería dormir, despertarme y que todo fuera diferente. Todo eso trataba de decirle a Bárbara con mis ojos, hasta que ella dejó plantado el árbol soso de su marido perfecto entre el barullo de amigos y emprendió la larga travesía hasta mí. Viaje que le tomó siglos, obligada a detenerse en cada saludo de un conocido, pero durante el cual no perdió ni pizca de su encanto y yo rejuvenecí como un espejo al que le quitan el polvo.

—¿Quieres bailar con la novia? —se ofreció.

—El repertorio no es de mi estilo. Algo más lento quizá, que pueda abrazarte.

—Puedes abrazarme cuando quieras.

—No sé... —me mostré indeciso.

—Claro, tú nunca bailas...

Le interrumpí. La tomé por la muñeca y enseñé a quienes nos rodeaban que la música va por dentro, que para mí estaban tocando el tema más lento y hermoso del repertorio. Claudio paseaba al borde de la pista con su encanto en oferta. Raúl había encendido un puro sin moverse de su sitio. Blas charlaba con el chófer. Posé mi mano libre sobre el cuerpo de Bárbara y me supo a hogar. Yo que nunca he tenido hogar ni tan siquiera aspirado a él y sin embargo lo encontré en sus brazos.

—Bailar con una mujer casada es toda una experiencia —reconocí.

–Las pisas igual que a las solteras.

–Perdón. –Di un salto hacia atrás.

–¿Estás borracho, Solo?

–Ésa es una pregunta muy personal. Digamos que estoy alegre, y para estar alegre en tu boda no me queda más remedio que intentar eludir la realidad por cualquier método alucinógeno.

–¿No te alegras por mí?

–No me alegro por mí.

–... tonto eres. –Persistía en esa deliciosa manía de tragarse palabras.

–La verdad...

–¿Qué? –preguntó Bárbara con franca curiosidad.

–No, nada. –Había olvidado de pronto lo que pensaba decirle. O quizá es que se agolpaban tantas cosas a la vez.

Nos movíamos con levedad dentro de nuestra burbuja, ajenos al ajetreo de los demás. Bárbara se removió entre mis manos, algo incómoda.

–Si quieres volver con él. –Ella negó, yo volví a sostenerla con fuerza–. Aunque él tiene toda la vida.

–No te pongas...

–Hace un momento he tratado de convencer a los de la orquesta para que me dejaran cantar.

–¿Tan borracho estás?

–Quería cantar nuestra canción.

–No te ofendas –y sonrió–, pero ¿cuál de las miles?

–Es una que tengo yo para cuando te echo de menos.

–Olvidaba que tienes canciones para todo. Me encantaría oírla –mintió Bárbara.

–Ya sabes que mi cerebro está podrido por culpa de las canciones de amor. Es una que dice: «Es tan duro vivir sin ti.» Porque te echo de menos, Bárbara.

–Si has venido a declararte me parece que has elegido un mal día –intentó quitarle filo a la ironía.

–Ya sabes que siempre estoy en el sitio equivocado en el momento más inoportuno. Es mi manera de ser.

–No es verdad, pero bueno. –Bárbara quería decir que yo era un caso perdido.

–¿Y si es verdad y he venido a declararme? ¿Eh? ¿Qué me dirías?

–Eres muy capaz de venir a mi boda a pedirme la mano. –Bárbara rió, nerviosa.

–¿Qué pasaría si lo hiciera?

Sacó el vuelo de su vestido de novia de debajo de mi zapatilla gastada.

–¿Quieres casarte conmigo? –le pregunté absolutamente serio.

Separó la cabeza y me miró en el justo centro de los ojos, allí donde más duele.

–Solo, eres un hijo de puta.

Intenté separarme, alejarme de allí, pero Bárbara me sujetaba con fuerza. Añadió:

–Lo digo con cariño.

–Con cariño, claro.

–¿Por qué me lo haces tan difícil? Te juro que me gustaría verte sonreír, decirme que te alegras, que te gustaría que sea feliz, yo qué sé, para eso te invité, no para restregarte nada por la cara como estoy segura de que piensas.

–No, es sólo que no me gusta mentir.

–Joder.

Bárbara se detuvo. No bailaba. Pero tampoco quería que nadie percibiera nuestra escena.

–Creo que me equivoqué al invitarte.

–No, yo me equivoqué al venir. En el fondo creía que venía a mi boda.

–Estás borracho, tú no eres así.

–Sí, Bárbara, soy así y aún peor. No sabes de la que te has librado. Soy horrible. ¿No te diste cuenta en nuestros diecinueve meses y veintitrés días juntos?

–Solo..., por favor.

–La primera impresión fue la buena. Me mandaste a la mierda, ¿te acuerdas? Me dijiste: «Que te folle un pez.»

Bárbara, que volvía la cabeza de tanto en tanto para observar si era observada, no pudo soportar más la tensión del momento y se soltó de mí, recuperó a su marido, se sumó a otro grupo de baile, aunque ya no se movía igual, sus piernas le pesaban, tenía ganas de llorar. La conocía lo suficiente. Me sentí miserable y paseé mis despojos sobre la hierba, recuperé mi balcón junto a Raúl y Blas. Yo también encendí un puro.

—Has bailado con ella, te he visto muy cogidito —observó Blas—. ¿Has metido mano a la novia?

—No. He metido la pata. Otra vez.

Entre las múltiples formas de morir que a uno se le ofrecen nada más nacer, había optado por la más dolorosa: consumirme desesperado. Creía merecer sufrimiento tal. Una chica rolliza, vestida con una minifalda que dejaba al descubierto unas piernas gordas y mal moldeadas, se acercó a Raúl a pedirle fuego. Encendió un puro a juego con sus extremidades.

—¿Alguno de vosotros baila?

Blas no nos permitió responder. Se lanzó por encima del mantel hasta abrazar una parcela de la chica contra su plumas y la condujo hasta la pista de baile. Traté de enviar mensajes a Bárbara que contuvieran alguna forma de excusa, pero evitaba sin disimulo volver la cara hacia mi sector, formado en su mayor parte por ancianos y moribundos.

Una noche, dos años atrás, cuando Bárbara y yo coronábamos una época frágil de nuestro convencimiento como pareja, hicimos el amor, con el sabor de la última vez, que no lo fue. Era un epílogo discreto, el inicio de la cuenta atrás. Salimos a tomar algo juntos, solos, cosa que cada vez hacíamos menos. Aquella noche queríamos decirnos algo y, sin embargo, permanecimos en completo silencio durante las dos primeras cervezas. Teníamos miedo de hablar y decir la verdad. Pensábamos que la verdad era el enemigo de las parejas.

—¿Te acuerdas —empezó Bárbara— de cuando mirábamos a esas parejas que se pasaban el rato sin hablarse, sentados en la misma mesa pero sin decirse nada? ¿Te acuerdas? Nosotros siempre pensábamos que nunca nos convertiríamos en alguien así. Ahora lo somos, ¿verdad?

—¿Tú crees? —dije yo.

—Ya lo ves.

—Hombre, no sé.

—Nos hemos convertido en una pareja de ésas.

—No, sencillamente nos hemos convertido en una pareja.

–Una pareja.

–Es horrible, ya lo sé.

Bárbara sabía que yo detestaba la expresión. La pareja.

Suena a enciclopedia por fascículos, a libro de autorrealización. Define bien la minúscula organización policial, pero no la reunión del amor. En mi época pedante petulante solía convencer a Bárbara de que nunca seríamos una pareja, seríamos uno y uno que se desean, que quieren estar juntos. Nunca una pareja, y sin embargo, en aquel bar estaba sentada una pareja tipo.

–¿Dónde está lo de los primeros tiempos? –se preguntó ella.

–No seas ingenua –dije yo.

No teníamos nada que decirnos, convinimos los dos. Estábamos agotados el uno del otro, me atreví a asegurar. Ella lo negó. Yo adopté una posición dura, sin concesiones. Estaba cansado.

Aquella noche no nos separamos. Nos metimos en la cama juntos y aunque yo la oía llorar no moví un músculo por consolarla. Un espeso silencio nos envolvía.

–No deberíamos estar juntos –aventuró ella.

Yo surgí con mi gran frase, mi hallazgo, la confesión con que me había topado al mirarme en el espejo, la frase que regresaba a mi memoria en el baile de boda de Bárbara.

–Sigo convencido de que tú y yo formamos una pareja perfecta. Sigo creyendo que hemos nacido el uno para el otro, pero creo que el error es que nos hemos encontrado demasiado pronto. Algunos no se encuentran nunca, otros demasiado pronto... Sé que algún día volveremos a estar juntos, pero hoy no puede ser, sería una debilidad, no podemos engañarnos.

Somos la pareja perfecta, así que rompamos. Bárbara me entendió perfectamente. Lo resumió incluso con mayor síntesis:

–O sea que es la vida o nosotros.

Exacto. Era la vida o nosotros. La vida o Bárbara. Cuando les confesé a Claudio, Blas y Raúl el momento, tras desprender los detalles más poéticos, no pudieron sino estar de acuerdo. Con efusión incluso. Los amigos creen que quererte es admitirte como eres: es así, pues vale, cuando lo que uno necesita es gente que te grite que estás equivocado, que te transforme. Pues bien, la vida o Bárbara resultó una falacia. Palabras. Descubría, sentado tras el mantel blanco, que no había vida sin Bárbara. Bárbara era la vida.

Bárbara salió de la cama algo después de nuestra escena en mitad de la noche. Nos habíamos dormido de nuevo en silencio. Empezó a guardar su ropa en una maleta. Me resultaba un irritante número de melodrama.

—¿Qué haces?

—Me voy.

—No seas imbécil. Venga...

—Quiero irme.

—Si alguien tiene que irse soy yo.

La convencí para que volviera a la cama. Bárbara, luego lo hablamos, no me perdonó nunca que yo recuperara el sueño casi al instante. Típico mío. Me puede el sueño. Como esa manía de ponerme a leer el periódico o cambiar canales en la tele durante la conversación más intensa. A la mañana siguiente fui yo quien hizo la maleta y nos separamos. Como yo era el que se iba quise pensar que era yo quien abandonaba, quien tomaba la decisión, el dueño de sus actos. Cuánto me equivocaba.

Luego uno descubre que en las separaciones nadie vence. Yo iba a abrazarme a la vida en forma de bar nocturno con barra libre. Me encontré en el sofá de Claudio, durante las dos primeras semanas, abrazado a Sánchez. Llegaba con la barriga llena de whisky barato para escuchar los jadeos de Claudio y sus ligues en el único dormitorio, curarle con alcohol los arañazos de la espalda a la mañana siguiente y las menos de las veces unirme a la fiesta con chicas que no tuvieran a mal follarse a dos amigos aunque uno no pasara de ser un callado cenizo. Comprendí tarde que yo no era Claudio, que yo no era Raúl, que ni tan siquiera era Blas, cada uno poseíamos un sentido de la vida. Yo era yo, con mi maniática forma de pasarlo bien. Volví a llamar a la puerta de Bárbara y ella me permitió entrar, pero nunca más quedarme.

—No volveré a cometer el mismo error dos veces.

—El error soy yo —le expliqué.

—No, el error es pretender ser una pareja.

Y de tanto evitar ser una pareja terminamos por no ser nada. Bárbara y yo. Bárbara y yo recorrimos hacia atrás en dos meses nuestro amor, pasamos de pareja a dos seres independientes, luego dos amantes furtivos, luego dos amigos cómplices, para volver a convertirnos en dos extraños. Fue una historia que acabó con el regreso al origen, sin romperse bruscamente, sin escenas, sin accidentes.

Miraba a Bárbara. Ahora tan lejana. Hasta tal punto habíamos retrocedido que yo casi estaba esperando que alguien nos presentara. Le llené la copa al chófer, aunque cubrió con la mano el vaso para que no le sirviera más. Se secó la mano empapada y se marchó a echar una cabezada en la limusina. Yo también me habría derrumbado sobre el mantel a dormir la borrachera, a tratar de borrar la sensación de estar viviendo mi última novela de amor, pero el altavoz sonaba contra mi oreja y quería mirar a Bárbara no sea que fuera la última vez, cada vez.

Claudio había viajado por cada rincón de la fiesta ya fuera entre bailes o en busca de copas a la mesa que atendían dos camareros desbordados. Blas se esmeraba por mantener en pie a su pareja, que se excitaba y se lanzaba el pelo sobre la cara durante el baile. La orquesta tocaba boleros. Me hubiera gustado cantarle al oído a Bárbara uno que dijera es tan duro vivir sin ti. El calor iba descendiendo y el atardecer asomaba. Raúl, a mi lado, se había recostado en la silla bajo la nube de humo de su puro en tanto yo no lograba mantenerlo encendido dos caladas seguidas.

—¿Por qué no sales a bailar, Raúl?

—No me apetece.

A Bárbara le rodeaban amigas que yo desconocía, gente que pertenecía a su nuevo mundo, mundo del que yo estaba excluido. Bárbara me lo había confesado muchas veces durante nuestros diecinueve meses y veintitrés días juntos: «Yo no tengo amigas.» Yo le hablaba de la amistad durante horas interminables, pero Bárbara me aseguraba que tenía la agenda llena de nombres, aunque a ninguno de ellos podía considerar amigo. Por eso cuando su amor por mí se terminó y me rogaba que fuéramos amigos, aspiraba a que yo comprendiera el valor que para ella poseía. Pero para mí era una rendición. Yo no quería ser ese perfecto personaje para cuatro confidencias inanes al año. Para eso hay que tener el estómago de Blas, arrancar la carrera satisfecho de salida con obtener una derrota honrosa. Como si en la vida lo importante fuera participar.

—Te sigue gustando, ¿eh? —La pregunta de Raúl sonaba a mi propia conciencia.

—Mucho, Raúl. Me gusta mucho.

—Ya lo sé. Las tías son todas unas hijas de puta.

—¿Por qué dices eso?

—¿Por qué no te suelta, joder? Te debería dejar en paz. —Raúl se mostraba indignado—. Se siente feliz porque sabe que tú sigues detrás, como un perro. Eso les gusta.

Ignoraba Raúl que aceptaría ser su perro con placer.

—Quieren esclavos, que seamos sus esclavos.

—Ojalá.

—El amor es un arma para ellas. Un mecanismo de poder.

Un dolor intenso se me vino a posar sobre el ojo izquierdo.

—A ti, Solo, ¿quién te ha dicho que tienes que enamorarte de alguien? Se puede ser muy feliz sin enamorarse. Con tus cosas, el trabajo.

—No tengo trabajo.

—Tú ya me entiendes. Enamorarte de una tía, creemos que es una obligación y no lo es. Quiérete a ti.

Me sonaba a invitación al onanismo. La perspectiva me entristecía.

—No, Raúl, yo no me gusto lo suficiente.

—Así hacen ellas. ¿Tú te crees que Bárbara quiere a alguien? ¿A ti o a ese pavo, el aviador? Ni hablar. Se quiere a ella.

—Si yo fuera ella también estaría enamorado de ella.

—Una frase muy bonita. Tu especialidad.

—Lo digo en serio —me excusé.

—Tú eres como yo, joder, no te dejes robar lo mejor.

—¿Robar?

—Sí, te roban todo, tío.

—Se lo das a cambio de algo, ¿no?

—Vale, de acuerdo. Un ratito de placer, una cierta seguridad. Te lo he dicho miles de veces. Si nos cortamos la polla, empezaremos a pensar con la cabeza.

—¿Y quién quiere pensar con la cabeza?

—Mírala. —Hice tal como me ordenaba. Preciosa a kilómetros de mi corazón—. Hoy es la reina. Tú estás a sus pies, como quiere tenerte. Para eso te ha invitado, para saber que aún eres suyo. Lo comprueba y ya se queda tranquila para volver a follar con su marido.

Me coloqué una servilleta sobre la cara, cubriéndola. Cerré los ojos. Todo giraba en la oscuridad. El tiovivo menos divertido de mi vida.

—Estás borracho. Quítate eso de la cabeza, te está mirando todo el mundo.

—Puede ser que tengas razón —admití—, pero quien cree que tiene razón siempre se equivoca.

—Yo sólo creo en lo que veo. No hemos nacido para enamorarnos de una sola mujer y ya está.

—Una sola mujer puede ser miles, millones de mujeres diferentes. Bárbara, por ejemplo. A la Bárbara de hoy no la había conocido nunca.

—Quítate eso de la cabeza.

—No.

—Quítatelo, coño.

—Me da vergüenza decir lo que voy a decirte. La quiero. Y tú quieres a Elena.

—Tú qué sabrás.

—Lo sé todo. Un día me dijiste —le recordé— que no le gustaba chuparla y precisamente por eso cuando te la chupa te da mucho más placer. Hasta lo malo te gusta de ella.

—Cállate, coño.

—¿Es verdad o no?

—Lo hace de Pascuas a Ramos, así que...

—¿Y no es en ese momento una mujer diferente? Ya van dos Elenas. ¿A cuántas mujeres a la vez crees que puede aspirar un tipo con nuestra pinta? Claudio al menos puede variar, pero tú y yo...

—Que sí, que vale, que no quiero hablar.

Una ráfaga de viento me arrebató la servilleta de sobre la cara. Me sorprendió la luz. Me puse de pie sobre la silla dejándome llevar por mi instinto. Raúl me agarró del brazo, pero me zafé de él. Elevé la voz, pero casi nadie me oía por encima de la música.

–Ha llegado el momento de mi discurso. Tengo algo que deciros y ese algo que tengo que deciros os lo voy a decir.

–Bájate y calla –me gritó Raúl.

La banda de música hizo una pausa y gran parte de los invitados se voltearon hacia mí.

–¿Qué es el amor? Es la eterna pregunta. Al inicio de la Humanidad la gente follaba unos con otros, sin distinciones, esto lo he leído. Todos con todos. Pero un día, alguien decidió guardar a su pareja, no compartirla. «Es mía», dijo. –Respiré hondo sin atreverme a mirar alrededor–. Ahí se jodió todo. Eso es el amor. Y el amor trajo algo peor: el matrimonio.

Hubo un murmullo largo, varias toses que querían animar a alguien a interrumpirme.

–Porque ¿qué es el matrimonio? Pues bien, yo os lo voy a explicar. Querría decirles a los novios que a partir de hoy se preparen porque van a poner a prueba realmente la solidez de su amor. Con esto quiero decir lo jodido que es levantarse con ganas de cagar y que el váter esté ocupado y descubrir que tu mujer también mancha la ropa interior e incluso que se saca mocos o se le escapa algún pedo o sufre colitis.

Bárbara me escuchaba, los ojos bien abiertos, el gesto tenso. Claudio se acercó hacia mi posición de orador, supongo que por si llegaba el momento de bajarme con un puñetazo, un amigo siempre debía golpear antes de que un desconocido lo hiciera. Pero yo continuaba:

–Y que el marido pierde pelo y atasca el desagüe de la ducha y deja grabando el vídeo durante los pornos de madrugada y, en definitiva, que dos ensucian mucho más que uno solo y que el amor tampoco es de piedra. Eso es el matrimonio. –Yo no me atrevía a confesar que aún guardaba mi jersey con los puños vueltos, tal y como lo encontré en la maleta después de separarnos, porque eso significaba que Bárbara había sido la última en ponérselo–. El maravilloso sacramento del matrimonio es compartir el cubo de la basura, el felpudo, el bidé...

Ahora era el centro de todas las miradas. El momento perfecto para sacar la pistola y pegarme un tiro en la boca.

–Os lo digo yo que soy un hombre que me he hecho a mí

mismo y los mayores desastres de mi vida me los he causado yo solo, porque estoy solo –continué–. Sé que mi futuro pasa por seguir haciéndome a mí mismo, incluso limitándome a hacer el amor conmigo mismo. Así que si algún día me caso, será probablemente conmigo mismo y el viaje de novios me saldrá a la mitad de precio. Pero mi mierda es mi mierda.

Me invadió una extraña serenidad, supongo que la calma del payaso, entre el carraspeo incómodo del personal, bajo la mirada templada de Bárbara.

–O sea, y con esto termino: Bárbara, Carlos. Carlos y Bárbara, que aportáis cada uno vuestra ración de mierda a esta sagrada unión... Yo sólo os deseo que seáis felices, no como los demás. Aunque sea una felicidad de mierda, es la vuestra. Hay que inventársela cada día, si podéis. Ah, y ¡vivan los novios!

El susurro final no fue un grito eufórico. Partió de la tristeza, pero fue respondido por casi todos los presentes. Luego sus aplausos irónicos como balas. Claudio me ayudó a bajar de la silla mientras los músicos atacaban un nuevo tema. Me palmeó la espalda.

–Vaya pedo que llevas.

Nos sentamos de nuevo. Raúl nos informó de que Blas se había llevado a su chica para enseñarle la limusina aprovechando mi desbarre.

–Se hace pasar por millonario amigo del novio.

–¿Y la tía se lo cree, con ese plumas?

–Va muy borracha.

–Debe de ser menor.

–Pero es generosa en las formas, como le gustan a Blas.

Traté de bombear algo de sangre a mi cerebro puesto que hacía rato que sólo le llegaba alcohol. Apenas conseguía escuchar la conversación de Claudio y Raúl. Busqué el lavabo y me señalaron el interior de la casa. Se me adelantaron tres mujeres que tardaron casi media hora en salir mientras yo me estrujaba la vejiga y daba saltitos por la zona, sin estar seguro de que pudiera aguantar un segundo más. Cuando salieron se me coló un señor mayor que me pilló en la otra esquina de mis paseos nerviosos. Me acerqué hasta el paragüero forjado con la intención de aliviarme dentro de él, pero al final escapé por la puerta de entrada y encontré un lugar tranquilo entre dos de los coches aparcados en la explanada. Meé durante un cuarto de hora largo, me desprendí de los ríos de alcohol ingeridos.

Me sentó bien el cambio de aire, la lejanía de la música, la soledad de la explanada repleta de coches con matrículas de Lugo, primeras marcas, últimos modelos. Ignoré el olor a dinero y reparé en que nuestra limusina había desaparecido de su lugar. Me entretuve en buscarla con la mirada sin ningún éxito. Llegué caminando hasta el final de la explanada. Quizá Venancio hubiera decidido volver a Logroño sin despedirse. Me resultaba tan lejano el lugar del que habíamos partido aquella misma mañana. Los recuerdos en ese instante parecían pertenecer a otra vida distinta de la actual. Atisbé en la distancia, al comienzo del camino, el blanco de la limusina. Venía deprisa, tanto que se me echó encima antes de que pudiera pestañear. Frenó con violencia y me envolvió en una nube de polvo. Venancio salió enfurecido por su puerta, cagarse en Dios sonaba a beatería en comparación con sus maldiciones. Dio la vuelta al coche y abrió la puerta trasera. Me asomé al interior por encima de su hombro.

Blas asistía con perplejidad a la vomitona de su amante rolliza, en espasmos nerviosos y estallidos que regaban la tapicería inmaculada. Blas logró saltar fuera del coche y se refugió tras de mí.

—Tío, qué pasada.

Reparé en que la chica llevaba las bragas a la altura de los tobillos. Me giré hacia Blas. Se encogió de hombros.

—Ha echado hasta la primera papilla.

Era irreproducible el lamentar del chófer. Se llevaba las manos a la cabeza, daba vueltas sobre sí mismo.

—No tenía que haberte hecho caso, me cago en mi vida —repetía—. Me cago en mi vida. Vaya fregao.

Pude llegar a entender que Blas le había convencido para que les condujera en un paseo por la zona con la innoble intención de impresionar a la chica. Conseguido esto, Blas había alcanzado a bajarle las bragas y disponerse a la faena, pero la mezcla de alcohol, pastillas, curvas, exceso de comida y sexo habían dado la vuelta al estómago de la chica. El resultado era el horror. El centro de la limusina vomitado y sucio se asemejaba a un gallinero repugnante. Ni rastro de riqueza ni de glamour. Apartando la nariz ayudé a la chica a bajar. Se inclinó y apoyó las manos sobre las rodillas. El chófer se asomaba al interior y balanceaba la cabeza.

—Me cago en mi vida, me cagoentodo.

La chica se subió las bragas y se miró en la ventanilla tiznada. Se llevó el pelo detrás de las orejas. Sudaba y estaba pálida.

—Que no me vean mis padres así... Voy a cambiarme.

Venancio abrió el maletero y sacó nuestras bolsas. Con violencia las lanzaba contra el suelo.

—A tomar por culo, me largo, yo me largo.

—Hombre Venancio, que no ha sido culpa mía...

La chica se alejaba con decisión, de vuelta a la casa.

—Si es que no tenía que haberos dejado subir con ella en ese estado.

Blas y yo nos colgábamos las bolsas al hombro. Dejé sobre él la de Raúl, enorme. Venancio intentaba vaciar el estómago pestilente de la limusina con un trapo y una escobilla.

—Esto no es para vosotros, esto es para gente elegante.

—Oye, ¿te hemos pagado, no? Pues te jodes —le increpé.

Se volvió hacia mí con violencia contenida. Me alzó el puño.

—Qué pasa, que los ricachones no manchan —le reté.

—Este trabajo es una mierda.

Blas pidió perdón de todas las maneras posibles, pero daba pasos hacia atrás, separándose de la vomitona. Venancio partió sin dirigirnos una despedida. Nos quedamos cargados con las bolsas, solos, mirando alejarse nuestro delirio de grandeza en forma de coche. Reí al reparar de nuevo en Blas. Desde luego no era el aspecto de alguien que acabara de echar un polvo en una limusina.

—La historia de mi vida, Solo. Es deprimente —se justificó—. Intento follar con una tía y se pone a vomitar.

—O sea que no...

—A punto. Me ha faltado esto, pero le ha venido una arcada... Y me había jurado que era virgen.

—No jodas. ¿Y pensaba perder la virginidad borracha, con un tío al que acaba de conocer..., contigo?

—Ya ves.

—Pero bueno —exclamé—, ¿es que la gente ha renunciado a la poesía?

—Yo qué sé.

Blas se encogió de hombros, sólo de uno porque sobre el otro colgaba la bolsa de Raúl. Echó a andar. Le seguí.

—Es la hostia, Blas. ¿En qué mundo vivo? Yo no he nacido para esto. Soy el último que cree en el romanticismo.

—Coño, no estaba tan mal pensado. Perder la virginidad en una limusina, en mitad de una boda y con un tío simpático, divertido...

—Gordo —apunté.

—Bueno, ella tampoco está para tirar cohetes.

—Patético.

—Oye, no todo va a ser como lo tuyo, de cuento de hadas. La putada es que se ha torcido la cosa, nada más.

Bajé la cabeza y entramos en la casa. Dejamos las bolsas en un rincón del recibidor, apiladas. El retumbar de la escalera precedió el regreso de la chica desde el piso superior. Vestía con una nueva versión de adolescente en celo.

—¿Tenías otra ropa aquí?

—Vivo aquí —respondió ella a Blas.

—¿Aquí? —me sorprendí.

—Sí, soy la hermana de Carlos.

¿Podía el bello tener una hermana tan bestia? Definitivamente los genes de aquel tipo ofrecían todo tipo de peligros. Era preciso advertir a Bárbara. Aquella adolescente despoetizada parecía la princesa de la salchicha.

—¿Queréis un éxtasis?

No llegamos a contestar. La fierecilla politoxicómana se zambulló en la fiesta con alegre despreocupación. Blas la seguía con la mirada, no sin cierta fascinación.

—Nos hacemos viejos, Solo.

—Y tanto.

—Es deprimente. ¿Te has parado a pensarlo? —Blas meneó la cabeza con resignación—. Yo lo estoy pasando fatal. Me queda una asignatura para acabar la carrera, una sola, ¿y qué? ¿Luego qué? Si total, ni me gusta la carrera que he estudiado ni quiero trabajar.

—Bueno, no exageres...

–Lo digo en serio. El otro día me intenté hacer una paja en el váter de mi casa. Media hora dale que te pego y nada. De pronto, me vi la cara en el espejo y me eché a llorar. A llorar, Solo, a llorar. Es que lo que vi me pareció patético. Me ha llegado la hora de ser alguien y no soy nadie.

Muy típico de los amigos. Cuando pretendías concentrarte en tu propio dolor, compartirlo con los demás, ellos saltaban con sus pequeñas frustraciones, sus bobadas. Tú crees que lo tuyo es grave, me decían, espera a escuchar lo que me pasa a mí. No, Blas, no iba a compadecerme de tu crisis en mitad de mi crisis. No existía el resto del mundo cuando mi mundo se desmoronaba. Sálvese quien pueda. Piensas que los amigos son una segunda familia, pero una familia que has elegido tú, que no te ha caído encima por obra y gracia del destino genético, una familia seleccionada cuidadosamente y resulta que no, que ellos tampoco son perfectos, que pueden resultar tan entrañables y tan odiables como la familia que te es impuesta al nacer. No, Blas, no pretendas que tu angustia ensombrezca mi angustia.

Volvimos al baile que agonizaba, la pista prácticamente vacía. La orquesta extenuada por el esfuerzo de escucharse a sí misma. Alguien había conseguido un balón y se citaba a la gente para un partido de fútbol en un prado adyacente. Claudio llegó para que nos uniéramos a su grupo.

–Se ha ido la limusina.

–No jodas. Si estaba pagada hasta las nueve.

–Es una larga historia –eludió Blas.

–Venga, vamos a jugar al fútbol.

Claudio corrió hacia el prado. También Blas, convencido de que era preciso bajar la comida antes de la hora de la cena. Me quedé varado en mitad de los invitados que comenzaban a despedirse. Bárbara me tocó un brazo al pasar junto a mí.

–No me digas que no vas a jugar al fútbol.

–Si tú quieres.

–Pues claro. Así te diviertes.

–Me lo estoy pasando bien, lo de antes, bueno, lo siento –me excusé.

–Venga... Ha sido un discurso muy bonito.

–Oye, Bárbara. ¿Llevas ligas?

–Sí, ¿por?

–Por saberlo.

–Llevo ligas blancas y empiezan a apretar.

Bárbara se perdió aceptando despedidas y enhorabuenas con gesto dulce. Yo corrí hasta unirme a la tropa que organizaba los equipos. Me pesaba la cabeza y tenía los ojos empañados.

Desde los primeros compases del partido mostré mi visión de juego, mi precisión en el corte, mi organización de la defensa y la capacidad para lanzar el contraataque. Lástima que no tocara pelota en un buen rato y que me dedicara más bien a hacer compañía a Blas, que era nuestro portero. Claudio se enmarañaba en regates estériles entre la defensa contraria. Muy de su estilo. Raúl había fingido un tirón justo antes de empezar y estaba sentado en la banda fumando un porro que le inducía a reír estúpidamente cada vez que la pelota se aproximaba a mí. El equipo contrario lo formaban en su mayoría los fornidos amigos del novio, incluido éste. Luchaban la mayor parte del tiempo por no resbalar sobre la hierba con sus zapatos de suela plana de supuesta elegancia, zapatos impolutos que destrozaban con sus punterazos.

La inclinación violenta me venció en la primera jugada que lo vi venir hacia mí. Carlos tenía la pelota controlada con campo por delante. Salí a embestirlo con la terca decisión de un toro, con la secreta misión de romperle el fémur, hacerle volar y enviarlo al hospital o a la funeraria del encontronazo. Bárbara y yo recuperaríamos así nuestra intimidad. Me dejó clavado con un cambio de ritmo inesperado que el alcohol de mi cerebro tardó en procesar casi tres cuartos de hora. Corrí tras él con la vista clavada en su talón de Aquiles, oyéndolo ya crujir con mi patada, pero pese a su traje de corte ajustado me doblaba en velocidad, dribló a Blas en su salida a la desesperada, y cuando impacté contra mi amigo gordo con el plumas y mordí el polvo, Carlos impulsó la pelota a gol con cierta fanfarronería. El flato me hizo plegarme sobre mí mismo y evitarme la visión de quienes celebraban el tanto.

–Voy a echar el bofe –anuncié–. Me retiro.

–¿Y tu orgullo? –preguntó Claudio.

Mi orgullo se arrastró un rato más sobre el verde con la esperanza de atrapar al recién casado. Primero le intimidé con mi aliento alcohólico en su oreja, luego lo apabullé con mi carácter de indomable perro de presa y finalmente puse a trabajar mis codos hasta que se volvió hacia mí con un ingenuo: «Tranquilo, que esto no es una final.» Por supuesto que era una final, lo quisiera él o no. Le concedí unos metros para que llegara hasta mí con velocidad y la inercia multiplicara los daños de su lesión. Bárbara no estaba entre el público, lo cual evitaba que frenara mi ansia leñera y me salvaba del sonrojo de sacar tantas veces el balón de nuestra portería.

Me di cuenta de que el partido sólo lo podía solucionar yo mismo, así que avancé hasta la delantera para mostrar mi juego punzante. Llegaba desde atrás con la fuerza de un trueno pero la imprecisión de un borracho. El recuerdo es difuso pero vi quedar suelto un balón tras un rechace, podía chutar, superar a la defensa, esa tribu de pijos conservadores. Avancé a la carrera y golpeé el balón con todo mi cuerpo. Apenas lo desplacé un palmo. Sentí, eso sí, una vibración que recorrió mi espinazo como una descarga eléctrica y trajo hasta mi boca un desgarrador aullido. Caí sobre la hierba en posición fetal. En un instante me vi rodeado de amigos y enemigos. Alguien me quitó la zapatilla y mi calcetín agujereado y sucio. Qué humillación para acompañar el dolor. Que no me vieran los calzoncillos, por favor, incumplía una vez más el consejo materno de llevar la muda limpia en previsión de catástrofes. Las lágrimas afloraban de mis ojos, ni rastro de mi borrachera. Me había roto. Carlos debía de haber colocado esa piedra entre la hierba y anclarla al justo centro de la Tierra para que mi pie la encontrara en el día de su boda. Me agarró por debajo de las axilas y comenzó a dar órdenes.

–A mi coche, vamos a mi coche.

Claudio me cogió por los pies, me levantaron entre ambos. Yo quería gritar, pero el dolor ocupaba el cien por cien de mis órdenes cerebrales. Carlos organizaba al personal, apartaba la gente a nuestro paso. Hasta en mi desgracia él quería llevar el protagonismo, convertirse en el héroe. Bárbara se abrió paso entre los aficionados que coreaban mi nombre y llegó hasta mí.

–Se ha roto el pie –le informó Claudio con su delicadeza habitual.

Yo quise aclarar que se me habían roto muchas cosas. Bárbara posó su mano cálida sobre mi frente helada. Cerré los ojos para concentrarme en el esfuerzo de morirme. No lo logré.

Me subieron al coche de Carlos, que era un jeep coqueto, apuesto y aventurero, como él. Pertenecía a esa raza de gente que se parece a su coche, como antes ocurría con los perros. Me tumbaron en el asiento trasero como un despojo humano. Blas se subió a mi lado y por más que yo imploraba la asistencia de una enfermera, él, sudoroso, se abrazaba a mi pierna y aseguraba que no era nada.

Era mucho, Blas.

Carlos subió tras el volante y se opuso a que Bárbara nos acompañara hasta el depósito de cadáveres. La boda debía continuar. El triunfo del amor ha de dejar a su paso, qué remedio, algún cadáver. Así que en lugar de Bárbara, de copiloto tonto se subió un amigo del novio. Claudio tuvo el detalle de alcanzarme una botella de whisky por la ventanilla como única anestesia. Vi los ojos de Bárbara al borde de las lágrimas. Me deshacía en pedazos. Todo había comenzado por el pie, pero pronto quedarían de mí sólo las cenizas de la poca cosa que fui. Le susurré a Blas, mientras el jeep salía de estampida, que entregara mis cenizas a Bárbara y que las esparciera por el agua antes de darse un baño. Él no me oía. Carlos y su acompañante decidían el hospital más próximo. Yo me imaginé sentado al volante con él roto en mi lugar, el beso de Bárbara cuando me hubiera hecho dueño de la situación.

Tardó el whisky en adormecer el pie tanto como nosotros en llegar a un hospital. Me radiografiaron la pierna y la columna vertebral porque yo me empeñaba en asegurar que la lesión había dañado partes vitales, me refería al corazón, claro. Blas entorpecía los movimientos de los asistentes en su afán por permanecer a mi lado hasta el último suspiro. Amigo entregado, generoso donde los haya. Quería desmayarme, pero no resultaba tan sencillo. El médico me confirmó que tenía rotos tres dedos del pie derecho.

Nunca volveré a masajearte la espalda con los pies, Bárbara. Nunca más podré pisarte despacio las vértebras, ejercer de masajista oriental, nunca, pensaba yo. Me escayolaban el pie con pericia de torturadores. Apoyado en el hombro de Blas franqueé la puerta de la sala de espera. Carlos me recibió con interés. Reposo, pie en alto y dos meses de escayola. Era dudoso que volviera a urgarme la nariz con los dedos de ese pie. Carlos me pareció más viril, sano y atlético que nunca.

—¿Cómo te encuentras?

No pensaba reconocer mi derrota, así que mentí y lancé un lacónico «bien». Me acompañaron hasta el coche. Fuera había oscurecido. Me habían desgarrado el valioso pantalón de cáñamo para abrir hueco a la escayola. Ahora sentado en la parte trasera del coche esperé a que Carlos arrancara y dejáramos atrás el hospital.

—Gracias por todo —le dije.

—No es nada.

Me hubiera gustado acudir a su boda con un grano de arroz del tamaño de una piedra enorme y lanzárselo a la cabeza. Mi pie no se hablaba conmigo y Blas me quitó la botella de whisky de las manos. Estaba vacía.

Miré el paisaje nocturno. La hermosa carretera intrincada que el jeep pisoteaba con sus ruedas enormes. Las zarzas, los prados. El aroma de eucalipto se filtraba entre el olor a dinero del coche de mi chófer y acompañante. Pedí un cigarrillo.

Blas ponía al corriente de mi vida y milagros a mis enemigos. Es periodista, le escuché definirme. Periodista. Nada más lejos de la realidad, quise objetar. Había ejercido como tal, pero mi reguero de desastres era inmenso. Mi carrera profesional no era mejor que mi carrera personal. Me volvió a la memoria aquella excitante entrevista que mantuve en los jardines del Ritz con la actriz Michelle Pfeiffer en la cumbre de su belleza rubia. Cuando salí de casa advertí a Bárbara y sus muslos que quizá no regresara jamás. Nada me satisfacía más que provocar una punzada de celos en ella, por una vez girar las tornas. Lo que pasó fue bien distinto. Mientras esperaba mi turno, me senté en el borde de piedra de una fuentecilla y bastó una mirada perdida y azul de la actriz, que sostenía una entrevista con otro colega en la proximidad, para hacerme tambalear, perder el equilibrio y caer al agua. Cuando me senté para comenzar la entrevista me había cubierto con el abrigo la ropa empapada, pero la humedad se filtraba a mis huesos. Todo transcurría con corrección, con menor entusiasmo del que yo había aventurado. Entonces estornudé y corrí a cubrirme la boca con el cuaderno de notas, pero cuando levanté la vista, un verde moco incontrolado se había ido a posar en la mejilla de la actriz. Con toda la naturalidad que me permitía su mirada gélida, sin dejar de formular mi pregunta larga y confusa, saqué un pañuelo del bolsillo y limpié su cara como quien hubiera percibido una pequeña mota de polvo. En plena desolación cancelamos nuestra charla.

O cuando «ancha es Castilla» tuvo a bien concederme el privilegio de entrevistar a García Márquez en su hotel. Llegué concentrado, preparado, excitado, pero quizá por culpa de los nervios y la responsabilidad, con el estómago suelto. En la tercera pregunta, ruborizado, con la tripa contraída, le solicité permiso para entrar en su baño. No llegué a bajarme los pantalones por completo, ni tan siquiera alcancé a sentarme y abrir la taza. Un segundo después, mi propia mierda me rodeaba, impregnaba las paredes, hasta la puerta blanca impoluta. Y el premio Nobel me aguardaba fuera mientras yo me afanaba en limpiar con papel higiénico el desastre causado y encendía cerillas para diluir el olor. No conseguía más que esparcir el horror, impregnar aún más las lujosas paredes con un realismo nada mágico, así que tras veinte minutos, y después de atrancar el inodoro y chapotear sobre el suelo inundado, me atreví a salir. Contesté como pude su pregunta de si me encontraba bien y me evadí con la esperanza de que no recordara mi cara. Tuve que soportar la reprimenda del subdirector cuando llamó al periódico para protestar.

O cuando me dio un ataque de risa en una conferencia de prensa de Stephen Hawking y hube de lanzarme al suelo, entre los pies de los demás periodistas serios, fingiendo durante tres cuartos de hora que buscaba el bolígrafo. O cuando Bryce Echenique se quedó dormido recostado en su sofá al escuchar mi segunda y documentadísima pregunta y me marché después de veinte minutos sin atreverme a despertarlo. O cuando Jack Nicholson me pisoteó la grabadora en mi propia cara por formularle una pregunta sobre su vida privada que «ancha es Castilla» me había forzado a plantear pese a mi oposición moral al cotilleo. O cuando en un aspaviento de entusiasmo que suplía mi limitado inglés le pegué un manotazo en las gafas a Woody Allen y se las rompí contra el suelo de su suite, pese a estar avisado por su relaciones públicas de que el neoyorquino odia el contacto físico. A esa carrera notable de periodista se refería Blas.

Fuimos recibidos a nuestro regreso a la fiesta languideciente por el alcalde en persona, que se interesó por mi estado antes de partir en su coche oficial. Raúl me prestó su hombro como muleta para que avanzara hacia el patio interior de la casa. Se había encendido un fuego donde se freían morcillas y chorizo. Aún había gente con ganas de seguir comiendo y bebiendo, incluso bailando pese a que la orquesta había partido y ahora se escuchaba a un pinchadiscos aficionado que tampoco conocía esa canción que explica lo duro que es vivir sin ti. Bárbara, a la luz del fuego, se acercó hasta mí y me preguntó por mi pie, que al fin y al cabo podía ser el principio para interesarse por el resto de mí. Se había cambiado. Llevaba un vestido corto que se sostenía sobre sus hombros con un fino hilo. Recordé su gusto por la ropa antigua, sus recorridos por los mercados más rancios para encontrar zapatos, faldas, abrigos que escaparan a la moda. Su esmerada decisión de vestir como nadie más. Su conseguido estilo personal.

–¿Quieres comer algo?

–Me han dicho que tenga el pie en alto, cosa difícil estando de pie.

Me acompañó hasta una silla. Ella permaneció a mi lado, sin sentarse.

–He hablado con Claudio –me informó–. Hemos decidido que os quedáis esta noche y mañana ya buscaremos un tren o algo.

–No, no, ya he molestado bastante.

–Aquí hay sitio de sobra.

Secretamente me decepcionaba amar tanto sin ser correspondido y no morirme por ello.

–Bárbara, me gustaría echarme en algún sitio.

–Claro que sí.

Fue en busca de Carlos, que me guió hacia la casa. Me despedí con un gesto de Claudio, Raúl y Blas, sumergidos de nuevo en la fiesta. Bárbara caminaba al lado del hombre de su vida, que no era yo sino quien me sujetaba. Pude subir las escaleras a salto de pata coja, con la mano aferrada a la barandilla. Llegamos al piso tercero casi mil escalones después, con lo que mi pie sano estaba peor que el otro. Abrieron una gruesa puerta de madera y descubrí un cuarto sencillo con dos camas altas. El colchón era de lana y cuando me eché sobre él fui engullido. Carlos levantó mi pierna escayolada y la posó sobre la cama. Me colocó debajo una almohada. Bárbara me tapó con una colcha que agradecí pese al calor, presa de escalofríos. Le sujeté la mano por la muñeca. Deslicé mis dedos hasta sus dedos largos, dorados por el sol, topé con un anillo elegante, con una piedra ámbar discreta. Nuestro amor era pálido, por eso nunca estuvimos en playas, sino más bien en cines o en calles lluviosas. Ahora descubría que ansiaba la aventura, el sol, las avionetas, los concejales, los anillos de compromiso. O quizá era sólo la búsqueda del contraste conmigo. Las mujeres son así.

—Perdonad los dos, os he jodido la boda.

—¿Qué dices? Para nada. —Ella se volvió hacia Carlos.

—En absoluto.

—Quería deciros que ojalá seáis muy felices, bueno todas esas cosas...

—Venga, tienes que descansar.

Bárbara recuperó su mano, que yo aún retenía. Descendió de la cima de su montaña de felicidad para regalarle un beso a mi mejilla izquierda, cerca de la comisura de mis labios.

—Duerme, Solo —con lo que también podía estarme recordando que dormía solo.

Me abandonaron. Escuché a la felicidad descender las escaleras con sus cuatro piernas. Mañana será otro día, pensé, y es prácticamente imposible que sea peor que éste. Mañana no beberé, ni me romperé tres dedos del pie, ni se casará con otro hombre la mujer que amo. Casi daban ganas de vivir. La música, que se había modernizado y juvenilizado, llegaba hasta mi ventana. Me canté una nana para dormir a hombres desgraciados, una nana que me ayudara a dormir, que no me recordara lo duro que es vivir sin ti.

*   *   *

Se suele producir el equívoco de envidiar a los gatos por el mero hecho comprobado de que poseen siete vidas. Es un error. Es sabido que el gato feliz es siete veces feliz, pero el gato desgraciado es, a su vez, siete veces desgraciado.

(De *Escrito en servilletas*)

11

Ignoraba qué hora era cuando desperté. Fuera aún pugnaba por amanecer. Bajo la escayola me hormigueaba la piel. A mi derecha el ronquido tenaz e inconfundible de Blas. Volví la cabeza y lo encontré al borde de la cama gemela con Raúl a su costado. La mano de Blas colgaba fuera del colchón y se agitaba cuando alteraba el ritmo de los ronquidos. Daba la impresión de dirigir su propia orquesta. Pero el ruido que me había despertado no era ése, provenía de la habitación contigua. Se trataba de un sonido metálico constante. Alguien estaba haciendo el amor sobre una cama desengrasada. Escuché una voz de mujer que rugía, conteniendo a duras penas los jadeos de placer. Pronunció un nombre, Carlos, y lo hizo con pasión. Permanecí inmóvil y escuché de nuevo el mismo nombre. Me incorporé en la cama. Carlos. Pero no era la voz de Bárbara. No eran los recién casados inaugurando un nuevo estado civil de hacer el amor. Saqué el pie sano y detrás el escayolado fuera de las arenas movedizas del colchón de lana. Apoyado en la pared blanca me deslicé hasta el otro lado de la puerta, con pequeños saltos que quería creer sigilosos.

La puerta contigua estaba entornada. Del interior llegaban los jadeos y el cadencioso dentelleo del somier. Me asomé con el pálpito incierto de que podría descubrir algo que cambiara mi suerte, la traición de Carlos. La mujer estaba a horcajadas, cabalgando sobre el hombre. Llevaba el vestido de novia de Bárbara, pero no era ella. La mitad del cuerpo rebosaba desnudo fuera del traje de gasa. Reconocí a la madre de Carlos, con su pelo teñido de rubio, sus pendientes de lujo y su cadera rotunda. Cada una de sus piernas se desbocaba por un lado del colchón con los zapatos de fiesta aún calzados. Reconocí su voz, sus gemidos.

–Carlos, así, Carlos, Carlos.

Y entonces la inconfundible voz de Claudio surgió de debajo de la frágil tela del vestido de novia.

–Me llamo Claudio, Claudio.

Pero ella volvió a repetir el nombre de su hijo y cuando se desvaneció sobre el cuerpo de Claudio-Carlos me retiré de un salto. El suelo crujió bajo mis pies. Regresé a mi cuarto aprovechando el estruendo de ropas y muelles que se produjo cuando se incorporaron al creerse descubiertos. Me tumbé de nuevo todo lo aprisa que pude. Ahora comprendía la razón por la que Blas y Raúl habían de compartir la cama, para cederle la intimidad a Claudio. Luego supe que la idea del vestido de novia había sido un capricho de Claudio, aunque acogida con entusiasmo por la madre de Carlos, que lo descolgó de la percha cuando los recién casados dormían. No le acababa de entrar, pero tampoco Claudio era exactamente quien ella pretendía que era, así que los dos se limitaron a saciar las fantasías del otro.

Tumbado en la cama, dejé correr el tiempo. Oí los pasos de la madre de Carlos cuando escapaba de la compañía de Claudio. Me palpitaban las sienes. Recordé entonces, no sé a ciencia cierta cuál era la conexión, el día que le presenté a Bárbara una chica con la que salía después de clausurados definitivamente nuestros diecinueve meses y veintitrés días. Una fría conquista que no me duró demasiado. Claudio la apodaba Miss Bostezo 1996. Le pregunté a Bárbara si sentía celos al verme con otra y ella aseguró que lo único que pensaba es que merecía algo mejor. Hablábamos a veces, mientras ella permaneció en el periódico. Luego decidió centrarse en la fotografía y comenzó a trabajar para una agencia de publicidad y nuestros encuentros y nuestras llamadas se fueron espaciando. De tanto en tanto coincidíamos en algún bar, como aquella ocasión en que completamente borracho me empeñé en besarla otra vez, entre otras cosas para demostrarle que había adquirido una nueva habilidad, un beso prodigioso. En realidad era el mismo beso de siempre, pero con la pasión de intuir que sería el último. Ella me dejó hacer y luego se separó. Había sido la última vez que nos besamos, fue tan sólo una propina.

Cuando temía descubrir que seguía enamorado de ella, probaba a tapar las grietas con otras chicas, con la mayor cantidad de diversión en el menor tiempo posible. Claudio me decía que las pollas nunca miran hacia atrás, sino siempre hacia delante, con ese su estilo delicado de expresar los grandes pensamientos. Entonces, si me invadía la nostalgia de Bárbara, si me sentía extraño junto a otros cuerpos en los que no reconocía sus muslos, sus labios, su ombligo, me convencía a mí mismo asegurándome que también guardaba recuerdos de Sonia, mi primer amor, aquella chica que me dejaba untarle los senos con nocilla y lamerlos, cuando apenas éramos dos críos. Nunca hicimos el amor, pero engordé seis kilos. O también creí enloquecer por Belén, hasta el punto de traicionar a Claudio, que salía con ella en esos días. Traición, sí, por mucho que ella me asegurara que de haberme conocido a mí antes nunca se habría enrollado con él. Traición que sólo superé cuando en una madrugada fui capaz de confesársela a Claudio y él zanjó con una frase hecha: «Qué mejor honor se le puede hacer a un amigo que robarle la mujer.» O también Manuela, la hija de un íntimo de mi padre, a la que escribí cartas de amor tan encendido que tuvo que ponerse gafas. Siempre creí que se debió a mi literatura el espectacular aumento de su astigmatismo. O Blanca, una compañera de mi hermana que me dio clases particulares de latín. Ella pasaba la hora completa sentada encima de mi mano, que yo alojaba cuidadosamente sobre su silla. Los dos fingíamos no darnos cuenta del detalle, en especial yo disimulaba mi principio de gangrena. O Pili, una documentalista del periódico que se gastaba el sueldo en lencería y me obligó a grabarle cerca de sesenta horas de vídeo con sus pases de modelo. O Adoración, a quien sólo le excitaba hacerlo en lugares concurridos o en los cines, siempre que proyectaran películas de Mel Gibson. O Eva, que cuando yo intentaba llegar algo más lejos siempre me pedía tiempo, dame tiempo, y nos limitábamos a intercambiar dulces besos hasta que me descubrí cuatro caries y como insistía en repetirme dame tiempo, acabé por concederle todo el tiempo del mundo. O Inés y Alicia, que jamás repararon en mí por más que en su día lograron desvelarme de deseo. O Vicky, aspirante a actriz venida de Valencia, con la que llegué a convivir veintinueve días bajo el mismo techo, hasta que me harté de despertar cada mañana con sus ejercicios de voz y su preciosa anatomía dejó de excitarme por más que tomara clases diarias de expresión corporal. Por todas sentí esa cosa llamada amor. Y en todos los casos el dichoso amor se fue borrando como pisadas en la arena. ¿Por qué Bárbara habría de ser diferente? ¿Por qué lo era?

Recordé también nuestra última conversación por teléfono. La última vez que me atreví a llamarla. «Oye, Bárbara», le pregunté, «¿tú qué haces cuando piensas en mí?» Se rió al otro lado de la línea y respondió tras un instante: «Pienso en las cosas buenas y me alegro de haberte conocido.» Cuando noté que no estaba sola, proseguí con ciertas vaguedades y finalmente colgué. Eran las tres y cuarto de la madrugada. La siguiente oportunidad en que nos vimos fue en el periódico, cuando me anunció su boda.

Debí dormirme otra vez porque el sol estaba alto cuando recuperé la conciencia de mi boca seca, mi resaca triste, las terribles ganas de abrazar a Bárbara. El rugido de un motor entraba por la ventana. Me asomé sujetándome al marco, sin despertar a Blas y Raúl. La avioneta se había puesto en movimiento sobre el prado cercano. Tomó velocidad y se levantó sobre la hierba. Giró al oeste, describió una parábola y desapareció de mi vista. No había podido distinguir el rostro de quien pilotaba. Permanecí largo rato con la vista posada en la estela de la avioneta.

Raúl se sentó sobre el colchón. Alargó la mano para coger sus gafas. Se calzaba los zapatos. Blas se había tumbado de boca contra la almohada.

—¿Qué tal el pie? —se interesó Raúl.

Me encogí de hombros. Acercó su bolsa y sacó una camisa arrugada y sin desabotonar. Se la introdujo por el cuello.

—Anoche, Claudio...

—Ya lo oí —respondí a su seña hacia la habitación contigua.

—Le gusta el riesgo al cabrón. Con la madre...

Se puso de pie. Cogió su bolsa elefantiásica y se la cargó al hombro.

—¿Te vas?

Asintió.

—¿Adónde?

—A casa de Elena. Anoche hablamos.

—Pero, te vas sin...

—Me bajan a la estación con otros invitados. Hay un tren para Zaragoza a las once.

Le miré con una interrogación pintada en los ojos. Significaba aquello el final de nuestro viaje, la última legua de nuestra aventura.

—No les digo nada a éstos porque prefiero irme sin...

—Pero...

—Tengo que irme, Solo... Tú tienes el pie jodido, ¿adónde vamos a ir? Y mi sitio...

No pensaba retener a Raúl por mucho que él sembrara su decisión de puntos suspensivos para que yo lo intentara. No iba a retomar nuestra estrategia contra su matrimonio, sus gemelos. Comprendía que por muy espantosa que le resultara su vida, era la suya, de nadie más. Al menos en el circo de su boda interpretó al novio, no podía reprocharle nada. Era lo único que tenía, siempre mejor que nada. Podía entenderle. Me dio un abrazo y me dijo que me mejorara. Quise desvanecer el olor a despedida. Le recordé que nos veríamos en Madrid al regreso del verano. Asintió con la cabeza. Antes de salir del cuarto se volvió para decirme:

—No sufras mucho.

Fue una recomendación de amigo. No sé si Elena era la mujer de la vida de Raúl o un tropezón insuperable en su camino. Era él quien había de decidir. Nosotros, Blas, Claudio y yo, sólo podíamos estar a su disposición con nuestras ganas de pasarlo bien cuando las teníamos.

Saqué otra camiseta de mi bolsa que debían de haber subido Blas o Raúl la noche anterior. El grueso libro del gasolinero estaba desencuadernado en el interior. «¿De qué me sirven todas las gasolineras que poseo si no tengo el amor de la mujer que quiero?» El dolor en el pie se escondía detrás de un picor constante. Aun así eché mano de uno de los analgésicos que me había recetado el médico de urgencia.

Bajar las escaleras fue tarea de riesgo en la que empleé casi el resto de la mañana. En el piso intermedio busqué un baño donde lavarme la cara y tratar de quitarme los restos de whisky de entre los dientes. Fue una excusa para abrir todas las puertas de la planta y curiosear. El dormitorio de los padres con cortinones rojos y un retrato de su boda. El dormitorio de los recién casados era un revoltijo de ropa, la cama deshecha, sábanas por los suelos. O una noche apasionada o una salida con prisas. Localicé el lado del colchón donde había dormido Bárbara y pasé mi mejilla por él. Aspiré profundamente. Entré en su baño y me pasé una toalla húmeda por los sobacos y la entrepierna. Me lavé la cara y me empapé el pelo. Bárbara seguía fiel a sus colonias, a su champú y jabón habituales. Ojalá en todo hubiera guardado la misma fidelidad.

Atenuado en cierta medida el martilleo de mi cabeza, reuní fuerzas para el último tramo de escaleras. En el salón se apreciaban aún los efectos de la fiesta. Los camareros del día anterior recogían las últimas mesas, con una furgoneta aparcada a la entrada. El padre de Carlos regaba con una manguera el césped pisoteado del jardín que ahora parecía aún más grande. Para evitar que me empapara, tuve que saltar hacia un lado. Me dirigió un gesto.

—¿Y todo el mundo? —pregunté más que nada por iniciar una conversación.

—Se fueron.

Ahora por primera vez caí en la cuenta de su acento gallego. No le añadía ninguna simpatía al personaje. La hierba estaba inundada de manzanas caídas de un árbol. Tropecé con un rastrillo y lo alcé. Me serviría de muleta. El padre me advirtió mientras echaba a andar.

—Ahora lo voy a utilizar.

—¿El rastrillo?

—Pues claro.

—¿Quién se ha ido en la avioneta?

Se encogió de hombros.

—¿Los novios?

Asintió con vaguedad. Me alejé con el rastrillo bajo el brazo. La avioneta debía de haber tomado un romántico rumbo. Al lujo uno se acostumbra con facilidad, es a la vida miserable a la que cuesta habituarse. De eso podía yo opinar. Caminé hacia la casa y de algo que podría ser la cocina surgió la madre de Carlos. Tenía un aspecto estupendo, ni rastro de la agitada noche. Supuse la euforia glandular de cincuentona bien follada.

—Tu amigo ya se fue.

—¿Raúl?

—Sí, el feúcho.

Claudio debía de ser el guapo. Blas el gordo. Yo el imbécil.

—Siento lo de ayer, menuda lata les di —le dije para empezar a lavar mi imagen.

—Uy, hijo, a mí me ganaste con lo del discurso...

—Creo que bebí más de la cuenta.

—Todos lo hicimos. Un día...

—... es un día —le ayudé.

—A dormir se ha quedado más gente, pero ya se están marchando. Vosotros no tengáis prisa. A mí sola con mi marido se me hace la casa enorme.

Por detrás de nuestra conversación llegó la madre de Bárbara.

—¿Y ese pie cómo va? —se interesó.

—Ya ve. Tres dedos rotos. Podría haber sido peor.

—Tres..., debió de ser un golpe tremendo.

—Bueno, la piedra estaba en el sitio exacto y luego mi pie hizo el resto.

—El deporte es una maldición —opinó la madre de Carlos—, estoy segura de que esta generación joven, con tanto deporte como hacen, terminarán por morirse mucho antes que nosotros.

—Yo ya me he retirado —señalé mi pie escayolado y me volví hacia la madre de Bárbara—. ¿Se queda muchos días?

—No, esta tarde hay un tren a Madrid.

—Yo le digo que se quede... —apuntó su consuegra.

—Hombre, aquí no hace el calor de Madrid —dije.

—No me gusta el campo —explicó la madre de Bárbara apartándose de la frente el pelo entrecano—. Echo de menos todo lo malo de la ciudad.

Ella no se había teñido de rubio platino para quitarse unos meses como la madre de Carlos, ni poseía esa voracidad vital, y sin embargo, tras esa paz que destilaba, uno intuía un mundo.

—Nosotros también nos vamos esta tarde —les informé—, en cuanto se despierten los otros.

—No hay prisa, no hay prisa —insistió la madre de Carlos. Levantó la vista hacia su marido—. ¿Y ese pelmazo qué hace regando a pleno sol?

Me quedé en silencio, a solas frente a la madre de Bárbara cuando nuestra anfitriona se refugió de nuevo en la casa, según ella para huir de la discusión. Busqué algo que decir, pero no lo encontré. Quizá no hiciera falta. Ella sabía lo que me pasaba. Supongo que para evitarme un mal rato, me preguntó por mis padres. Le dije que estaban de vacaciones. Poco más sabía de ellos. Imaginé la cara de mi padre cuando descubriera la pierna escayolada. Una sonrisa altiva, un comentario brillante sobre su perfecto estado físico.

—¿Sigues en el periódico?

—No, lo he dejado.

—¿Ah, sí? ¿Y qué haces ahora?

—Eh, bueno, aún no lo sé. Quiero pensarlo. Escribir, supongo.

—Me parece muy bien. ¿Tienes novia?

—¿Eh? —La pregunta me obligó a aferrar el rastrillo con fuerza—. Ahora no.

El silencio volvió a posarse sobre nosotros. Vino a rescatarnos el ruido de un coche que estacionó junto a la puerta de entrada.

—Debe de ser Bárbara —intuyó la madre.

Me cambió la cara. Ella lo notó.

—Pensé que se había marchado en la avioneta. De luna de miel...

—No, es Carlos. Así va a la ciudad. Tenía trabajo.

—Ah.

Nos volvimos hacia la puerta para comprobar cómo Bárbara la empujaba y entraba en nuestros dominios. Llevaba el pelo recogido en una cola de caballo, los pantalones vaqueros, una camiseta blanca inmaculada, como si fuera un recorte del traje de novia. Me alegraba saber que ya no vestía únicamente de negro.

—Anda, quién está aquí. ¿Cómo va ese pie?

—Sirve para todo menos para andar.

—¿Duele?

—No mucho. Sólo cuando pienso en él. Pica.

—Necesitarás un palito o algo así para rascarte.

Y los dos pensamos que la conversación era estúpida.

—Vengo de llevar a Raúl al pueblo. Cogía el tren de las dos.

—Os dejo. —La madre de Bárbara se deslizó discreta.

—Está serio Raúl —observó Bárbara.

—La paternidad, supongo. No sé. No pasaba una buena época. Ninguno la pasamos, pero él se siente muy controlado.

—El matrimonio, dilo... —me retó ella.

—No, no. Yo no digo nada. Eso tú.

—Yo acabo de empezar, aún no tengo opinión.

—Bueno, si lo recomiendas ya me avisarás.

—Para ti no sé si funcionará.

—¿No me imaginas casado?

—Sí, no sé. Tampoco me imaginaba a mí.

—Supongo que aparece alguien y te convence. Eso es lo que yo estoy esperando. —Me alcé de hombros.

—Tú ya sabes que a mí no me va eso de los contratos, pero si al otro le hace ilusión... Es una fiesta, nada más. Al día siguiente vuelves a ser la misma persona y el otro también.

—Todos escondemos un lado convencional —lo dije para provocarla—. Boda, hijos, familia, trabajo.

—Menos tú, claro.

Demasiado tarde en la mañana para un duelo.

—No, yo soy la persona más convencional del mundo, pero a mí manera. No tengo mujer ni familia ni trabajo. Pero mañana puedo encontrar a alguien, no sé, como Carlos, en mujer, claro, y cambiar. Convertirme en...

—En alguien como yo.

—No lo digo en sentido negativo. Se te ve muy feliz.

—Lo estoy.

—Las historias de amor...

—¿Sí? —me interrumpió no sin cierta agresividad.

—No, que nunca sabes dónde vas a terminar...

El padre de Carlos vino hacia mí con gesto amenazante.

—Necesito el rastrillo.

Me lo arrebató de debajo del brazo. No imaginaba lo que iba

a agradecer tener que reclinarme sobre el hombro de Bárbara. Recostarme en él, plegar su escote, permitirme ver el comienzo de sus senos recogidos.

—Creo que le caigo muy bien.

—Nadie le cae bien.

—Es lo malo de la gente rica —opiné—. No están obligados a disimular, como los demás. Tú ya te habrás acostumbrado, pero yo no puedo. Dicen que la riqueza es contagiosa, estás un rato con un tío rico y ya te crees rico, te comportas como ellos.

—Os quedáis a comer, ¿verdad?

—No creo que éstos quieran.

—Si todavía no se han despertado.

—Estaréis cansados de visitas.

—No.

—¿Y tu marido? Volverá agotado en su avioneta, no esperará encontrarme aquí. Por cierto, lo de la avioneta, ¿no te da miedo?

—¿Has volado alguna vez? —me preguntó con luz en el rostro.

—¿Ves lo rápido que se contagia? Qué cojones voy a volar yo. ¿Cuándo habías volado tú antes de conocer a un rico?

—No seas..., no quiero discutir.

—Antes te gustaba la gente que ni siquiera sabía conducir. Te parecía elegante. Cuéntame, ¿dónde te conquistó? ¿En la avioneta? ¿En el yate? ¿En el jeep? ¿O fue el hecho de que se dedicara a la política? La erótica del concejal. Baudelaire tenía razón: el único amor sincero es la prostitución.

—Me estás insultando.

—No era mi intención.

—Pues lo parecía. Mira, Solo, aquí he descubierto muchas cosas. Me gusta estar fuera de la ciudad, cosas que no conocía...

—Claro, primero te alejas de la gente y un rato después la gente te parece una mierda. Es la suerte de los que se pueden alejar. Los que no nos podemos alejar de la gente nos la comemos con patatas, joder.

—No lo quieres entender.

—El ocio termina por ser un modo de vida. No te veo, Bárbara. No eres la que conocía.

—Ven.

Bárbara se había dado la vuelta algo enfadada. Caminé a su lado, mi mano sobre su hombro. Atravesamos una puerta y al final del pasillo descendía una escalera hacia el sótano. Eran cuatro escalones de madera, pero imposibles para un minusválido como yo.

—No pensarás que voy a bajar por ahí. ¿Qué es eso? ¿Mi tumba?

Bárbara me acarreó en sus brazos y descendió hacia la oscuridad del sótano.

—¿Te metió él ayer así en el dormitorio? —le pregunté—. Qué excitante. Si me caso alguna vez quiero ser la novia, la verdad es que la novia roba todo el espectáculo, tú estabas magnífica, en él casi no me fijé. Las bodas deberían ser sólo con las novias...

—Cállate ya.

Me posó en el suelo con violencia controlada. Bárbara siempre había tenido músculo. Desde su época de jugadora de baloncesto. En las discusiones siempre se arremangaba y me mostraba sus brazos, como mera advertencia. Si había que mover un sofá, subir pesadas bolsas de la compra podía delegar en ella. En nuestra pareja ella era la fuerza, la inteligencia y la belleza.

Abrió la portezuela del sótano. Prendió una luz roja. Se trataba de un pequeño pero bien instalado laboratorio fotográfico. La luz roja se posaba sobre Bárbara como una caricia. Cubetas, positivadora, el olor a ácidos. Mi cabeza topó con una cuerda para tender a secar las fotos.

—Me he instalado aquí. Voy a volver a hacer fotos. Ahora en serio.

—Pero ¿vais a vivir aquí?

—La mayor parte del año.

—Esto está perdido del mundo —dije.

—Por eso. Me apetece.

Envidié los árboles del bosque, el camino que Bárbara desandaría en los días cortos con un jersey de lana, incluso envidié a la soledad por abrazarla cuando no hubiera nadie a su alrededor.

—Te aburrirás en tres días.

—Eso quiero. Por una vez. Aburrirme hasta que no pueda más.

—Y todo el día sola, porque el concejal...

—Exacto.

Nunca sospeché del deseo de Bárbara por desertar del asfalto, abandonar el ritmo de la ciudad y retirarse poco menos que a ver crecer las lechugas lejos de la civilización. Era un asomo místico desconocido, quizá había cambiado tanto que no fuera la misma persona que yo conocía.

—¿No te habrás hecho budista?

—No, ¿por qué?

—Este retiro espiritual.

Estaba de acuerdo en que Madrid se había convertido en una ciudad agresiva, pero formaba parte de sus virtudes.

—Además tenemos casa en Lugo.

—¿Lugo? ¿A eso le llamas ciudad? Con todos los respetos...

—Es un momento en la vida, no te digo que mañana no renuncie.

—Empezar de cero. Ya lo veo. Con la cuenta corriente llena, eso sí.

Me apoyé sobre la mesa para que descansara la pierna.

—Tú también lo has dejado todo, ¿no? —me recriminó.

—A mí ha sido todo lo que me ha dejado, tú incluida.

—Yo no te dejé, te lo recuerdo.

Revolvió entre su material, sin ánimos para enfrentarse con mi mirada. Me mostró una foto de una flor salvaje.

—¿Te gusta?

—Mira, Bárbara, se empieza haciendo fotos de flores y se acaba yo qué sé, dándose a la bebida.

—No seas cínico. Cinco minutos por lo menos.

—¿Que no sea cínico? Qué me estás pidiendo. Para ti es muy fácil no ser cínica, recién casada con el hombre perfecto, feliz con su avioneta, dos semanitas en el Caribe. Así es muy fácil no ser cínico. Bárbara, yo te he conocido con los pies fríos en un apartamento de mierda, madrugando para no perder el peor de los trabajos. Ahora es muy cómodo decirme que no sea cínico. Si no lo fuera me pegaría un tiro. A mí no me puedes convencer de que ésta es la vida que soñabas, de que yo voy a encontrar lo que busco, porque ni siquiera sé lo que busco, en eso creía que me parecía a ti, pero ahora descubro que sabías perfectamente lo que buscabas y era esto.

—A lo mejor sí. A lo mejor ésta es la vida que soñaba.

—No me lo creo.

—La gente cambia, Solo.

—Nadie cambia. Se acostumbra, como mucho.

—¿Por qué dices eso? —Bárbara se mostró herida, en cierta manera acorralada—. Claro que cambiamos, Solo. El tiempo pasa, renuncias a cosas, te das cuenta de otras. ¿Sabes cuántos años tengo?

—Sí. —Era un año mayor que yo.

—A lo mejor no me quiero pasar la vida haciendo lo mismo que hasta ahora.

—Vale, pero él, ¿qué pinta? ¿Qué pinta él? —Señalé hacia arriba, hacia el cielo por si nos escuchaba desde su avioneta.

—Parece mentira... ¿No crees que esté enamorada de él? ¿Tan poco me conoces?

—Te conocía. Has cambiado..., o eso dices.

—No, Solo. Si estoy con Carlos es porque le quiero. Porque me sorprende por las mañanas, porque me habla de cosas que desconocía, porque me llena la vida, porque es generoso, porque noto que me mira de un modo especial, porque me da ganas de vivir, porque es divertido estar con él, porque me siento bien, confiada, porque puedo ser yo, porque no estoy en tensión por si meto la pata y él me observa con ojos críticos, porque le espero cuando no está, le echo de menos... ¿Debería sentirme culpable por eso?

Enmudecí. Bárbara estaba sonriendo, pero al tiempo sus ojos se habían humedecido. Hablaba con sinceridad, con esa manera tan peculiar de abrirse. Me hería su intimidad y sin embargo me esmeraba por conservar la mirada fría, esa mirada crítica que ella parecía temer tanto en mí cuando nos queríamos, esa mirada exigente, nada generosa, cuando los que te hablan sólo necesitan asegurarse de que sientes algo. Cuánto me parezco a mi padre. Me repelía, en el fondo, presenciar las sensibilidades a flor de piel. Mi atención viajaba por los reflejos rojizos sobre el pelo de Bárbara, en su tez de terciopelo, en el movimiento de sus labios mientras hablaba. Tendí una mano insegura para asirle la muñeca. De nuevo sus uñas grandes y rosadas. Quise transmitirle mi porción de sinceridad, esas cosas que ella sabía y que yo nunca sería capaz de decir. Es mi carácter. Igual que el de ella pasaba por afrontar la verdad sin complejos, sin miedos, decirla como un arma y como un escudo.

–¿Y yo, Bárbara, dónde me he quedado en todo esto?

Se encogió de hombros. Prefería no hablar.

–Yo nunca te he hecho sentir así, ¿verdad? Como te sientes con él.

–Pues claro que sí.

–¿Tan lejos estamos ahora?

–Lo nuestro acabó y acabó mal. Ahora ya no somos los mismos, no estamos en el mismo sitio. Ha pasado el tiempo, Solo. Aquello duró pero...

–Diecinueve meses y veintitrés días.

Sonrió ante mi precisión. Negó con la cabeza.

–Tú no me querías a tu lado.

–Yo no sabía lo que quería.

–Yo me enamoré de ti. –Levantó sus ojos hacia los míos–. Y lo pasé tan bien... Me fascinaban muchas cosas de ti, pero tu cabeza funcionaba demasiado deprisa. Recuerdo una noche que te llamé a casa desde la redacción y viniste corriendo porque te dije que se había muerto River Phoenix y te echaste a llorar y no había forma de pararte y también me acuerdo de cuando te declaraste y me dijiste que nuestro amor era para toda la vida aunque terminara un segundo después, que ese momento no se rompería nunca, tantas cosas dijiste. También me acuerdo de cuando te fuiste de casa, con esa indolencia, de cuando me llamabas o me encontrabas por ahí y lo único que querías era que echáramos un polvo y lo echábamos. Lo jodimos, Solo, los dos. No sólo tú. Yo también, con todos mis defectos.

–Sueño con tus muslos, Bárbara, con tu manera de hablarme, de no reírte conmigo. Me gustaría que me necesitaras y yo te pudiera dar lo que buscas. Ahora sé que somos complementarios, tú eres maravillosa y yo soy un horror.

–Guardo las notas que me dejabas cuando salías a cualquier lado, las cartas. Me acuerdo de todo...

–Ven conmigo, vuelve a estar pálida, vuelve a dormir conmigo. Aquello era la felicidad.

–Exacto, Solo, pero cuando tú ves acercarse a la felicidad echas a correr.

—No es verdad.

—Sí es verdad. La felicidad te da grima, te parece un sentimiento estúpido, me lo dijiste un día.

Bárbara recordaba con precisión lo que le confesé un día. Desde niño tenía la sensación de que sólo gracias al inconformismo se podía vivir. Que felicidad quería decir imbecilidad. Le expliqué que de pequeño tenía la necesidad de romper mis juguetes favoritos cuando sentía que me eran imprescindibles, que no podría levantarme al día siguiente y no tenerlos, entonces los pisoteaba, los tiraba por la ventana, no soportaba la idea de que un día se me rompieran sin querer, me desaparecieran. Sostenía que yo había de ser amo de mis propias desgracias. La felicidad era un lugar hacia el que era imprescindible viajar, pero nada aconsejable llegar.

—Sigo pensando que no es posible la felicidad completa...

—No me refiero a eso. Cuando las cosas van bien tú te encargas de torcerlas.

—De joderlo, vale, lo acepto. Bárbara, ayer te vi y supe que quería casarme contigo.

—Porque me estaba casando con otro, de haberme estado casando contigo habrías querido desaparecer.

—No, es algo que me dice que quiero pasar contigo el resto de mi vida.

—Tú eres incapaz de pensar eso. Y yo también. Eso sí que me lo contagiaste. Yo sé que mañana puede acabarse todo, pero me da igual.

—Hay que apostar, Bárbara —le rogué más que desafié.

—Yo ya he apostado, ahora quiero estar aquí. Mañana...

—Ven.

Elevé mi mano hacia su nuca y la atraje hacia mí. Su pelo golpeaba contra el dorso de mi mano. Opuso una más que discreta resistencia, pero un pie cedió y acercó su cuerpo al mío, que aún mantenía reclinado sobre la mesa. Atrapé su boca con mi boca y la besé. Ella no se rindió, pero tampoco escapó. Besé sus labios pasivos, penetré su boca ofrecida, inmóvil. La sentí temblar junto a mi cuerpo y llevé otra mano a su espalda sin separar nuestros labios. Ensayé una declaración de amor que se transmitiera por nuestro contacto sensible, cerré los ojos para decirle todo lo que guardaba dentro. Mi mano se asomó bajo su camiseta para volver a palpar su piel. Se deslizó hasta la cinta del sujetador y luego se arrastró por el costado hasta la cintura. Exploró bajo el elástico, surcó su contorno, escaló sus costillas y la acerqué aún más hacia mí, como si pudiera lograr así que pasara a formar parte de mi cuerpo. Solté la goma que recogía su pelo y lo dejé caer y lo acaricié. Separé levemente mi rostro para espiar sus ojos, abiertos y negros, opacos para mí, como los cristales de la limusina. Lo de dentro era un lujo reservado, desconocido, escondido. No decían nada, pero no negaban nada. Sentí que me deseaba y me atreví a soltar el botón de su cintura e introducir mi mano. Ella la detuvo con una presión sobre la muñeca. Retrocedí. Dije su nombre en voz muy baja, lo pronuncié en todas las variedades posibles junto a su oído. Entrelacé sus dedos con los míos y le pasé la palma sobre mi cintura, sobre el bulto entre mis piernas. Quería que estuviera al corriente de los grados de mi pasión. Me sentía más ligero con el peso de su cuerpo sobre el mío, con su respiración acompasada a la mía. Ella dejó su mano donde yo la había acompañado y luego la introdujo bajo mi ropa. Su pelo se enroscaba en mis labios y ella con la mano libre lo desplazó tras la oreja y le besé la oreja y el pendiente de plata, y su mano, en un mínimo espacio, sujetó con fuerza y comenzó a masturbarme con el lento pero tenaz esfuerzo de su muñeca. Y volví a recorrer la piel de su culo y a buscar el lugar preciso para empujar de ella hacia mí, hasta casi sostenerla en vilo. Y sentía su mano en el espacio rojo, con el olor de Bárbara apagando el olor a fijador y líquidos químicos. Dejé mi cabeza caer hacia atrás pero ella no me siguió. Permaneció con su cuello erguido y tuve miedo de mirarla. Mantuve cerrados los ojos y cuando los abrí un instante descubrí que Bárbara sostenía los ojos bajos, pendiente de su mano, que su mano quería terminar y ella quería terminar conmigo.

La aparté con fuerza, con mis dos manos sujetándola por los hombros. Ella me soltó. No nos tocábamos ni nos mirábamos, pero yo dije:

—No he venido hasta aquí para que me hagas una paja.

Ella no se echó atrás.

—Parecía que sí.

Hay pajas que pueden ser como bofetadas, igual que hay bofetadas que saben a besos. Dentro del espacio limitado colgaba la bombilla roja. Bárbara consideraba que mi polla y yo éramos la misma persona, se olvidaba de que éramos independientes, con intereses distintos. Una victoria suya podía ser una derrota para mí. Hubiera preferido una bofetada. Me clavó los ojos. Atisbé una duda bajo la luz roja.

—No te he oído decir que ya no estás enamorada de mí —dejé caer.

—Tienes la asombrosa virtud de hacerme sentir como una mierda —dijo ella, y sus ojos se volvieron cuchillas húmedas.

Mi estampa patética de tullido, la cremallera bajada, no eliminaban su propia pequeñez, sus ganas de huir. Aún nos podíamos hacer mucho daño. Y ninguno de los dos quería hacerle daño al otro. Llegaron del exterior los gritos que nos llamaban a comer.

—Estoy embarazada, Solo —me susurró Bárbara, y al hacerlo escaparon sus lágrimas como perlas—. Estoy embarazada de dos meses.

Y Bárbara no soportaba que yo la viese llorar, así que dio media vuelta y subió las escalerillas hasta el piso superior. Me quedé solo, abandonado a la luz roja. Fui deslizándome hasta caer sentado sobre el suelo de cemento. Aturdido.

Bárbara y yo también estuvimos embarazados. Aún no compartíamos el apartamento cuando el cartoncillo de la farmacia se tiñó de rosa en el baño de casa de su madre. Nos quedamos callados y luego nos abrazamos y nos enteramos de un sitio que ofrecía garantías. Antes de que transcurrieran dos semanas fuimos citados en la clínica y una enfermera serena y fea me dijo: «Lo mejor será que espere fuera, esto no es agradable.» Esperé en una sala minúscula a que me avisaran. Nos fuimos esa misma tarde a una habitación de hotel y pasamos tres días a solas. Ella sin moverse de la cama, yo subiéndole caldos del bar de abajo. Estábamos convencidos de que era lo mejor que podíamos hacer y al día de hoy, creo, ninguno de los dos nos arrepentíamos. Y ahora Bárbara estaba embarazada y supongo que esperaba de mi presencia en su boda el abrazo de un amigo, el cariño, los buenos recuerdos, la generosidad, todo lo que el amor, el puto amor, me impedía regalarle.

Estaba a punto de echarme a llorar. Probé a ponerme en pie. Me agarré al borde de la mesa y en mi afán por levantarme tiré una cubeta de fotos en blanco y negro. Se esparcieron por el suelo. Entre ellas había una que llamó mi atención. Salté y la recogí con enorme dificultad. Recordaba con precisión el instante en que fue tomada. Era yo, con un paraguas abierto y una pierna en el aire bajo el hilo de agua de nuestra mejor gotera en mitad del techo de la cocina diminuta. Era la foto de un hombre enamorado entre retratos de animales y flores.

Cuando llegué a la puerta acristalada que daba al jardín todos estaban sentados a la mesa. Blas se levantó y me ayudó a llegar hasta mi silla.

—Ya está aquí el tullido —me recibió Claudio.

Un perro pequeño y malencarado, con el aspecto de un contable rellenito, se subió de un salto al regazo de Claudio y los ojos de éste se iluminaron.

—Baja, Brighton —le ordenó su dueña, la madre de Carlos.

—Deje, déjele —dijo Claudio mientras el perro le olisqueaba la entrepierna con familiaridad.

Blas y yo percibimos la nostalgia de Sánchez en cada caricia de Claudio al perro. La madre nos explicó que estaba algo mayor y lo habían mantenido encerrado durante la boda, porque acostumbraba a morder a los extraños. Estaba en tratamiento psiquiátrico en Lugo, dos veces por semana, en una clínica canina. Claudio lo conservó en sus piernas durante toda la comida.

—Bueno, que conste que nos vamos a comer las sobras de ayer. —La madre de Carlos hablaba con furtivas sonrisas cómplices dirigidas hacia Claudio.

Había canapés resecos, carne algo dura, sombra de exquisiteces. El padre de Carlos me observaba desde la cabecera de la mesa con gesto serio. Alcé mis cejas.

—La verdad es que éste es un sitio idílico —dijo Blas con su inoportuno esmero por ser agradable—. Dan ganas de quedarse a vivir aquí, con esta tranquilidad.

—Tenemos que enterarnos del horario de trenes —recordó Claudio.

—Si vais a Madrid yo salgo en el de las ocho y media —advirtió la madre de Bárbara.

—¿Volvemos a Madrid? —preguntó Blas.

—Yo sí —respondí lacónico.

Claudio se encogió de hombros.

—Veo que os da igual —asumió el padre de Carlos.

—Estamos de vacaciones —se justificó Claudio.

—Claro, vacaciones. Yo a vuestra edad no sabía qué eran las vacaciones. Siempre había que ayudar con el ganado, los pastos. Vacaciones, qué buena cosa os habéis inventado.

—Batallitas no, eh, Agustín —advirtió su mujer.

—Yo no puedo hablar. Siempre que está mi mujer me manda callar, para ella los interesantes siempre son los otros.

—Hijo, yo me conozco tus discursos...

—Cada uno vive la época que le toca —alegó Blas.

—Eso sí. A vosotros os ha tocado una estupenda. Lo tenéis todo.

—Todo no. —Y clavé mis ojos en Bárbara—. Todo no.

—Pues casi todo. Hasta mi hijo es un zángano. Con eso de la política, ya me dirás. En un despacho el día entero.

Soportamos con estoicismo y bostezos la historia de su primer millón, cómo lo reunió dentro de una maleta y se lo llevó a su padre hasta una aldea diminuta. Su anciano padre le contestó: «¿Y para qué tanto?», respuesta que según él mostraba la ignorancia de la vida moderna por parte de aquel hombre y que a mí me resultó brillante. Al emperador del cemento le debíamos de resultar poco menos que tres desubicados sociales. Blas sacó a colación la carrera militar de su padre, algo que sí impresionó a nuestro anfitrión. Yo estuve a punto de recordarle la noche pasada, en la que Claudio también ejerció sus virtudes con su esposa.

—Mi hija, por ejemplo —continuaba—, fracaso escolar, falta de espíritu. Es como si no tuviera sangre en las venas. Eso sí, para divertirse no le faltan ganas. Vamos, espero que encuentre un marido que le saque las castañas del fuego, como mi mujer.

—Hombre, Agustín...

—Ahora me cuentas qué habrías hecho tú sin mí, querida. Que menuda vida te has pegado a costa de mis esfuerzos.

La madre de Carlos prefirió guardar silencio y negó con la cabeza. El padre me señaló amenazante con el tenedor.

—A ver tú, que tanto te reías con mi discurso ayer.

—¿Yo? —disimulé.

—Sí, tú, a ver, qué haces tú en la vida...

—Poca cosa —reconocí.

—¿Tienes trabajo?

—Ya no.

—¿Estudias?

—Tampoco.

—Vives con tus padres, claro.

—Ajá. —El padre se mostraba satisfecho con la estampa clara de mi inutilidad.

—Los chicos de ahora... —interrumpió la madre de Bárbara.

—No, no, sin abogados. Si quiere, que se defienda él solito. A mí me parece la foto exacta de un cara, de un jeta, de un inútil.

Bárbara me miró en un ruego para que no interviniera.

—Eso sí, reírse de los demás, creerse el más listo.

—No querrá que le cuente mi vida —tercié.

—No, me conformo con que me cuentes lo que quieres hacer con tu vida.

—Consumirla.

—¿Cómo? —Fingió no haber oído bien.

—Gastármela, y cuando no quede nada, morirme en paz y dejar que los gusanos se coman lo menos posible. Yo soy un fracasado, lo reconozco. He fracasado en todo lo que he intentado, nada me ha salido bien porque para nada era lo suficientemente bueno. Usted tiene todo el dinero, la inteligencia y la sabiduría del mundo, se ha hecho a sí mismo, pues me parece estupendo, pero no venga a darme lecciones sobre cómo debo yo vivir mi vida porque eso es asunto mío. A lo mejor todo lo suyo no vale una mierda comparado con un rato de mi vida, por lo menos para mí.

—Muy elocuente. Palabras, sólo palabras. —El padre balanceó su cráneo privilegiado.

—Cemento, dinero, sólo cemento y dinero —repetí con su mismo tono.

—Yo he ayudado a levantar este país. Tú eres un parásito.

255

–Yo no le he pedido nada. Ni a usted ni a este país.

–Agustín, déjalo ya.

–Mira, chaval, a ti te ponía yo... –Pero un gesto de la mano de Bárbara le detuvo.

–Son mis amigos –advirtió Bárbara–. Así que espero que se les respete. ¿De acuerdo?

El resto de la comida transcurrió en silencio. De tanto en tanto Blas expresaba su entusiasmo por el lugar, la comida, la meteorología. Le faltó poco para besar el culo de nuestro anfitrión. Yo me recliné en la silla y probé a colocar el pie en alto. Busqué una de las pastillas. Bárbara comía con su mano izquierda.

Cuando el padre se fugó con destino a la siesta, su esposa se volvió hacia mí.

–No le hagas caso, en verano se pone insoportable. Como no trabaja, no tiene nadie con quien desahogarse.

Blas se levantó para ayudar a las mujeres a recoger la mesa y Claudio se acercó para darme conversación.

–¿Y Raúl, se ha despedido de ti?

–Se fue con Elena. Se sentía culpable.

–¿Y nos deja tirados?

–Déjale que haga su vida.

–Por mí que se pudra. –Encendió un cigarrillo, se miró la herida de la mano–. Ahora, irse así, sin decir nada...

–Estabas durmiendo, después de tu nochecita.

–Ya me conoces, soy un follaviejas –me susurró–. Acojonante. Así que quieres que nos volvamos a Madrid.

–Hombre, ya ves tú qué vacaciones con el pie así.

–¿Y con ésta qué tal?

Señaló el asiento vacío de Bárbara.

–¿Qué tal qué?

–No sé, no has buscado un polvo de propina, de despedida, algo así.

–Claudio, eres un...

–No, si al lado del novio no tienes mucho que hacer. Guapo, concejal, con pasta. Tiene un puntito.

–Avisaré a Bárbara, no sea que se lo levantes tú.

Durante el café nos comportamos como gente civilizada, sonó

el teléfono y la madre de Bárbara le gritó a ésta que era Carlos. Bárbara se levantó y se ausentó durante un rato. La madre de Carlos insistió en enseñar el pazo a Blas y Claudio. Los dos la siguieron en su ruta. Yo me quedé sentado, a solas, junto a la madre de Bárbara. Al rato regresó su hija y algo después un solitario Blas. Mientras se sentaba me dirigió un guiño para justificar la ausencia de Claudio y la madre de Carlos.

Escuchábamos avanzar la tarde en su lento rozar contra la copa de los árboles. El padre se levantó de la siesta y se despidió. Marchaba al pueblo a jugar la partida. A ganar, claro. Cuando la madre y Claudio regresaron, ella se empeñó en que jugáramos un bingo y repartieron cartones y Claudio cantaba los números, que extrañamente terminaban siempre por hacer ganador a Blas. Bárbara participaba del juego con indiferencia y yo pensaba, incapaz de seguir la partida, que la vida suele reservarte estas incongruencias en los momentos clave. Un pasatiempo absurdo cuando precisamente lo que uno pretendía evitar era el paso del tiempo, el momento de la separación.

Blas bajó mi bolsa del dormitorio y Claudio se despidió en el salón de la madre de Carlos. Fue el último en subir al jeep que condujo Bárbara hasta Lugo. Bajamos por el camino empedrado con mis ojos clavados en la nuca de Bárbara. Ella, por el espejo retrovisor, me lanzaba miradas inquietas. Quizá también se le hacía difícil la despedida. Blas sostenía una conversación estéril con cualquiera que lo precisara.

Llegamos a la estación con veinte minutos de adelanto. Tiempo justo para sacar los billetes, en vagones de segunda, separados por tanto de la madre de Bárbara, que viajaba en coche cama. Me acerqué al kiosco para comprar los anoréxicos periódicos de agosto y enterarme de qué pasaba en el mundo cuando no pasaba nada. El andén estaba casi desierto.

Buscamos el sitio de la madre de Bárbara cuando llegó el convoy. Esperé sentado en el banco de metal mientras se despedían. Blas y Claudio me escoltaron hasta lo alto de nuestro vagón. Se despidieron de Bárbara y se adentraron buscando nuestros asientos. Me permitieron una despedida solitaria de Bárbara. El pitido anunció nuestra partida. Bárbara me lanzó un beso con la mano.

Ven conmigo, Bárbara, quería decirle. Yo también convertiré nuestro apartamento en un lugar alejado del mundo, no dejaremos que nadie entre en nuestra vida si tú no quieres, levantaré el parquet para que puedas tener un huerto, aprenderé a pilotar avionetas aunque sea para construirlas de papel. Convertiremos la casa en tu laboratorio de fotos, no conocí a nadie que le sentara tan bien la luz roja. Fabricaré playas para ti con arena sobre los tejados. Bárbara, nos inventaremos la vida cada mañana. Le he perdido el miedo a la felicidad, aprenderé a saludarla por el pasillo sin sentirme mal por no estar mal, como antes sospechaba de los sueños si no eran pesadillas. Súbete a este tren y vuelve al lugar al que perteneces. Los grandes egoístas también podemos tener grandes amores. Ven conmigo, Bárbara.

El movimiento del tren me desequilibró. Me sujeté a una barra. Bárbara dio un paso para mantenerse junto a mí al avanzar el tren. Luego empezó a alejarse.

–Ven conmigo, Bárbara. –Y extendí la mano hacia ella–. Ven.

Bárbara alzó levemente un brazo y dio otro paso hacia mí. Estaba llorando. Me dijo adiós con la mano. Yo intenté decirle te quiero. El tren se alejaba. Ganaba velocidad y ella se hizo más y más pequeña. Yo asomaba la cabeza para no perderla de vista. Me sostenía a duras penas agarrado de la barra. Ella permanecía quieta, bajo el tejado metálico de la estación. Blas me sujetó con fuerza por la cintura. Se había puesto el plumas.

–Que te caes, tío.

Le seguí por el interior del tren hasta nuestros asientos. Claudio había encendido un cigarrillo. Me senté y posé el pie escayolado junto a él. Sacó un rotulador de su bolsa y pasó el rato pintando escenas sexuales sobre la escayola blanca. Mujeres desnudas, diferentes posiciones para hacer el amor: molinete, sifón, sapo y rana, jirafa, paraguas, crucifijo, cebolla, canguro, cucharón.

Aún a corta distancia de la estación habíamos escuchado el ruido de una avioneta que volaba bajo y los tres nos miramos, aunque ninguno dijo nada. Luego el cielo se nubló y comenzó a llover con furia, con gotas de agua del tamaño de una manzana. Estaba oscuro fuera, el sol cubierto en una especie de eclipse. Algo después de que Claudio se quedara dormido, Blas se echó a reír.

Él solo. Se acordaba, me explicó, de cuando vio a Raúl entrar en la habitación del hotel con los pedazos de su teléfono móvil destrozado por mí.

–Mítico, tío, mítico –aseguró.

Soltó varias carcajadas y le acompañé con una sonrisa.

Mi padre, en una anterior ocasión en que amenacé con abandonar el periódico y buscar algo diferente, me animó y me dijo: «Fracasa cuanto antes porque así tendrás tiempo en la vida para reponerte.» Había cumplido la primera parte del consejo. Escuchaba el ruido del tren en mitad de la furiosa tormenta de verano, el galopar de las ruedas sobre las vías, ese sonido que siempre quiere decir algo muy personal para cada uno que lo escucha. Miré a Claudio y a Blas a mi lado y comprendí, en cierta medida, lo que significaba la amistad. Era una presencia que no evitaba que te sintieras solo, pero hacía el viaje más llevadero.

ÍNDICE